PARTIE DE PÊCHE AU YÉMEN

www.editions-jclattes.fr

Paul Torday

PARTIE DE PÊCHE AU YÉMEN

Roman

Traduit de l'anglais par Katia Holmes

JC Lattès
17, rue Jacob 75006 Paris

Titre de l'édition originale
SALMON FISHING IN THE YEMEN
publiée par Weidenfeld & Nicolson
un département de Orion Publishing Group, London

Pour l'éditeur, le principe est d'utiliser des papiers composés de fibres naturelles, renouvelables et fabriquées à partir de bois issus de forêts qui adoptent un système d'aménagement durable.

En outre, l'éditeur attend de ses fournisseurs de papier qu'ils s'inscrivent dans une démarche de certification environnementale reconnue.

ISBN : 978-2-7096-2880-8

Première édition janvier 2008.

Ce livre est dédié à Penelope, mon épouse, qui sait prendre un saumon en plein soleil et en eau basse; aux amis avec qui je pêche dans la Tyne et la Tay; et aux hommes et aux femmes de l'Agence pour l'Environnement, sans lesquels nos rivières seraient beaucoup moins poissonneuses.

Extraits de la réponse de
la Commission des Affaires étrangères
à une interpellation de l'honorable
Chambre des Communes,
et Rapport sur
les circonstances de la décision
d'introduire des saumons au Yémen
(Projet « Pêcher le saumon au Yémen »),
et sur les événements qui s'ensuivirent.

1.

Les origines du projet Saumon du Yémen

Fitzharris & Price
Gérance et conseil immobiliers
St James's Street
Londres

Dr Alfred Jones
Centre national pour l'excellence des pêches*[1]
Service environnement, alimentation et affaires rurales*
Smith Square,
Londres

15 mai

Cher Dr Jones,

Nous nous adressons à vous sur la recommandation de Peter Sullivan, du ministère des Affaires étrangères et

1. Les termes ou expressions signalés par un astérisque à la première occurrence figurent dans le glossaire en fin de l'ouvrage. Toutes les notes sont de la traductrice.

du Commonwealth (FCO)* (Direction Moyen-Orient et Afrique du Nord). Nous agissons au nom d'un client disposant de fonds très considérables, qui a indiqué son désir de financer un programme d'introduction du saumon et de la pêche au saumon au Yémen.

Nous avons conscience du défi que représente un tel dessein, mais on nous a assurés qu'il existe au sein de votre organisation l'expertise nécessaire pour effectuer les recherches et gérer la réalisation d'un tel projet. Lequel apporterait une reconnaissance internationale et des avantages financiers très substantiels aux scientifiques des pêches qui y participeraient. Sans entrer davantage dans le détail au stade présent, nous aimerions vous rencontrer dans le but d'explorer les possibilités de mise en place d'un tel projet, et l'organisation des ressources nécessaires. Nous pourrions ainsi transmettre votre avis à notre client et solliciter ses instructions pour la suite.

Nous tenons à souligner que notre client, un très éminent citoyen yéménite, voit dans cette idée un projet-pilote pour son pays. Il nous a demandé de signifier clairement qu'il ne compte imposer aucune contrainte financière déraisonnable. Le ministère des Affaires étrangères et du Commonwealth soutient ce projet, en tant que symbole de la coopération anglo-yéménite.

Salutations distinguées,

(Ms*) Harriet Chetwode-Talbot

Centre national pour l'excellence des pêches (NCFE*)
Service environnement, alimentation et affaires rurales (DEFRA*)
Smith Square
Londres

Ms Harriet Chetwode-Talbot
Fitzharris & Price
Gérance et conseil immobiliers
St James's Street
Londres

1er juin

Chère Ms Chetwode-Talbot,

Dr Jones m'a chargée de vous remercier pour votre lettre du 15 mai dernier et d'y répondre comme suit.

Les salmonidés* migrateurs ont besoin d'eau fraîche bien oxygénée pour frayer. En outre, aux premiers stades du cycle de vie d'un saumon, une bonne quantité de mouches indigènes aux rivières d'Europe du Nord est nécessaire à la survie des tacons. Le tacon* devient un saumoneau* qui prend le chemin de l'aval et entre en eau salée. Le saumon se dirige ensuite vers des aires d'alimentation situées au large de l'Islande, des îles Féroé et du Groenland. La température optimale pour le saumon et ses pâtures naturelles se situe entre trois et cinq degrés centigrades.

Nous en concluons que les conditions climatiques du Yémen et sa localisation géographique relativement éloignée de l'Atlantique Nord font du projet de votre client une impossibilité, eu égard à plusieurs considérations fondamentales. Nous regrettons donc de ne pouvoir être en mesure de vous apporter une aide quelconque en la matière.

Avec mes salutations distinguées,

Ms Sally Thomas (assistante de Dr Jones)

Bureau du directeur, Centre national pour l'excellence des pêches (NCFE)

De : David Sugden

À : Alfred Jones

Sujet : Fitzharris & Price/Saumon/Yémen

Date : 3 juin

Alfred,

Je viens de recevoir un coup de fil d'Herbert Berkshire, secrétaire particulier du sous-secrétaire d'État* au ministère des Affaires étrangères et du Commonwealth (FCO).

Le point de vue du FCO est très clair : ce projet doit recevoir notre pleine et entière attention. Nonobstant les difficultés pratiques très réelles que soulève la proposition de Fitzharris & Price et dont, moi, votre directeur, je suis parfaitement conscient, le FCO estime que nous devrions tâcher d'apporter un maximum de soutien à ce projet.

Compte tenu des récentes réductions de subventions du NCFE, nous ne devrions pas décliner trop hâtivement une offre de travail qui, semble-t-il, nous donne accès à d'excellentes sources de financement du secteur privé.

Bien à vous,

David

Mémo
De : Alfred Jones
À : M. Le Directeur, NCFE
Sujet : Saumon/Yémen
Date : 3 juin

David,

J'ai pris bonne note des points que vous avez soulevés dans votre mémo de ce jour. Au terme d'une mûre réflexion sur la question, je demeure incapable de voir en quoi nous pourrions aider Fitzharris & Price et leur client. L'idée d'introduire le saumon dans les *wadis** de l'Hadramawt me semble, très franchement, risible.

Au cas où le FCO souhaiterait plus ample information sur nos raisons de ne pas poursuivre, je suis tout à fait prêt à les défendre avec les arguments scientifiques appropriés.

Alfred

Bureau du directeur, Centre national pour l'excellence des pêches (NCFE)
De : David Sugden
À : Dr Alfred Jones
Sujet : Saumon/Yémen
Date : 4 juin

Dr Jones,

Je vous prie de considérer ce mémo comme mes instructions formelles de passer à l'étape suivante du projet Saumon du Yémen avec Fitzharris & Price. Je souhaite que vous rencontriez Ms Harriet Chetwode-Talbot et que vous obteniez une description complète du projet, après quoi vous rédigerez un Rapport d'ensemble, assorti d'un budget estimatif que vous me soumettrez pour relecture et envoi au FCO.

J'assume l'entière responsabilité de cette décision.

David Sugden

De : Fred.jones@ncfe.gov.uk
Date : 4 juin
À : David.Sugden@ncfe.gov.uk
Sujet : Programme Saumon au Yémen

David,
Pourrait-on en discuter ? Je passerai dans votre bureau après la réunion du Service.
Alfred

De : Fred.jones@ncfe.gov.uk
Date : 4 juin
À : Mary.jones@interfinance.org
Sujet : Boulot

Chérie,
David Sugden exerce sur moi une pression déraisonnable pour me faire apporter ma caution à un projet totalement dément, sorti de l'imagination des Affaires étrangères et relatif à l'introduction du saumon au Yémen. Il y a des jours que les mémos ne cessent de pleuvoir, mais ça m'a paru tellement saugrenu, je suppose, que je ne t'en ai

même pas parlé lors de notre dernière conversation. Je viens de faire un saut dans le bureau de David pour lui dire : « Écoutez, David, soyez raisonnable ! Non seulement ce projet est totalement absurde et scientifiquement aberrant, mais plus jamais on ne nous prendra au sérieux aux Pêches si nous acceptons que notre nom soit mêlé à ça. »

Sugden est resté de marbre. Et m'a déclaré (avec condescendance) :

– Ça vient de très haut. Ce n'est pas une simple tocade d'un gros bonnet des Affaires étrangères. Ça vient de tout en haut. Vous avez mes instructions : exécutez-les, je vous prie.

Personne ne m'a jamais parlé sur ce ton depuis que j'ai quitté les bancs de l'école ! J'ai une sérieuse envie de leur flanquer ma démission.

Affectueusement,

Fred

PS : Quand rentres-tu de ta formation de management ?

De : Mary.jones@interfinance.org
Date : 4 juin
À : Fred.jones@ncfe.gov.uk
Sujet : Réalités financières

Fred,

Mon salaire annuel s'élève à 75 000 livres brut, le tien à 45 561 livres. Le total de notre revenu net d'impôts est de 7 333 livres par mois, dont il faut déduire 3 111 livres pour le remboursement de notre emprunt et 1 200 livres

pour les impôts locaux, la nourriture et autres dépenses du ménage. Sans même parler du coût de la voiture, des vacances et de tes extravagances de pêche.
Donner ta démission ? Ne sois pas débile !
Mary
PS : Je rentre jeudi mais je dois repartir à New York dimanche pour une conférence sur Sarbanes-Oxley.

Mémo
De : Andrew MacFadzean, premier assistant personnel du ministre des Affaires étrangères et du Commonwealth (FCO)
À : Herbert Berkshire, assistant personnel du sous-secrétaire d'État aux Affaires étrangères et au Commonwealth (FCO)
Sujet : Saumon/Projet Yémen

Herbert,

Nos seigneurs et maîtres nous informent qu'il convient d'exercer un brin de pression pour faire avancer ce projet. Le mécène n'est pas un citoyen britannique, mais l'affaire peut être présentée comme un modèle de coopération anglo-yéménite avec, bien sûr, de considérables répercussions possibles sur la façon dont l'opinion perçoit la position britannique au Moyen-Orient.

Vous pourriez laisser entendre discrètement à David Sugden, directeur des Pêches au DEFRA, je crois, que le succès du projet pourrait attirer l'attention du comité qui recommande les personnalités pour l'attribution de titres nobiliaires et de distinctions par la reine, au Nouvel An. Pour être juste, néanmoins, il convient aussi de souligner qu'un échec risquerait de compliquer la tâche de défendre le NCFE contre d'autres suppressions de crédits, lors des prochaines négociations avec les Finances pour l'année budgétaire suivante. Voilà qui devrait permettre de faire passer le message. Nous avons naturellement discuté de la chose au plus haut niveau, avec les personnes concernées du DEFRA.

Ceci doit rester strictement confidentiel.

D'accord pour déjeuner au club à 13 heures demain ?

Bien à vous,

Andy

Mémo

De : Directeur de la Communication, cabinet du Premier ministre

À : Dr Mike Ferguson, directeur des Sciences vétérinaires, alimentaires et aquatiques, Groupe des Conseillers scientifiques du gouvernement

Sujet : Projet Saumon Yémen

Mike,

C'est le genre d'initiative que le Premier ministre adore. Nous avons besoin de votre point de vue – à grands traits – sur la faisabilité du projet. Nous n'attendons pas de garantie formelle que ça puisse marcher, mais une simple déclaration disant qu'il n'y a pas de raison de ne pas essayer.

Peter

Mémo
De : Dr Michael Ferguson, directeur des Sciences vétérinaires, alimentaires et aquatiques, Groupe des Conseillers scientifiques du gouvernement
À : Peter Maxwell, directeur de la Communication, cabinet du Premier ministre
Sujet : Projet Saumon Yémen

Cher Mr Maxwell,

La moyenne mensuelle des précipitations dans les montagnes occidentales du Yémen est de l'ordre de 400 mm pendant les mois d'été, les températures aux altitudes supérieures à 2 000 m sont comprises entre 7 et 27 degrés centigrades. De telles valeurs n'étant pas atypiques d'un temps d'été britannique, nous en concluons qu'il existe au Yémen, pendant de brèves périodes de l'année, et particulièrement dans les provinces de l'Ouest, des conditions qui ne sont pas nécessairement défavorables aux salmonidés migrateurs.

Nous en déduisons donc qu'un modèle fondé sur le lâcher artificiel de salmonidés et leur introduction dans les *wadis* pendant de courtes périodes de l'année, assorti d'un programme de capture des saumons pour les faire séjourner en eau fraîche et salée aux autres périodes de l'année, ne serait pas un point de départ inadéquat pour un exercice grandeur nature, dont la réalisation serait confiée aux départements possédant l'expertise appropriée. Le NCFE me paraît l'organisme le mieux qualifié pour cela.

J'espère que cette brève note suffira, à ce stade de vos projets?

Bien à vous,

Michael Ferguson

PS : On se connaît ?

Mémo
De : Directeur de la Communication, cabinet du Premier ministre
À : Dr Mike Ferguson, directeur des Sciences vétérinaires, alimentaires et aquatiques, Groupe des Conseillers scientifiques du gouvernement
Sujet : Projet Saumon Yémen

Mike,

Formidable. Non, on ne se connaît pas mais je me réjouis à l'idée que ce sera bientôt chose faite.

Peter

Mémo
De : Peter
À : Premier ministre
Sujet : Projet Saumon Yémen

PM,

Voilà qui va vraiment te plaire. Ça joue sur des tas de registres à la fois :

- messages positifs et innovants sur l'environnement ;
- liens sportifs (culturels ?) avec un pays du Moyen-Orient pas encore très aligné sur les intérêts britanniques ;
- une technologie occidentale séculaire apportant du progrès à un État islamique ;
- grosse info positive qui occupera de l'espace à la une – autant de lignes en moins pour les nouvelles moins constructives en provenance d'Irak, d'Iran et d'Arabie saoudite.

Possibilité d'une photo formidable : toi, debout dans un *wadi*, tenant dans une main une canne à pêche et dans l'autre un saumon. Quelle image ça ferait !

Peter

Mémo

De : Premier ministre
À : Directeur de la Communication
Sujet : Programme Saumon Yémen

Peter,

Ça me plaît. L'idée de la photo est formidable !

2.

Extraits du journal intime de Dr Alfred Jones : son anniversaire de mariage

7 juin

Jusqu'à ce jour, mon calepin m'a essentiellement servi à noter les heures de réunion, les rendez-vous de dentiste et autres obligations. Mais j'ai éprouvé ces derniers mois le besoin de coucher sur le papier quelques-unes des idées qui me trottent dans la cervelle, cette impression d'agitation intellectuelle et émotionnelle qui s'est fait jour en moi à l'approche de l'âge mûr. La date d'aujourd'hui est celle de notre anniversaire de mariage : il y a maintenant plus de vingt ans que Mary et moi nous sommes dit oui. Et ça me semble une bonne chose, je ne sais pourquoi, de commencer à mettre par écrit ce qui constitue la trame de mon existence quotidienne. Peut-être pour m'aider à trouver une perspective à partir de laquelle je saurai mieux apprécier ma vie et y attacher plus de prix que je n'en suis capable actuellement.

J'ai offert à Mary pour son anniversaire un abonnement à *The Economist* : elle aime le lire, je le sais, mais le prix lui coupe l'envie de se l'acheter. Elle m'a donné une nouvelle tête rotative pour ma brosse à dents électrique, ce qui est fort utile. Je ne pense guère aux anniversaires. Les années passent, sans transition perceptible. Ce soir, pourtant, je ne sais pourquoi, j'ai le sentiment qu'il serait bon de réfléchir à ces années de vie conjugale dont le nombre est maintenant considérable. Nous nous sommes mariés peu de temps après être sortis d'Oxford. Sans avoir été emportés dans un tourbillon amoureux, nous avons, je crois, trouvé le mode de relation tranquille et stable qui convient à deux personnes douées de raison et soucieuses de leur carrière.

Nous sommes l'un et l'autre des humanistes, des professionnels et des scientifiques. La science de Mary est l'analyse des risques inhérents à la circulation de l'argent et du crédit dans les systèmes financiers du monde. Elle est l'auteur d'articles tels que : « Le rôle des SDR (Réserves de dépôts spéciaux) dans la modération des flux inaccoutumés de monnaies ne servant pas de réserve. » Des articles qui ont suscité un vif intérêt et que j'ai moi-même pris plaisir à lire, bien que je n'aie pu suivre certains algorithmes. Mary est maintenant passée du secteur des études théoriques de la banque à sa partie plus directement gestionnaire. Elle réussit, elle est bien payée, respectée, elle ira sans doute loin. Le seul inconvénient étant que nous avons tendance à nous voir un peu moins, puisqu'elle doit voyager beaucoup.

Je me suis fait un nom grâce à une étude sur « Les effets des solutions alcalines sur les populations de moules d'eau douce », qui a introduit des concepts pionniers en matière d'accouplement des moules d'eau douce. Depuis, ma carrière a également évolué. Je ne suis pas aussi bien payé que Mary, mais mon travail me procure de la satisfaction et je crois jouir de la considération de mes pairs.

Mary et moi avons choisi de ne pas avoir d'enfants. Nos vies sont donc relativement tranquilles. Un couple sans enfants étant parfois une excuse pour l'égoïsme, j'en suis conscient, nous nous efforçons tous les deux de participer à la vie de notre communauté durant le peu de loisir dont nous disposons. Mary fréquente le Centre local d'accueil des immigrants où elle dispense des cours de théorie économique aux Ttchétchènes et aux Kurdes qui atterrissent dans notre coin. Moi, je fais de temps à autre des conférences à la Société humaniste locale. La semaine dernière, j'ai abordé le troisième volet d'une série de causeries sur le thème de « Pourquoi il est impossible que Dieu existe », et j'aime à penser que, d'une manière ou d'une autre, mes propos incitent l'auditoire à remettre en question les superstitions de jadis qui perdurent dans un enseignement religieux – hélas – toujours dispensé dans certaines de nos écoles.

Que dire d'autre sur nos deux décennies et quelque de vie conjugale ? Nous entretenons notre forme : je vais courir deux ou trois fois par semaine, Mary fait du yoga quand elle peut. Bien que végétariens, nous mangeons à présent du poisson et de la viande blanche et je m'autorise un peu d'alcool de temps à autre, chose fort rare pour Mary. Nous aimons lire, tant qu'il s'agit d'ouvrages de nature à nous cultiver ou nous informer, et nous allons parfois au théâtre ou visiter des expositions de peinture.

Et aussi, je pêche. Une activité qui reste en dehors du politiquement correct et me vaut la désapprobation de Mary : elle prétend que les poissons perçoivent la douleur. Ce qui n'est pas le cas, je suis bien placé pour le savoir en tant que scientifique expert des pêches. Peut-être est-ce le seul sujet sur lequel nous nous accordons à constater un désaccord.

Alors voilà : un anniversaire de plus. Cette année a été plutôt pareille à la précédente, elle-même fort semblable à celle d'avant. S'il m'arrive de souhaiter un rien d'excitation, un peu plus de passion dans nos existences, je peux généralement attribuer cette envie au fait d'avoir négligé la règle diététique qui s'impose aux personnes de mon groupe sanguin (A), à savoir éviter de consommer trop de viande. Je succombe parfois à la tentation et je mange du bœuf; il n'est donc pas étonnant que j'éprouve des sentiments irrationnels de... Mais de quoi au juste? Je m'ennuie, peut-être? Mais comment le pourrais-je?

Il suffit que se profile une affaire du genre de ce projet Saumon du Yémen pour me rappeler que je n'aime guère l'irrationnel, l'imprévu et l'inconnu...

8 juin

Aujourd'hui, nous avons eu une réunion de service pour discuter la dernière mouture de mon article sur « Les Effets d'une plus forte acidité de l'eau sur les larves de mouche caddis* ». Tout le monde a été très élogieux, en particulier David Sugden. Un petit cadeau pour faire la paix? Il ne m'a plus relancé au sujet du projet Saumon du Yémen et de mon côté, bien entendu, je n'ai rien fait. Je me suis contenté de baisser la tête en attendant que ça passe. Enfin, les compliments publics du directeur concernant le travail sur les mouches caddis représentent un succès pour mon équipe. De fait, il n'a pas hésité à ajouter qu'il ne resterait probablement plus grand-chose d'intéressant à dire sur les mouches caddis, une fois mon article publié. Quel compliment! Dans ces moments-là, je sais que l'argent n'a pas vraiment d'importance. Mary se plaint parfois que je ne suis pas assez payé, mais la vie est bien davantage que le salaire qu'on touche. J'ai repoussé les limites de la connaissance humaine au sujet d'un petit insecte brun qui, aussi insignifiant soit-il en lui-même, est un indicateur vital de la santé de nos rivières.

Trout & Salmon et *Atlantic Salmon Journal* ont tous les deux demandé un communiqué de presse.

Mary est à New York. Elle a passé toute la journée de vendredi et samedi à la maison. Pourtant, le frigo est vide. Je viens d'aller m'acheter à manger au coin de la rue, chez l'Indien ouvert tard le soir qui vend des plats à emporter. Et me voilà en train d'écrire mon journal et de me nettoyer les genoux, parce qu'un morceau de poulet Balti a glissé de la fourchette en plastique. Je viens de me rappeler que j'ai oublié d'acheter du café pour demain matin.

Un dernier mot d'autocritique après une journée de triomphe professionnel : j'ai conscience de mon égoïsme, à me gargariser ainsi du succès de mes recherches sur la mouche caddis. Je tiens à noter mon admiration pour Mary dont le travail – que j'ai mentionné hier et qui est de nature différente du mien – lui a valu des commentaires admiratifs et les louanges de sa banque, Interfinance S.A. Sa carrière chez Interfinance évolue à la vitesse grand V. Je crois énormément à la réussite des femmes et c'est une grande satisfaction d'en voir un exemple chez sa propre épouse, dans ce monde de la finance dominé par les hommes.

9 juin

Mes selles de ce matin ont été un brin affectées par le plat indien, ce qui n'est sans doute guère surprenant. Je ne suis pas allé faire mon jogging habituel, car je ne me sentais pas dans mon assiette. Il n'y avait plus de café dans la boîte et l'unique bouteille de lait UHT qui restait était périmée depuis longtemps. Je suis arrivé au bureau pas très en forme et il m'a fallu un moment pour démarrer.

C'est bizarre de voir à quelle vitesse les choses peuvent changer dans l'existence : alors que je viens de passer les deux jours derniers à réfléchir à la nature tranquille et intellectuellement stimulante de ma vie avec Mary, et à l'intense satisfaction que je trouve encore dans un travail scientifique bien fait, tout cela me semble à présent nul et non avenu.

Car il faut maintenant que je note un des incidents les plus désagréables de ma carrière professionnelle. À 10 heures ce matin, je suis installé avec Ray, occupé à choisir les photos qui auront le plus fort impact visuel pour accompagner l'article sur la mouche caddis, quand Sally arrive en me disant que David Sugden veut me voir sur-le-champ. Je réponds que j'irai dans quelques minutes, dès que Ray et moi aurons terminé.

Sally me coule un drôle de regard. Je me rappelle ses paroles exactes :

– Alfred, le directeur a bien dit *sur-le-champ*, et ça signifie *illico* !

Je me lève en m'excusant auprès de Ray, ajoutant que je serai de retour dans une poignée de minutes. Un peu fâché, j'emprunte le couloir qui mène au bureau de David. Notre service fonctionne de manière consensuelle, nous sommes des scientifiques plus que des gestionnaires : si les hiérarchies ne nous importent guère, en revanche cela compte énormément pour nous d'être traités en êtres humains. David a dans l'ensemble pigé le principe et, quoiqu'il soit un administratif de carrière, il s'est plutôt bien intégré dans notre paysage. En tout cas, il est là depuis assez longtemps pour savoir que je n'aime pas être bousculé ou soumis à des pressions.

J'entre dans le bureau de David en m'efforçant de sourire et de ne laisser transparaître aucun signe d'énervement dans ma voix. Je lâche un truc du genre :

– Il y a urgence ?

Il me semble important de rappeler à David qu'il est un administrateur et, moi, un scientifique. Sans scientifiques, on n'aurait pas besoin d'administrateurs.

Pas un seul papier sur le bureau de David, comme d'habitude. Hormis l'écran plat et le clavier d'ordinateur, on ne voit qu'une vaste surface de métal noir et mat, dont seuls deux feuillets interrompent la monotonie. Il en soulève un sans m'inviter à m'asseoir, contrairement à son habitude, et l'agite sous mes yeux. Je ne comprends pas de quoi il s'agit. Alors il me déclare que c'est mon « formulaire P45 ». Il le repose sur le bureau et attend que je parle. Je n'enregistre pas bien ses paroles dans un premier temps, puis mon cœur soudain bat la chamade. Je réponds que je n'ai pas saisi.

David me regarde sans sourire et lance :

– Je sais que vous vivez un peu dans une tour d'ivoire, Alfred, mais même vous, vous devez savoir ce qu'est un formulaire P45, non ? On en a besoin pour les impôts et la Sécurité sociale quand un patron – nous, en l'occurrence – met fin à votre emploi.

Je le fixe des yeux. David repose la première feuille et prend la seconde. Il explique que c'est une lettre rédigée en mon nom et adressée à Fitzharris & Price, dans laquelle je sollicite une réunion pour discuter le projet Saumon du

Yémen dans un avenir proche. Écrite sur un ton qui allie l'excuse à l'empressement, la lettre explique ma réponse tardive par un surcroît de travail et exprime l'espoir que la proposition de collaboration reste valable. Quand j'en achève la lecture, je tremble – de dépit ou d'alarme, je ne saurais dire.

David reprend sur le bureau le formulaire P45 et la lettre à Fitzharris & Price. Il les brandit tous les deux devant moi et déclare d'un ton neutre :

– Dr Jones, vous pouvez quitter ce bureau avec votre attestation de fin de contrat ou prendre cette lettre, la signer et l'envoyer par porteur chez Fitzharris & Price. Personnellement, votre décision m'est parfaitement indifférente, mais il semble que Fitzharris & Price aient été avisés que vous étiez leur interlocuteur. Sinon, je ne vous aurais pas offert le luxe de choisir, je dois l'avouer.

Je cherche une chaise des yeux. J'en vois une à ma gauche et demande si je peux m'asseoir.

David jette un œil sur sa montre et me signale qu'il a rendez-vous avec le ministre dans une demi-heure.

– Le ministre va me demander où en est le projet. Qu'est-ce que je vais pouvoir lui répondre ?

Je déglutis plusieurs fois. J'ai les jambes qui tremblent. Je tire la chaise vers moi, je m'assieds et je commence :

– David, c'est complètement déraisonnable…

Il m'interrompt :

– Vous comptez quitter ce bureau avec quel papier en main ?

Je suis incapable d'articuler une parole, choqué jusqu'au tréfonds de mon être par ce comportement de nazi. Je désigne du doigt la lettre de Fitzharris & Price.

– Alors, signez-la.

– Je peux avoir un instant pour la lire ?

– Non.

Je suis à deux doigts de perdre le contrôle de moi-même. J'ai envie de froisser la lettre en boule et de la jeter à la figure de David Sugden, mais je me retrouve en train de chercher mon stylo dans mon veston. Je tire l'odieux rectangle de papier vers moi et je le paraphe.

David me le prend aussitôt et m'annonce qu'il se charge de le faire porter. Il a envoyé des courriels pour annuler tous mes rendez-vous du mois prochain, m'informe-t-il. Si je tiens à garder mon boulot, je ne dois plus avoir qu'une priorité et une seule : rencontrer Harriet Chetwode-Talbot, la persuader que le Centre national pour l'excellence de la pêche est la seule organisation qui ait une chance de lui ébaucher une proposition pour son projet Saumon. Et la convaincre que je suis l'homme de la situation.

J'acquiesce du chef. David se lève. Il semble un instant sur le point d'ajouter une parole d'excuse ou d'explication, mais il lance un nouveau regard sur sa montre et conclut :

– Je ne dois pas faire attendre le ministre.

Je pars sans rien ajouter, mais non sans une certaine dignité – du moins, je l'espère.

En relatant ces pénibles événements, je songe que ç'aurait été bien de trouver Mary à la maison ce soir. On a parfois envie de discuter des choses avec son conjoint. Mary n'aime pas les longs coups de fil : le téléphone, ça sert à donner des nouvelles, dit-elle. L'ennui, c'est qu'elle n'est pas souvent là pour partager les conversations que, d'après elle, on ne doit pas avoir au téléphone. Qu'importe, je suis vraiment fier de sa réussite !

J'espère qu'elle sera fière de moi, elle aussi, quand je lui raconterai avec quelle dignité j'ai tenu tête à David Sugden et ses tactiques de terreur de cour de récréation.

15 juin

J'écris ces lignes au bureau.

Mary rentre ce soir. Je m'aperçois qu'elle m'a manqué. Rien à manger à la maison. Il faut que je pense à m'arrêter chez Marks & Spencer sur le chemin du retour. Je prendrai des plats tout préparés. Ne pas oublier d'acheter aussi un pyjama : la ceinture de l'actuel (de chez Tesco) est morte. J'ai noté le Temps moyen de détérioration (TMD) d'affaires telles que les chaussettes et les pyjamas et j'ai pu relever, je le crains, que certaines présentent une tendance manifeste à la dégradation – talons troués, ceinture élastique distendue –, voire une obsolescence calculée. J'espère que Marks & Spencer sera plus fiable.

Pas de selles ce matin. Signe de stress évident. Je suis pourtant allé faire mon jogging et j'ai brûlé une partie de la colère qui bout en moi comme de la bile.

Ce matin, j'ai reçu un coup de fil. Sally m'a appelé en annonçant qu'une dénommée Harriet Trucmuche de chez Fitzharris & Price était au téléphone et désirait me parler, voulais-je bien la prendre en ligne ?

L'espace d'un instant de superbe rébellion, j'ai failli répliquer : « Non, dites que je suis occupé. » Au lieu de quoi j'ai répondu à Sally de me passer la communication. Une voix de jeune fille, avec un accent que je qualifierais de ciselé comme du cristal, a demandé si j'étais bien le Dr Jones.

Très polie, elle s'est excusée de me déranger, elle savait que j'avais été très pris par d'importants engagements, seule l'extrême insistance de son client la poussait à me joindre. Avais-je souvenir de sa lettre concernant l'introduction du saumon au Yémen ?

Ne répondant pas de moi si je prenais la parole, j'ai confirmé d'un vague bruit de gorge qu'elle a pris pour un assentiment, demandant alors quand nous pourrions nous rencontrer. Un instant tenté de lui crier : « Jamais ! », je me suis surpris à accepter d'aller la voir demain matin à son bureau de St James's Street.

– Votre client sera-t-il présent ? me suis-je enquis.

– Non, il est au Yémen, mais il est impatient de faire votre connaissance lors d'une de ses prochaines visites. Enfin, si vous êtes d'accord pour poursuivre au-delà de notre rendez-vous de demain…

On a convenu de l'heure à laquelle je la retrouverais à St James's Street.

Plus tard

Mary vient de rentrer à la maison. Arrivée à Heathrow vers 7 heures ce matin, elle s'est rendue droit à son bureau et, évidemment, elle en a trop fait. Elle regarde la « Sélection italienne » de Marks & Spencer que j'ai achetée et déclare :

– Désolée, Alfred, je n'ai simplement pas faim.

Je ne veux pas l'embêter avec mes problèmes, bien sûr, quand elle est si épuisée. Elle reprend pourtant vie en sirotant un verre de vin et en parlant un moment de la réglementation bancaire aux États-Unis. Très intéressant. Maintenant, elle est partie se coucher et je ne vais pas tarder à l'imiter.

Ç'aurait été bien de pouvoir discuter un peu de mes problèmes de boulot, mais ne soyons pas égocentrique.

16 juin

Mon rendez-vous chez Fitzharris & Price n'a pas été tout à fait tel que je m'y attendais.

Je ne peux m'empêcher d'en vouloir à ces gens qui ont perturbé la relative tranquillité de mon existence avec leurs idées absurdes. J'avais l'intention de me montrer accablant sans être grossier, décourageant sans être négatif. Et je persiste à penser en écrivant ces lignes que leur proposition est tellement bête qu'elle ne tardera pas à se dessécher et à mourir d'elle-même.

À mon arrivée dans les bureaux de Fitzharris & Price, j'ai trouvé un élégant espace d'accueil où trônait une élégante hôtesse installée derrière un vaste bureau. Deux canapés de cuir d'allure confortable étaient disposés face à la réception, près d'une table basse en verre où s'étalaient des numéros de *Country Life* et *The Field*. Je n'ai pas eu le temps de goûter à ces luxueuses revues, car déjà Ms Harriet Chetwode-Talbot arrivait à ma rencontre.

Elle m'a remercié d'avoir pris le temps de venir la voir. Aimable, élégante, grande et mince, elle m'a donné l'impression d'être habillée pour aller déjeuner dans un restaurant chic, plutôt que pour une journée de dur labeur au bureau. Mary trouve dégradant pour une femme de se tirer à quatre épingles pour aller travailler. C'est une ferme adepte des tenues raisonnables et pratiques pour le bureau, des vêtements qui n'accentuent pas la féminité de celle qui les porte.

Nous sommes allés dans le bureau de Ms Chetwode-Talbot qui donne sur St James's Street. La pièce était calme et très lumineuse avec ses fenêtres à double vitrage. Au lieu de s'asseoir derrière son bureau, elle m'a entraîné vers deux fauteuils disposés en vis-à-vis devant une table basse d'acajou où attendaient une cafetière de porcelaine blanche et deux tasses sur un plateau. Nous nous sommes assis, elle a tiré le plateau vers elle et versé deux cafés. Et puis elle a déclaré – je me souviens de ses paroles exactes :

– Vous nous prenez sans doute pour une bande d'imbéciles patentés.

Voilà qui était inattendu ! Je me suis répandu en une série de remarques alambiquées sur la nature inhabituelle de ce projet : il se situait en dehors des missions classiques du Centre et je nourrissais quelque souci à l'idée que nous risquions tous de perdre beaucoup de temps pour n'aboutir à rien.

Elle m'a écouté patiemment, puis elle a proposé :

– Je vous en prie, appelez-moi donc Harriet. Quand on a un nom de famille si difficile à prononcer, on ne peut demander aux autres de s'en servir !

J'ai rougi. Chetwode-Talbot avait peut-être subi des déformations, de la même façon que Cholmondely était devenu Chumly ou Deiwes s'était mué en Dales. Un de ces pièges qu'inventent les Anglais pour jeter la confusion chez leurs interlocuteurs.

Elle a alors suggéré qu'il me serait peut-être utile d'avoir une idée de la genèse du projet.

J'ai confirmé de la tête : oui, j'avais besoin de savoir à qui ou à quoi j'avais affaire. Harriet – je ne trouve pas convenable que nous nous appelions par nos prénoms, mais c'est plus rapide à écrire dans ce journal –, Harriet, donc, s'est mise à expliquer. J'ai croisé les jambes et passé les mains autour de mes genoux, en m'efforçant d'afficher l'expression que prenait mon tuteur à la fac quand je lui rendais un travail particulièrement mauvais qu'il s'apprêtait à déchirer en mille morceaux.

Harriet a esquissé un petit sourire et commencé : comme je l'avais sans doute compris, Fitzharris & Price n'étaient pas des scientifiques spécialistes de la pêche mais un cabinet de *chartered surveyors* [1] et conseils en immobilier.

Je l'ai assurée que j'en avais conscience.

Ayant confirmé d'un hochement de tête qu'elle avait bien noté, elle a poursuivi. L'activité du cabinet consistait depuis de nombreuses années à acquérir des terres agricoles ou des chasses en Grande-Bretagne pour le compte de clients étrangers – particulièrement des personnes originaires du Moyen-Orient. Fitzharris s'était très vite rendu compte que les clients ne voulaient pas seulement qu'on leur achète des propriétés mais qu'on les gère en leur absence.

Cela avait amené Fitzharris à fournir une expertise technique dans toute une gamme de sujets allant du service de gérance de propriété, avec aide au recrutement des employés du domaine, jusqu'au conseil en matière de pratique agricole, de locations de chasses, d'obtention de permis de construire pour bâtir de nouvelles maisons de campagne, et ainsi de suite.

– Naturellement, a enchaîné Harriet, la plupart de nos clients sont très riches et caressent souvent des projets assez ambitieux pour améliorer les domaines qu'ils ont acquis.

» Ainsi en va-t-il d'un de nos clients dont nous nous occupons depuis un certain nombre d'années. Bien qu'il doive en partie sa fortune à l'or noir, ce n'est pas du tout un « roi

1. Profession sans équivalent en France et internationalement reconnue sous ce nom. Elle désigne des professionnels hautement qualifiés dans le domaine du foncier et de l'immobilier à tous les stades (du conseil et de l'expertise à la gérance de propriété, en passant par la gestion de travaux). Elle englobe ainsi plusieurs métiers qui se pratiquent séparément en France (géomètre, agent immobilier, administrateur de biens).

du pétrole typique », si tant est qu'une telle chose existe. C'est un homme des plus originaux, un visionnaire.

Harriet a marqué une pause pour remplir nos tasses et je me suis surpris à m'avouer à contrecœur que, aussi fou que soit ce projet, cette femme-là en tout cas n'avait rien d'une folle.

– Je ne tenterai pas de décrire la motivation de mon client, a-t-elle continué. Si vous décidez de nous aider, ce sera important que vous tâchiez de la comprendre, je pense, mais il reviendra à lui seul de vous éclairer sur ce point.

» C'est un homme pour qui nous avons tous un grand respect dans ce cabinet. Il se montre un excellent administrateur et un propriétaire avisé des domaines qu'il a achetés, un patron pour qui tout le monde serait ravi de travailler. Les gens l'aiment pour ses qualités personnelles, pas pour son énorme fortune. Il est anglophile, par-dessus le marché, ce qui est peut-être moins inhabituel au Yémen que dans d'autres contrées moyen-orientales, et l'importance de sa position dans son propre pays signifie que les Affaires étrangères le considèrent comme un allié potentiel-clé dans les conseils yéménites.

– Ah ! ai-je lâché.

– En effet, Dr Jones. J'imagine que vous êtes conscient de la dimension politique de cette affaire. (Aucune tentative de sa part pour m'appeler Alfred.) Vous avez dû faire l'objet d'une certaine pression d'origine gouvernementale, je le sais, mais croyez qu'elle n'a pas été de notre fait et que je la regrette vivement. Nous préférerions que vous acceptiez ce travail en toute liberté – aussi impossible que cela puisse paraître actuellement ! –, ou pas du tout. Et notre client partagera sans doute cet avis.

– Ah ! me suis-je encore exclamé, avant d'ajouter, quand il m'a semblé qu'elle avait terminé : Bon. Vous me parliez de l'introduction du saumon au Yémen.

– Et de la pêche au saumon. Pêche à la mouche uniquement, je crois, pas à la cuillère.

– Pas à la cuillère, ai-je répété.

– Pêchez-vous le saumon, Dr Jones ?

J'ai de nouveau rougi, je ne sais pourquoi, comme si j'étais sur le point d'avouer une activité secrète et un rien sinistre. Peut-être était-ce d'ailleurs le cas.

– À vrai dire, je suis très amateur de pêche au saumon. C'est sans doute moins rare qu'on le pense, parmi ceux qui s'occupent des pêches. Naturellement, je rejette presque toujours à l'eau les poissons que je prends mais c'est vrai, j'ai grand plaisir à pêcher.

– Où pêchez-vous ?

– Çà et là. J'aime tâter de différentes rivières. J'ai pêché dans la Wye, l'Eden et la Tyne en Angleterre. Dans la Tay, la Dee et quelques autres rivières d'Écosse plus petites. Mais je n'en ai plus guère le loisir en ce moment.

– Eh bien, si vous acceptez ce projet, je suis sûre que mon client vous invitera à pêcher avec lui dans sa propriété d'Écosse, a-t-elle dit, avant d'ajouter dans un sourire : Et un jour, peut-être, vous pêcherez au Yémen, dans le Wadi Aleyn.

Je la voyais venir…

– Euh, cette notion soulève plusieurs problèmes, ai-je suggéré.

Cette fois, c'est Harriet qui a croisé les jambes et passé les mains autour de ses genoux – le geste m'a attiré l'œil, je ne sais pourquoi – et elle m'a coulé un regard critique, tout à fait identique à celui dont j'avais tenté de la gratifier un peu plus tôt.

– Et si nous en examinions quelques-uns ? a-t-elle suggéré.

– L'eau, pour commencer. Les saumons sont des poissons, et les poissons ont besoin d'eau. (Harriet se contentant de me fixer, j'ai dû poursuivre.) Plus précisément, les saumons ont besoin d'une eau fraîche et bien oxygénée, comme je l'ai signalé dans ma lettre. Idéalement, la température ne devrait pas dépasser 18 degrés centigrades. Les meilleures conditions sont celles des rivières alimentées par la fonte des neiges ou par des sources, bien que certaines espèces de saumon puissent vivre dans des lacs, s'ils sont assez profonds et frais. Voilà où se situe le problème fondamental.

Harriet se leva, se dirigea vers son bureau, y prit un dossier et vint se rasseoir. Elle l'ouvrit et lut :

– Eau. Certaines parties du Yémen reçoivent jusqu'à 250 millimètres de précipitations par mois durant la saison humide d'été. La mousson frôle le pays, tout comme elle effleure la province du Dhofar, dans le sud d'Oman. Outre le ruissellement pluvial occasionné par les orages d'été, il s'opère une régénération constante de la nappe phréatique. On a longtemps pensé que le Yémen n'avait guère de nappe phréatique mais on a découvert, en cherchant du pétrole, un ou deux nouveaux aquifères de grande ampleur. Alors, certes, l'eau pose un énorme problème, mais il y en a malgré tout là-bas. Les *wadis* deviennent des rivières et il se forme des mares et des lacs, l'été.

Voilà qui était surprenant.

– Mais la question de la température de l'eau reste entière, ai-je objecté. Je suppose que vous allez me dire que la chaleur n'est pas si forte que ça au Yémen, mais s'il fait chaud, l'oxygène s'échappe de l'eau et les poissons meurent.

Harriet a de nouveau consulté son dossier et répondu :

– Nous pensons aux montagnes. C'est là qu'il pleut et les reliefs du centre s'élèvent à plus de 3 000 mètres. Les températures sont supportables à pareille altitude : elles baissent bien au-dessous de 20 degrés centigrades la nuit, même en été. Et les saumons du Pacifique descendent très bas vers le sud, jusqu'en Californie – ils semblent capables de survivre, tant que l'eau reste oxygénée. Je ne prétends pas vous apprendre votre métier, Dr Jones – simplement, la question n'est pas aussi clairement tranchée que vous l'avez cru au départ.

J'ai marqué une pause avant de répondre :

– Les tacons se nourrissent de certains types de mouche et si l'on introduisait au Yémen des saumons provenant de rivières anglaises, ils ne pourraient reconnaître que des insectes ayant la même origine qu'eux.

– On pourrait peut-être introduire ces mouches en même temps que les poissons ? De toute façon, ce ne sont pas les mouches qui manquent au Yémen mais, à supposer qu'elles ne soient pas du goût des saumons, il est possible que les espèces anglaises s'adaptent.

Elle referma son dossier avec un « clac » sonore et me regarda en souriant.

– Ensuite, ai-je poursuivi avec une irritation croissante, les tacons deviennent des saumoneaux et ceux-ci veulent rejoindre la mer. Ils recherchent alors un territoire marin bien particulier, juste au sud de l'Islande – du moins lorsque le stock de reproduction* est originaire de rivières anglaises ou écossaises. Comment croyez-vous que des saumons du Yémen pourraient arriver jusque là-bas ? En empruntant le canal de Suez, peut-être ?

– Hum, fit-elle, songeuse, c'est un des problèmes que vous auriez à résoudre, naturellement. Mais à votre place – et, bien sûr, je n'ai absolument aucune compétence technique –, je réfléchirais à la possibilité de construire des bassins à l'extrémité des *wadis* ayant une population de saumons, où l'eau serait maintenue à basse température, avec injection d'oxygène au besoin, et où les saumons seraient conservés pendant trois ou quatre ans. J'ai lu quelque part que c'est à peu près le temps que les saumons canadiens passent dans les lacs.

– Et ensuite ?

– Ils sont tous pêchés et on recommence au début, conclut-elle avant de se lever en jetant un œil sur sa montre.

» Dr Jones, je n'ai déjà que trop abusé de votre temps. Je vous suis vraiment très reconnaissante d'être venu et d'avoir écouté toute cette histoire. Je sais à quel point elle est abracadabrante, mais je vous en prie, ne la rejetez pas d'emblée. Réfléchissez-y un jour ou deux et je vous rappellerai, si vous le permettez. Souvenez-vous : la seule chose à laquelle vous vous engageriez au stade actuel serait une étude de faisabilité. Votre réputation ne serait pas mise en jeu pour si peu. Et gardez aussi à l'esprit, si vous voulez bien, que mon client est prêt à investir des fonds très importants dans ce projet, si cela se révèle nécessaire.

Et puis je me suis retrouvé dans le hall de réception en train de serrer des mains et de dire au revoir, sans presque savoir comment j'étais arrivé là. Elle a tourné les talons pour rejoindre son bureau et je n'ai pu m'empêcher de la suivre des yeux. Elle n'a pas regardé derrière elle.

17 juin

Hier soir, j'ai donné ma conférence à la société humaniste locale. J'ai parlé autour du thème suivant : si on croit en Dieu, on se crée aussitôt une excuse pour tolérer l'injustice, les désastres naturels, la douleur et le deuil. Les chrétiens et autres partisans de la religion prétendent que Dieu n'a pas créé la souffrance mais le monde dans lequel elle se produit, et que cette souffrance nous permet de redécouvrir notre unité avec Dieu. J'ai pour ma part avancé l'idée qu'une telle démarche met la logique cul par-dessus tête. Les désastres, les deuils, la souffrance : tout cela prouve au contraire qu'il est impossible qu'il y ait un Dieu, car pourquoi une divinité omnipotente créerait-elle un univers tellement sujet aux désastres et aux accidents ? La foi religieuse, ai-je soutenu, a été inventée aux fins de pacifier les masses malheureuses et de les empêcher de se poser les questions vraiment difficiles, celles qui, pourvu qu'on y réponde, seraient susceptibles d'entraîner le progrès.

Nous étions assez nombreux ce soir-là, sept ou huit. Muhammad Bashir, un vieux Pakistanais grisonnant du coin, assiste régulièrement aux réunions. Je crois qu'il cherche à faire mon salut malgré moi. Enfin, il me connaît et il m'aime bien, même si je suis un blasphémateur à ses yeux.

– Dr Jones, vous pêchez, n'est-ce pas ? m'a-t-il demandé.

– Oui, quand je peux.

– Et combien d'heures devez-vous passer à pêcher avant de prendre quelque chose ?

– Oh, je ne sais pas, ai-je répondu, ne voyant pas très bien où il voulait en venir. Plusieurs centaines d'heures, parfois.

– Alors, pourquoi pêchez-vous ? N'est-ce pas un mauvais usage de votre temps ?

– Parce que j'ai l'espoir que je finirai bien par prendre un poisson.

Le vieil homme a été pris d'une hilarité qui l'a fait siffler entre ses dents, il s'est frotté la barbe de la main droite et a déclaré :

– Parce que vous croyez! L'espoir est une croyance. Vous avez les prémisses de la foi. Vous voulez croire, malgré tous les signes du contraire. Et quand vous attrapez un poisson, que ressentez-vous? Un grand bonheur?

– Un très grand bonheur, ai-je répondu en lui souriant.

Ça lui faisait du bien de sortir vainqueur des discussions que nous avions à l'occasion, alors je l'ai laissé l'emporter. Sans recourir au millier d'arguments logiques et statistiques que j'aurais pu sortir pour le remettre à sa place. Je l'ai laissé finir.

– Voyez-vous, Dr Jones, vous croyez, et votre croyance vous apporte un grand bonheur en fin de compte. Vous êtes récompensé de votre constance et de votre foi, et la récompense dépasse largement la possession d'un poisson que vous pourriez acheter chez Tesco pour trois fois rien. Finalement, vous n'êtes pas si différent de nous autres.

18 juin

Ce soir, après le dîner, Mary a levé le nez de ses mots croisés et m'a dit :

– Je pars travailler quinze jours dans notre bureau de Genève.

Je ne suis pas tombé des nues, puisque cela arrive environ une fois par an, mais j'ai relevé les sourcils pour exprimer une légère déception et lui ai demandé quel jour elle partait.

– Dimanche.

Je lui ai rappelé que nous avions fait des réservations, quelques semaines plus tôt, pour un week-end de randonnée et d'observation des oiseaux avec mon frère, dans le Lake District.

– Je sais, a répondu Mary. Je suis vraiment navrée, mais un membre de la succursale de Genève est en congé de maladie et on a besoin de moi pour le remplacer, d'autant que je connais le bureau là-bas. Tu peux venir me rejoindre et on irait marcher dans les montagnes autour du lac d'Évian ? a-t-elle suggéré avant d'ajouter qu'à la réflexion, elle serait sans doute obligée de travailler le samedi aussi, pour s'accoutumer au poste. Mais de toute façon, tu as ton invraisemblable histoire de poisson et tu ferais mieux de t'en occuper pour ne pas avoir de problèmes avec David Sugden.

J'ai répliqué assez sèchement que je n'avais pas encore décidé de le faire.

– Tu devrais, a-t-elle affirmé.

Un certain froid a régné pendant le reste de la soirée mais quand on est allés se coucher, je crois que Mary s'est sentie un peu coupable d'avoir modifié ses projets. Disons simplement que, pendant la première partie de la nuit, je n'ai pas eu à étrenner mon pyjama neuf de chez Marks & Spencer. Un événement relativement rare dans notre couple, ces derniers temps.

– Voilà, chéri, ça devrait te permettre de tenir un moment, m'a dit Mary ensuite, avant de se retourner sur le côté et, apparemment, de s'endormir.

J'ai eu un peu l'impression d'être un chien à qui on vient de donner un biscuit, mais la torpeur m'a gagné et je me suis assoupi.

J'ai glissé dans une sorte de rêve éveillé : je contemplais le brillant soleil des hauteurs du Yémen et des bassins miroitants où des saumons femelles étaient en train de pondre leurs œufs dans le gravier, huit cents œufs par livre de poids sur lesquels les mâles venaient répandre leur laitance. Les œufs étaient fertilisés, ils éclosaient sous la forme de petits alevins vésiculés* qui frétillaient dans l'eau limpide, puis ils grandissaient pour devenir des alevins* proprement dits et, ensuite, des tacons. À chaque étape de leur évolution, les poissons grandissaient et prenaient des forces jusqu'au moment où ils se transformaient en saumoneaux, prêts à entreprendre le voyage pour rejoindre la mer. Si nous ensemencions un *wadi* du Yémen avec des saumons venus d'une rivière anglaise, ces poissons prendraient-ils le chemin de la mer à la faveur des pluies d'été, une fois qu'ils auraient grandi ? L'odeur de l'eau salée les attirerait-elle vers l'océan Indien, même si ce n'était pas la mer qui leur convenait ?

Je le pensais. Et que se passerait-il si on les capturait en aval et qu'on les transportait jusqu'en mer du Nord dans des réservoirs spécialement construits à cet effet, afin qu'ils puissent filer vers leurs aires d'alimentation islandaises ? Y passeraient-ils l'hiver pour rejoindre ensuite leur rivière natale d'Angleterre ou essaieraient-ils de retrouver l'océan Indien ?

On pourrait les munir de balises radio. Imaginez : ce serait si passionnant de les suivre quand ils descendraient le long des côtes d'Afrique, à la recherche de leur nouvel habitat !

J'avais tout d'un coup très envie de réaliser ce projet si bizarre qu'il pouvait déboucher sur de grandes avancées scientifiques. Nos connaissances de la nature des migrations de l'espèce pouvaient en être bouleversées. Avec le temps, on pourrait peut-être même assister à l'évolution d'une nouvelle sous-espèce de saumons capables de tolérer des eaux plus chaudes, voire d'apprendre à se nourrir du riche bouillon de l'océan Indien.

C'est alors que Mary a demandé à haute voix :

– Quoi ?

– Comment, « quoi » ?

– Tu as parlé dans ton sommeil. De frai. Et de production d'œufs. C'est à ça que tu penses après l'amour ? À tes saloperies de poiscaille et à leurs cycles de reproduction ?

Elle a allumé sa lampe de chevet et s'est dressée sur son séant. Elle était maintenant complètement réveillée et très fâchée, je ne sais pourquoi. J'ai remarqué que la culpabilité rend les gens agressifs. Peut-être était-ce la signification de ce qui se passait. De toute façon, je n'avais pas envie d'une dispute, pas plus au sujet des cycles de reproduction du saumon que de n'importe quoi, alors j'ai répondu d'un ton pacifique :

– Chérie, je préférerais qu'on s'adonne à un brin de reproduction nous-mêmes…

– Ne sois pas ridicule ! a-t-elle répliqué. Nous savons tous les deux qu'avant que je gagne plus de cent mille livres par an ou que tu en gagnes plus de soixante-dix mille – ce qui ne semble guère probable au vu de tes rapports actuels avec ton département –, notre revenu net d'impôts n'est tout simplement pas suffisant pour compenser le surcroît de dépenses qu'occasionne un enfant. De plus, je ne suis pas prête à interrompre ma carrière pendant trois mois, ni même un seul. Une grossesse pourrait affecter mes perspectives de promotion qui sont pour le moment, je crois, plutôt meilleures que les tiennes. Tu le sais bien. Alors pourquoi remettre ça sur le tapis ?

Et puis elle a bâillé. Au moins elle avait oublié ce qui l'avait réveillée. Elle paraissait un peu déconcertée.

– Je sais, chérie. Tu as raison. Éteins et dormons un peu.

Mais je n'arrivais pas à dormir. Je suis resté éveillé à réfléchir à notre couple : étais-je injuste envers Mary ou elle envers moi ? Je me demandais si ç'aurait été différent si nous avions eu des enfants. Je songeais aux saumons frayant sur les hauts-plateaux du Yémen. Et ces pensées ne cessaient de me trotter dans la tête, de se courir après, tels des tacons qui frétillent dans les eaux scintillantes d'une rivière.

Je me suis levé et je suis passé dans la pièce d'à côté en me disant que ça m'aiderait peut-être à dormir d'écrire mon journal.

Pas du tout…

3.

Étude de faisabilité de l'introduction du saumon au Yémen

Proposition soumise à Fitzharris & Price par Dr Alfred Jones, du Centre national pour l'excellence de la pêche (NCFE).

Résumé des perspectives opérationnelles

Le NCFE a été invité à donner son conseil et ses observations à Fitzharris & Price sur la faisabilité de l'introduction de salmonidés migrateurs dans les *wadis* du Yémen. L'objectif à long terme est de développer les possibilités d'un tourisme de pêche de qualité dans ce pays. La Péninsule arabe dispose de riches pêches naturelles hauturières qui sont exploitées par tous les États du Golfe. La région possède une bonne connaissance de l'exploitation de la pêche et, de plus en plus, de la gestion éclairée des pêcheries.

Cependant, la pêche sportive n'a jusqu'ici pas été accessible à la majorité de la population. Ceci pourrait changer, en théorie, si des poissons migrateurs tels que le saumon pouvaient être introduits dans le réseau de rivières. La proposition à examiner en l'occurrence est un projet-pilote consistant à introduire des saumons dans le Wadi Aleyn, à l'ouest du Yémen. L'objectif à plus long terme est de développer dans ce *wadi* une pêche au saumon organisée et, par la suite, dans d'autres cours d'eau où les conditions adéquates sont réunies ou peuvent être créées.

Le fait est que le Yémen ne représente pas, à de nombreux titres, l'environnement idéal pour introduire des poissons migrateurs ayant une aire de frai naturelle à la bordure septentrionale de la zone tempérée, et l'Atlantique Nord pour aire d'alimentation. On notera parmi les problèmes évidents :

- Les cours d'eau normalement à sec connaissent des crues pendant des périodes relativement limitées et ce, uniquement durant les mois humides d'été dans les parties du Yémen affectées par la mousson.
- Les moyennes des températures de l'air laissent présager des températures de l'eau notablement plus élevées que celles que l'espèce *Salmon salar* tolère sans développer de stress.
- La migration du saumon, à supposer que l'amont du cours d'eau puisse être ensemencé avec des juvéniles à la saison humide, serait plus compliquée que le déplacement normal vers l'Atlantique Nord, car le trajet est plus long de plusieurs milliers de kilomètres et suppose le passage du cap de Bonne-Espérance pour remonter le long de la côte ouest de l'Afrique, avant de retrouver des eaux où vivent normalement les saumons. La limite sud actuelle du saumon de l'Atlantique est le golfe de Gascogne, celle du saumon du Pacifique étant le nord de la Californie.

À la fin des pluies, en septembre, les cours d'eau redeviennent secs et chauds, et il est peu probable que des saumons encore présents dans les rivières pourraient survivre.

Il subsiste un certain nombre d'autres interrogations de nature plus technique, en rapport avec l'écosystème local, l'absence d'invertébrés dans les *wadis* (malgré une abondance d'arthropodes tels que les scorpions), les bactéries, et l'inconnue de la prédation. Nous supposons que les buses, les vautours et autres prédateurs locaux s'adapteraient rapidement à la consommation de saumons échoués en eau relativement peu profonde.

Après avoir réfléchi à différents modèles en circuit fermé, et sur la seule base de recherches théoriques, nous avons formulé les propositions suivantes :

1. Les saumons de la mer du Nord seraient capturés au moment où ils essaient de rentrer dans leur rivière natale, et ils seraient introduits dans un module de transport rafraîchi contenant de l'eau salée de la mer du Nord. Un système de condensation et de recyclage minimiserait les pertes par évaporation. Il faudrait aussi trouver des moyens de réguler la température et le taux d'oxygène dans le réservoir. Le module serait ensuite envoyé au Yémen par avion. Un réservoir-vivier serait installé sur place, équipé d'un clapet de communication avec le *wadi*, s'ouvrant à volonté.
2. Quand le système de *wadis* se remplirait d'eau de pluie, le clapet de communication serait ouvert pour la laisser se déverser dans le réservoir-vivier. Sachant que les saumons sont anadromes* – ils s'adaptent indifféremment à un environnement d'eau salée ou d'eau douce –, notre hypo-

thèse est la suivante : ayant humé l'eau douce, les saumons quitteraient leur environnement salin et chercheraient à remonter vers l'amont de la rivière pour trouver une aire de frai. Les saumons ne reconnaîtraient pas « l'odeur » spécifique de cette eau (le mécanisme par lequel le saumon en mer identifie les eaux de sa rivière natale à l'estuaire est encore mal connu), mais nous pensons qu'il y a raisonnablement des chances pour qu'ils gagnent l'eau douce. On trouve souvent des « étrangers » dans les rivières anglaises et écossaises – des saumons entrés dans une rivière différente de celle dans laquelle ils ont été pondus.

3. La montaison* dépendrait de la réalisation de certains travaux sur le cours d'eau, après étude du terrain :

a) afin d'éviter que les dénivellations et obstacles naturels n'entravent les déplacements des poissons sur une distance d'au moins dix kilomètres de lit de la rivière – c'est la longueur minimum qui convienne pour une expérience-pilote significative ;

b) afin d'assurer, dans la mesure du possible, une certaine régularité d'approvisionnement de l'aquifère, de façon à maintenir un niveau d'eau minimum dans la rivière, pour que les poissons ne risquent pas de se retrouver à sec entre deux périodes de crue.

4. Le Wadi Aleyn possède, paraît-il, un système de *falaj**, des rigoles de pierre servant à l'irrigation d'un certain nombre de palmeraies et qui pourraient être adaptées aux fins sus-mentionnées.

5. Les saumons recherchent pour le frai des lits de gravier recouverts d'une eau relativement peu profonde et bien oxygénée. Il semble que le gravier abonde au Yémen, et dans le Wadi Aleyn en particulier. Il est au moins théoriquement possible que les poissons puissent être incités à

frayer, puisque les saumons que nous introduirions dans le cours d'eau seraient en migration d'été-automne et désireux de frayer à la fin de leur montaison, pourvu qu'ils trouvent un habitat propice. Ceci débouche sur la passionnante éventualité que ces saumons pourraient frayer naturellement ou, sinon, qu'on pourrait au moins les immobiliser par l'application d'un courant électrique, afin de prélever leurs œufs. Dans un cas comme dans l'autre, cela permettrait d'installer un incubateur à côté du Wadi Aleyn, offrant d'excellentes chances de survie à la génération suivante de juvéniles. Ainsi serait créée une génération de saumons réellement indigènes du Wadi Aleyn. La question de savoir comment agir ensuite, face à leurs instincts migrateurs, devra faire l'objet de recherches particulières. Notre hypothèse est qu'en créant un second réservoir-vivier rempli d'eau de mer, on pourrait leurrer les saumons en dévalaison* qui croiraient sentir l'odeur de la mer ; ils seraient alors capturés et placés dans un environnement d'eau saline.

Nous n'avons pas tenté d'évaluer le coût d'un tel projet, avant que le client ait eu l'occasion d'étudier le concept préliminaire que nous lui présentons et d'émettre ses observations. Nous estimons cependant que, sans compter le travail du NFCE et le coût de la maîtrise d'œuvre du projet, sa réalisation nécessiterait un capital voisin de 5 millions de livres. Nous n'avons pas encore réfléchi au budget de fonctionnement.

Nous attendons les instructions du client.

Fitzharris & Price
Gérance et conseil immobilier
St James's Street
Londres

Dr Alfred Jones
Centre national pour l'excellence des pêches (NCFE)
Service environnement, alimentation et affaires rurales
Smith Square,
Londres

6 juillet

Cher Dr Jones,

Merci de votre proposition de projet qui nous est bien parvenue le 19 juin dernier. Notre client, actuellement en séjour au Royaume-Uni, a maintenant eu l'occasion d'examiner le document et il souhaiterait en discuter avec vous en personne. Je dois dire qu'il a été extrêmement satisfait de la manière professionnelle et constructive dont vous avez abordé la tâche.

Auriez-vous l'obligeance de bien vouloir signer l'accord de confidentialité ci-joint, afin de nous permettre de vous informer plus avant sur notre client et le projet. Dès réception du document paraphé par vos soins, je reprendrai contact avec vous au sujet d'un nouveau rendez-vous.

Avec mes salutations distinguées,
(Ms) Harriet Chetwode-Talbot

De : Fred.jones@ncfe.gov.uk
Date : 7 juillet
À : Mary.jones@interfinance.org
Sujet : Yémen/saumon

J'ai pensé que tu serais contente d'apprendre que les relations entre David Sugden et moi sont de nouveau cordiales. J'ai soumis à Fitzharris & Price une étude de faisabilité sur le projet Saumon du Yémen, qui m'a valu une réponse très chaleureuse et même enthousiaste, à franchement parler. J'ai rencontré David Sugden à la machine à café aujourd'hui (par hasard ? Il s'est plus ou moins pointé alors que je tapais sur les touches pour me faire un cappucino, il en a pris un aussi et on a discuté un petit moment). Il m'a dit, autant que je me souvienne :
– On a tous été drôlement impressionnés par le document que vous avez rédigé pour Fitzharris & Price. Carrément visionnaire. De quoi déboucher sur un projet à très haut profil, le moment venu.
J'ai bredouillé quelques mots – je ne supporte pas la flatterie, tu le sais – et lui ai demandé si ça ne posait pas de problèmes de signer l'accord de confidentialité avant d'aller plus loin. Il a acquiescé et m'a même tapé sur l'épaule. Un geste vraiment très expansif chez lui qui n'est guère porté sur les démonstrations.
Le truc, c'est que si je m'étais simplement aplati devant David la première fois qu'il m'a demandé de m'occuper de ce projet, il aurait trouvé normal que je ponde ce travail et n'y aurait rien vu de spécial. Mais comme j'ai fait un peu de foin – pour juger du sérieux de son propre engagement par rapport à ce projet –, il a maintenant le sentiment d'avoir remporté une grande victoire et se félicite d'être un fameux

gestionnaire. La réalité serait plutôt que si on sait y faire, ces apparatchiks finissent par vous manger dans la main.
J'espère que tout se passe bien à Genève et que tu seras bientôt de retour. Tu me manques.
Alfred xxxx

De : Mary.jones@interfinance.org
Date : 7 juillet
À : Fred.jones@ncfe.gov.uk
Sujet : Nettoyage à sec

Alfred,
Pourrais-tu aller au pressing de la Grand-Rue et prendre un tas d'affaires que je n'ai pas eu le temps d'aller chercher avant de sauter dans l'avion. Tu pourrais peut-être me les faire envoyer par Fedex ou DHL, car je n'ai pas grand-chose à me mettre sur le dos et ils n'ont toujours pas trouvé de remplaçant pour le type dont je fais le boulot. Merci d'avance.
Ici, ça se passe bien, plutôt pas mal de travail, mais je crois qu'on m'apprécie. Je ne suis pas encore sûre de ma date de retour en Grande-Bretagne.
Affectueusement,
Mary
PS : S'il te plaît, tâche d'aller chercher les vêtements au pressing ce soir et de me les envoyer demain matin, au plus tard.
PPS : Contente d'apprendre que tu es en train de débrouiller tes problèmes avec DS.

De : David.Sugden@ncfe.gov.uk
Date : 7 juillet
À : Herbert.berkshire@fcome.gov.uk
Sujet : Saumon/Yémen

Je me suis dit que vous seriez content d'apprendre que le scientifique (jusqu'ici réticent) que j'avais pressenti pour travailler sur ce projet me mange maintenant dans la main. Je lui ai refilé quelques idées sur la façon d'aborder ce travail et il a pondu une première ébauche de proposition plutôt convenable, qui a été bien accueillie par le client.
Je vous tiendrai au courant. Sentez-vous libre de transmettre l'info en haut lieu, si vous le jugez bon.
Bien à vous,
David

Mémo
De : Peter
À : PM
Sujet : Saumon/Yémen
Date : 8 juillet

PM,

Je pense qu'il vaut mieux que je te tienne au courant du suivi du projet Yémen (il s'agit de saumon, si tu ne t'en souviens plus). Nous avons avancé et c'est prêt pour le coup d'envoi. Mais je ne crois pas que nous en parlerons aux médias pour l'instant. J'attends de voir si ça se concrétise vraiment, avant de prendre le risque de porter à l'attention du public une histoire finalement plutôt pas banale. D'un autre côté, nous savons tous que la plupart des fonctionnaires sont aussi doués pour les fuites que des égouttoirs, et les scientifiques de la pêche ne sont ni meilleurs ni pires que le reste. Il va falloir être vigilants pour que, le jour où l'histoire sortira, on la raconte à notre façon et en soulignant clairement qui en a eu l'initiative (toi).

Je t'informe dès que j'ai du nouveau.

Peter

PS : Au fait : tu sais te servir d'une canne à pêche ?

4.

Extraits du journal de Dr Jones : sa rencontre avec Cheik Muhammad

12 juillet

Une bien étrange journée.

J'avais prévu une réunion avec Harriet (Chetwode-Talbot) chez Fitzharris & Price à St James's Street, en tout début de journée. Je dois admettre que je me réjouissais à l'idée d'en apprendre davantage sur le projet et le client. Je peux même avouer que je me réjouissais à l'idée de revoir Harriet qui m'a impressionné par l'intelligence et le professionnalisme qu'elle a manifestés jusqu'à présent. Ses talents « relationnels » sont d'une autre classe que ceux de David Sugden qui, soit dit en passant, est maintenant mon meilleur ami. Nous avons bu un verre ensemble au pub vendredi soir, après le boulot.

Enfin, je suis allé à St James's Street et je me suis annoncé à la réception. Et j'ai été un peu surpris de voir Harriet émerger de son bureau avec son attaché-case et un imperméable sur le bras.

– Nous allons quelque part ? ai-je demandé.

Elle m'a dit bonjour et m'a suggéré de la suivre. Je dois noter ici qu'elle est vraiment assez séduisante lorsqu'elle sourit (son visage est un brin sévère, au repos). Nous sommes sortis dans la rue où attendait une grande limousine noire. Le chauffeur s'est empressé de sortir pour nous ouvrir les portes. Une fois que nous avons été installés, Harriet m'a annoncé : « Nous allons voir le client. » Je lui ai demandé si elle pouvait me dire deux ou trois choses de lui, mais elle s'est contentée de répondre : « Je crois que je préfère le laisser se présenter lui-même, si vous n'y voyez pas d'inconvénient. »

La voiture a ronronné discrètement jusqu'à Piccadilly où elle a tourné à droite. Harriet a plongé la main dans son attaché-case pour en tirer des papiers, a mis des lunettes et m'a dit : « Ça ne vous ennuie pas, non ? Il faut que je parcoure quelques documents concernant une autre affaire dont nous nous occupons pour notre client. »

Et elle s'est mise à lire. Nous roulions maintenant sur Vauxhall Bridge. J'ai été un peu surpris : je m'étais attendu à ce qu'on se dirige vers un quartier chic du genre Belgrave Square ou Eaton Square. Je me suis enfoncé dans le siège confortable fleurant bon le cuir neuf et j'ai goûté ce luxe inaccoutumé. Personnellement, je n'ai pas de voiture : c'est inutile, vu les taxes de circulation urbaine. On a traversé le sud de Londres. Je commençais à me demander où nous allions. Voyons, le cheik n'habitait certainement pas Brixton, non ?

– Excusez-moi, Harriet, mais c'est encore loin ?

Enlevant ses lunettes, elle a relevé la tête de ses papiers et m'a gratifié d'un nouveau sourire :

– C'est la première fois que vous m'appelez par mon prénom.

Ne sachant comment réagir, j'ai lâché une petite phrase du genre :

– Ah oui, vraiment?

– Oui, vraiment. Et non, ce n'est plus très loin. Juste aussi loin que Biggin Hill.

– Allons-nous rencontrer le client à Biggin Hill?

– Non. C'est son avion qui va venir à notre rencontre.

– Nous ne partons pas au Yémen, non? ai-je lancé, inquiet. Je n'ai pas mon passeport. Ni rien du tout.

– Nous allons faire une brève visite au cheik dans son domaine, près d'Inverness. Votre proposition lui a plu et il veut en discuter avec vous en face à face.

– C'est très gentil de sa part d'avoir dit que cela lui plaisait.

– Il est en effet très gentil, mais votre proposition lui a plu parce qu'elle lui a donné de l'espoir.

Elle n'a rien ajouté et je n'ai pu l'inciter à converser davantage avant notre arrivée à l'aéroport.

Le seul fait de monter dans un jet privé aurait suffi à m'impressionner en toute autre circonstance, d'autant que je ne prends pas très souvent l'avion, mais ce n'était en réalité qu'un vol nous amenant d'un point à un autre. C'est plutôt ce qui s'est passé après notre arrivée qui est mémorable.

À notre atterrissage à l'aéroport d'Inverness, une autre voiture noire nous attendait à la sortie du terminal. Une Land-Rover, cette fois-ci. Nous avons rejoint l'A9 et pris la direction du sud pendant une vingtaine de minutes, avant de tourner dans un étroit chemin et de rouler sur une de ces grilles au sol qui empêchent le bétail de passer. Une pancarte annonçait : « Domaine Glen Tulloch, Privé. » Nous avons suivi le chemin en direction de lointaines collines, avant de descendre dans une vallée boisée et de franchir un pont sur une délicieuse rivière pleine de sombres profondeurs propices aux poissons. Nous l'avons longée pendant une dizaine de minutes encore, avant que nous apparaisse une grande maison de granite rouge entourée de pelouses impeccables et luisantes d'humidité. Deux tourelles flanquaient la façade au centre de laquelle se dressait un portique surmontant l'énorme porte d'entrée. Des marches descendaient vers un parterre de gravier.

Un homme en costume-cravate les empruntait justement quand la Range-Rover s'est garée devant la demeure. Je me suis demandé un instant si cela pouvait être le client. Il nous a accueillis quand nous sommes sortis de voiture :

– Bienvenue, c'est un plaisir de vous revoir à Glen Tulloch, Miss Harriet !

– Comment allez-vous, Malcolm ? s'est-elle enquise.

Malcolm a répondu d'un salut de la tête, proféré un respectueux murmure de bienvenue dans ma direction et nous a priés de le suivre. Nous sommes entrés dans un grand hall carré tout lambrissé de bois foncé, avec au centre un guéridon sur lequel reposait un bouquet de roses. Aux murs figuraient quelques tableaux sombres représentant des cerfs, entre lesquels étaient accrochés d'énormes moulages de saumons fort intimidants, montés sur des plaques de bois portant mention du poids et de la date de leur pêche.

– Son Excellence est à ses prières, a expliqué Malcolm à mon intention, après quoi il sera occupé pendant une heure ou deux. Miss Harriet, auriez-vous l'amabilité d'aller dans son bureau, il ne tardera pas à vous y rejoindre ?

– Amusez-vous bien, m'a lancé Harriet. À tout à l'heure !

– Si vous voulez bien me suivre, Dr Jones, je vais vous montrer votre chambre, a proposé Malcolm.

J'étais étonné d'apprendre que j'avais une chambre, j'avais cru venir pour une brève rencontre et regagner l'aéroport ensuite. J'avais imaginé que je passerais une demi-heure, voire une heure, avec le cheik, après quoi il aurait été au courant de tout et m'aurait signifié que je pouvais repartir. Malcolm m'a conduit dans une chambre au premier étage. Une pièce immense mais confortable, avec un lit à baldaquin, une coiffeuse et une salle de bains attenante. À travers les hautes fenêtres à guillotine, j'ai découvert des landes couvertes de bruyère qui prenaient progressivement de la hauteur pour devenir des montagnes. Sur le lit attendaient une chemise à carreaux, un pantalon kaki, d'épaisses chaussettes et des cuissardes montant jusqu'à la poitrine.

Malcolm m'a surpris et ravi en annonçant :

– Son Excellence a pensé que vous aimeriez peut-être pêcher pendant une heure ou deux avant votre rencontre, pour vous détendre un peu après le voyage. Il espère que cette tenue sera confortable. Nous avons dû deviner votre taille.

Il a désigné un bouton à côté du lit : je n'avais qu'à sonner quand je serais prêt, il m'emmènerait faire la connaissance du *gillie**, Colin McPherson.

Une demi-heure plus tard, je marchais sur la berge de la rivière que nous avions longée en voiture, en compagnie de Colin. Un petit homme aux cheveux blond roux, au visage carré et taciturne. Il m'a toisé d'un œil lugubre quand Malcolm a fait les présentations ; je me sentais un peu bête avec les cuissardes Snowbee flambant neuves que j'avais trouvées dans la chambre.

– Vous n'avez point eu l'occasion de taquiner le poisson auparavant, monsieur ? a-t-il demandé.

– De fait, si, ai-je répondu.

Son visage s'est éclairci un bref instant avant de retrouver son air renfrogné.

– La plupart de ces messieurs qui viennent voir le *laird** n'ont jamais tenu de canne à pêche de leur vie.

J'ai déclaré que je ferais de mon mieux et nous sommes descendus vers la rivière, Colin portant une ligne de quatre mètres cinquante et une épuisette. Il m'a un peu parlé de la rivière et de la pêche tandis que nous marchions sur la berge. La rivière avait une petite trentaine de mètres de large et un assez bon débit d'eau.

– Nous avons eu de la pluie c'te nuit et il se pourrait que quelques poissons soient remontés. Mais je doute que vous en voyiez un aujourd'hui.

Enfin, nous sommes arrivés devant une nappe d'eau d'une cinquantaine de mètres de long qui se terminait en ruisselant sur un bas-fond de gravier. Des sorbiers et des aulnes surplombaient l'autre rive et je distinguais des morceaux de fil de pêche qui pendaient aux branches, là où s'étaient accrochées les lignes de pêcheurs trop ambitieux.

– Vous ne serez point plus mal ici qu'ailleurs pour pêcher, a suggéré Colin, qui semblait sérieusement douter que je réussisse à voir un poisson – sans parler d'en attraper un !

Il m'a tendu la canne qu'il avait assemblée à mon intention. Je l'ai essayée plusieurs fois pour me familiariser avec elle. Elle était merveilleusement équilibrée, rigide et puissante. Je suis entré dans l'eau, j'ai avancé un peu, comme l'avait suggéré Colin et j'ai commencé à laisser dérouler le fil.

– Déroulez, avancez d'un pas, déroulez encore un peu et refaites un pas ! me conseillait Colin depuis la rive.

Une fois déroulé une bonne longueur de soie, j'ai tenté un lancer – un double *Spey cast** – et constaté avec plaisir que le fil s'était envolé avec la légèreté d'une plume et que la mouche atterrissait sur l'eau aussi doucement qu'une semence de chardon.

– J'ai déjà vu de pires lancers, a commenté Colin d'un ton plus amène qu'il n'avait eu jusque-là.

Après quoi il s'est assis sur la berge et a sorti une pipe qu'il s'est mis à tripoter. L'oubliant, je me suis concentré sur la pêche. Un pas, lancer, observer la mouche qui frôle doucement l'eau sombre, laisser le moulinet se dévider, un pas, et lancer. Fasciné par la rivière en mouvement et la beauté silencieuse de la nappe d'eau, j'avançais en pêchant lentement et avec soin. Soudain, j'ai perçu un tourbillon et des bulles, un peu hors de portée de ma ligne, dans les eaux lentes juste sous l'autre berge : un poisson, peut-être ? Je n'ai pas osé tenter un lancer plus long, de peur d'emmêler ma ligne dans les branches qui pendaient. Un peu plus tard, un éclair bleu et bronze a fusé : « Martin-pêcheur », a commenté Colin qui se trouvait maintenant à quelques mètres en amont.

Je suis finalement parvenu au bout du parcours, où l'eau m'a paru trop lente pour continuer à pêcher, alors j'ai regagné la berge. J'avais entre-temps presque oublié où j'étais, tant j'étais absorbé par ce que je faisais, goûtant la tranquillité d'un silence absolu, en dehors du babil de l'eau qui ruisselait sur le gravier en courant vers l'aval et le bassin suivant. Et puis Colin est apparu à mon côté :

– Je vais remplacer la mouche par que'que chose un p'tiot brin plus coloré. Une *Ally Shrimp*, peut-être. Il y a un poisson qui se montre sous les sorbiers.

– C'est moi qui l'ai levé, je crois.

Nous sommes remontés sur la rive et j'ai jeté un œil derrière moi pendant que Colin accrochait une nouvelle mouche. La route menant à la maison passait là et on découvrait la lande à l'arrière-plan. J'ai entendu le cri suraigu des huîtriers-pies et, plus lointain, le caquètement typique d'une grouse. Colin m'a tendu la canne et j'ai regagné l'extrémité supérieure du bassin que j'ai recommencé à descendre en pêchant. J'arrivais justement à l'endroit où je pensais avoir vu bouger quand j'ai senti un picotement dans la nuque, cette sensation qu'on éprouve parfois quand on est observé. J'ai déroulé du fil et j'ai regardé derrière moi. Il y avait sur la route, à une trentaine de mètres et un peu en hauteur par rapport à moi, un petit homme en robes et couvre-chef blancs. Il semblait totalement hors de contexte sur cette route, avec la lande de bruyère en toile de fond. Très droit et quasi immobile, il m'observait d'un œil vigilant.

Brusquement, ma ligne se tend, ramenant instantanément mon attention sur la rivière. Tourbillon, éclaboussements, hurlement du moulinet quand la soie se met à se dévider à une allure prodigieuse, tandis que le poisson attrape la mouche et fonce. Le cœur battant, je relève le scion de ma canne et je fatigue mon poisson. Ça ne dure pas longtemps : au bout d'une dizaine de minutes, je remonte au bord de l'eau une truite de mer argentée de taille moyenne que Colin cueille adroitement avec son épuisette.

– Cinq livres ! Point mal, lâche-t-il, l'air content.

– On le rejette, dis-je.

Colin n'approuve guère l'idée mais il s'exécute et nous reprenons le chemin de la maison.

Plus tard

Finalement, ma rencontre avec le client n'a eu lieu que le soir. À mon retour à la maison, j'ai été confié aux bons soins de Malcolm qui est apparemment le majordome. Je m'étais toujours imaginé les majordomes en queue-de-pie noire et pantalon à fines rayures, avec un physique à la John Gielguld* et se baladant partout avec un verre de sherry en équilibre sur un plateau d'argent. Or, Malcolm portait un costume et une cravate foncés sur une chemise blanche. Il circulait silencieusement dans les lieux, l'air sombre et discret. Il m'a ramené dans ma chambre où j'ai remis les vêtements que j'avais eus sur le dos en arrivant. Et puis il m'a servi le thé dans la bibliothèque, accompagné de canapés au concombre sans croûte et des journaux du jour – toute la gamme, du *Times* au *Sun*.

Malcolm a pointé le nez à la porte à plusieurs reprises en s'excusant de me faire attendre. Son Excellence était occupé par une conférence téléphonique qui durait plus longtemps que prévu ; Son Excellence était de nouveau en prière ; Son Excellence était en rendez-vous mais serait libre d'un instant à l'autre. J'ai fini par demander :

– À quelle heure est notre avion pour Londres ?

– Demain matin, monsieur, après le petit déjeuner.

– Mais je n'ai rien emporté – je ne savais pas qu'il était prévu que nous restions.

– Ne vous inquiétez pas, monsieur ; vous trouverez tout le nécessaire dans votre chambre.

Le biper de Malcolm a sonné, il s'est excusé et il est sorti. Il est revenu un peu plus tard en annonçant :

– J'ai pris la liberté de vous faire couler un bain, monsieur. Si vous voulez bien monter le prendre et vous changer, Son Excellence vous retrouvera à 19 heures dans la bibliothèque pour boire un verre.

Avec un hochement de tête incrédule, j'ai de nouveau suivi Malcolm à l'étage et il m'a conduit dans ma chambre – je commençais pourtant à connaître le chemin. Je suis entré, j'ai pris un bain et je me suis étiré de tout mon long dans une eau fumante fleurant bon le pin, songeant à l'étrangeté de la journée.

Tout à la contemplation du plafond de la salle de bains, j'ai senti un profond sentiment de paix m'envahir. Je me serais cru en vacances. Loin du bureau et de la maison. Et j'avais eu le plaisir parfaitement inattendu de prendre un poisson, chose qui ne m'arrive qu'environ une fois par an. (Mary n'a guère envie de vacances consacrées à la pêche : c'est un loisir barbare, estime-t-elle, de l'argent jeté par les fenêtres, une activité rasoir pour ceux qui n'y participent pas et donc, une manifestation de la complaisance que j'ai envers moi-même.) Sorti de la baignoire, je me suis essuyé avec un immense drap de bain blanc avant de réintégrer la chambre. Du feu brûlait dans la cheminée, bien qu'on soit en plein été ; les lampes de chevet étaient allumées. La douceur de la lumière et la chaleur m'invitaient à m'allonger sur le lit pour piquer un somme d'une vingtaine de minutes mais, craignant de ne pas me réveiller à temps pour le dîner, je me suis assis et j'ai écrit quelques lignes dans mon journal à propos du voyage et de la truite que j'avais pêchée.

Ensuite, j'ai examiné les vêtements préparés sur le lit à mon intention : une tenue de soirée, avec chemise blanche et cravate noire ; des sous-vêtements propres et des chaussettes – le tout parfaitement à ma taille, on aurait cru du sur-mesure. Sur le tapis, à côté du lit, attendait une paire de mocassins noirs luisants qui m'allaient aussi comme un gant. Ça ne m'a pas étonné, je ne sais pourquoi. Je suis sorti de la chambre et, sur le palier, en haut de l'escalier, j'ai vu Harriet qui arrivait de l'autre aile de la maison. Elle arborait une sensationnelle robe du soir noire, ceinturée d'or. Je dois avouer qu'elle avait une allure étonnamment glamour. Elle m'a vu, a souri et dit :

– Je suis désolée que vous ayez dû attendre. Son Excellence a de nombreuses responsabilités et il a – hélas – dû prendre le temps de s'en occuper cet après-midi.

J'ai exprimé ma compréhension d'un hochement de tête. Cela ne me gênait plus d'avoir dû attendre toute la journée. J'étais curieux et plein d'attente, comme si un important secret allait m'être révélé. Je me réjouissais de faire la connaissance du client d'Harriet.

Nous nous sommes engagés dans l'escalier ensemble. Harriet portait un parfum discret mais évocateur : il me rappelait les senteurs d'un jardin d'été après la pluie. Je me suis surpris à humer l'air en descendant les marches à côté d'elle. Mary trouve que les parfums coûteux sont une forme d'exploitation féminine et ne sauraient se substituer à l'usage fréquent d'eau et de savon. Nous sommes entrés dans la bibliothèque et là, debout au milieu du tapis, devant un grand feu de bois, se dressait le petit homme en robes blanches que j'avais aperçu sur la route plus tôt cet après-midi. J'ai remarqué le liseré d'or qui ornait le vêtement et le couvre-chef. La peau foncée, il arborait une moustache et une barbe grise sous un nez aquilin et des petits yeux bruns enfoncés. Il dégageait une impression de tranquillité et se tenait très droit, si bien qu'on oubliait sa taille.

– Bienvenue dans ma maison, Dr Alfred! m'a-t-il déclaré en me tendant la main.

Je me suis avancé pour la prendre et Harriet a annoncé :

– Puis-je vous présenter Son Excellence Cheik Muhammad ibn Zaidi bani Tihama ?

Je lui ai serré la main et nous sommes tous restés là à nous regarder, et puis Malcolm est arrivé avec un plateau d'argent où se trouvaient un whisky and soda déjà versé et deux flûtes de champagne. Cheik Muhammad a pris le whisky et Malcolm m'a demandé si le champagne me convenait ou si je préférais autre chose.

– Vous êtes surpris que je boive de l'alcool, a relevé Cheik Muhammad dans un anglais visiblement excellent. Bien sûr, je ne bois jamais chez moi, au Yémen, mais quand j'ai découvert que le whisky était une « eau-de-vie », j'ai pensé que Dieu comprendrait et me pardonnerait un peu si j'en buvais de temps à autre en Écosse.

Il avait une voix profonde et sonore dans laquelle on n'entendait guère les sons gutturaux qui caractérisent parfois les arabophones.

Il a bu une petite gorgée de whisky et ses lèvres ont formé silencieusement un « Ah ! » de satisfaction. J'ai goûté une gorgée de champagne : il était frais et délicieux.

– C'est du Krug 85, a expliqué Cheik Muhammad. Je ne suis pas moi-même amateur de champagne, mais mes amis ont la gentillesse de me dire que celui-ci se laisse boire agréablement.

D'un geste, il nous a invités à nous asseoir. Harriet et moi nous sommes installés côte à côte sur un grand canapé, en face de lui. Et nous nous sommes mis à parler du projet Saumon. Malgré l'heure tardive à laquelle j'écris ces lignes, je me rappelle très clairement les propos du cheik. C'est un homme, je crois, dont on n'oublie ni la présence ni les paroles quand on a eu l'occasion de le rencontrer.

– Dr Alfred, a commencé Cheik Muhammad, j'apprécie énormément le travail que vous avez déjà fait sur l'ébauche de projet d'introduction du saumon au Yémen. J'ai lu votre proposition et l'ai trouvée tout à fait excellente. Naturellement, vous devez penser que nous sommes tous complètement fous.

J'ai bredouillé de vagues protestations du genre : « Voyons, mais pas du tout », qu'il a balayées d'un geste détaché.

– Mais bien sûr que si ! Vous êtes un scientifique, et un très bon, d'après mes informations. Une des lumières du Centre national pour l'excellence des pêches. Et voilà des Arabes qui débarquent en racontant qu'ils veulent des saumons ! Au Yémen ! Et pour les pêcher ! Mais c'est bien naturel que vous nous trouviez complètement fous !

Il a bu un peu de whisky et promené son regard autour de lui. Malcolm est alors apparu de nulle part avec des petites tables sur lesquelles poser nos verres, avant de s'évanouir dans un coin obscur de la pièce.

– Depuis les années que je séjourne dans ce pays, j'ai observé une chose curieuse, a repris Son Excellence. Me permettez-vous de parler franchement de vos compatriotes ? (J'ai acquiescé du chef, mais il tenait de toute façon mon accord pour acquis puisqu'il a enchaîné presque aussitôt.) Il y a encore énormément de snobisme dans ce pays. Chez nous, il existe aussi de nombreuses différences de rang social, mais tout le monde les accepte sans discussion. Par exemple, je suis un cheik de la classe *sayyid**, mes conseillers sont des *cadis* ; les employés de mes domaines au Yémen sont des *nuqqa* ou même des *akdham*. Mais chacun connaît sa place et parle aux autres sans retenue ni peur du ridicule. Ce n'est pas le cas ici, en Grande-Bretagne.

Personne n'a l'air de savoir à quelle classe il appartient. Et quelle que soit leur classe d'origine, les gens en ont honte et cherchent à donner l'impression qu'ils sont issus d'une autre. Votre classe des *sayyid* adopte le langage des *nuqqa* pour ne pas se faire remarquer ; ils ne parlent pas comme des lords mais comme des chauffeurs de taxi, de peur que l'on ait mauvaise opinion d'eux. Un boucher, un *jazr**, peut gagner beaucoup d'argent et adopter le parler de la classe des *sayyid*, mais il sera mal à l'aise aussi, craignant de prononcer un mot de travers ou de porter une cravate qui ne convient pas. Votre pays est bourré de préjugés de classe. N'est-ce pas vrai, Harriet Chetwode-Talbot ?

Harriet a souri avec un hochement de tête ambigu, mais n'a rien dit.

– Cependant, a repris Son Excellence, j'ai eu l'occasion de remarquer un groupe de gens qui éprouvent une telle passion pour leur sport qu'ils en ignorent toute notion de classe. Les *sayyid* et les *nuqqa* sont unis et ensemble au bord de la rivière, ils bavardent librement, sans retenue et sans gêne. Je veux parler des saumoniers, évidemment, et des pêcheurs en tout genre d'ailleurs. Qu'ils soient de haute ou de basse extraction, riches ou pauvres, ils s'oublient eux-mêmes dans la contemplation d'un des mystères de Dieu : le saumon ; et la question de savoir pourquoi tantôt le poisson mord, et tantôt non.

Il a savouré une autre gorgée de whisky. Malcolm est accouru auprès de lui avec un flacon et un siphon.

– Mes compatriotes ont leurs propres défauts aussi, a-t-il continué. Nous sommes des gens impatients, parfois violents, très prompts à saisir une arme à feu pour terminer une dispute. Et bien que notre société soit par beaucoup de côtés ancienne et bien organisée, chacun appartient avant tout à sa tribu et seulement en second lieu à la nation. Après tout, il y a plus de mille ans que ma famille et ma tribu vivent dans les montagnes du Heraz, alors que mon pays n'a que quelques décennies d'existence. De nombreuses divisions subsistent au Yémen qui était en fait deux pays, il n'y a pas si longtemps, et même plusieurs royaumes au temps jadis : Saba, Najran, Qa'taban, Hadramawt. Une chose m'a frappé ici : certes, on voit de la violence et de l'agressivité dans votre pays – chez vos hooligans du football, par exemple –, mais il existe un groupe pour qui la patience et la tolérance sont les seules vertus qui comptent. Je pense en particulier aux saumoniers, et à tous les pêcheurs en général.

Cheik Muhammad parlait bas et d'une voix douce, mais sa parole avait le don de forcer l'attention et le respect. Je ne disais rien, n'osant, ne voulant interrompre le fil de ses pensées.

– J'en suis venu à penser que la création d'une rivière à saumon au Yémen serait à tous points de vue une bénédiction pour mon pays et pour mes compatriotes. Ce serait un miracle de Dieu si cela marchait, je le sais, car ni mon argent ni votre science, Dr Alfred, ne parviendraient seuls à accomplir pareil exploit. Tel Moïse qui trouva de l'eau dans le désert, nous pourrons, si Dieu le veut, permettre à des saumons de nager dans les eaux du Wadi Aleyn. Si Dieu le veut, les pluies d'été enfleront les *wadis*, nous pomperons l'eau de l'aquifère et des saumons nageront dans la rivière. Alors mes compatriotes – *sayyid, nuqqa* et *jazr*, hommes de toute classe et de toute sorte – s'installeront côte à côte sur les berges pour pêcher le saumon. Et leurs natures en seront changées. Ils tomberont sous le charme du poisson d'argent, ils éprouveront ce bouleversant amour – que vous connaissez, Dr Alfred, et que je connais – pour ce poisson et la rivière dans laquelle il vit. Et le jour où ils devront discuter des actes de telle ou telle tribu, ou de l'attitude à adopter vis-à-vis des Israéliens ou des Américains, et que le ton montera, une voix s'élèvera pour proposer : « Et si nous levions la séance pour aller à la pêche ! »

Il a fini ses dernières gouttes de whisky et demandé :

– Malcolm, savez-vous si le dîner est prêt ?

Maintenant, je suis fatigué et je ne me rappelle plus très clairement le reste de la soirée, hormis ses paroles dont j'ai le souvenir exact. Je sais qu'il est « fou », comme il le déclare lui-même, mais il s'agit d'une forme de folie douce et noble, une irrésistible folie. Je ne saurais dire ce que nous avons bu et mangé, sinon que tout était délicieux. De l'agneau, peut-être ? Le cheik n'a pas bu de vin à table, seulement de l'eau, il a mangé frugalement et n'a parlé que juste assez pour nous inciter, Harriet et moi, à converser à bâtons rompus.

Après le dîner, alors que nous étions installés dans la bibliothèque et que nous sirotions du café à la cardamome dans de minuscules tasses, il a ajouté :

– Si ce projet réussit, ce sera Dieu qui aura réussi et à Lui qu'il faudra rendre grâce. S'il échoue, eh bien, Dr Alfred, vous pourrez dire qu'un pauvre fou délirant vous avait poussé à tenter l'impossible. Et il est hors de doute que votre travail vous vaudra la considération, quelle qu'en soit l'issue. Un nouveau savoir aura été acquis, vous en serez légitimement loué et tout le reste sera oublié. Si l'entreprise échoue, la faute m'en reviendra, pour n'avoir pas eu la pureté de cœur, la clarté de vision et les forces suffisantes. Mais tout peut s'accomplir, pourvu que Dieu le veuille.

Il a posé sa tasse de café et nous a souri, s'apprêtant à nous dire bonsoir. Quelque chose m'a poussé à affirmer :

– Mais il ne se passera rien de mal, Votre Excellence, si ce projet n'aboutit pas.

– Je me suis ouvert de mon rêve de pêche au saumon à de nombreux érudits et *imams**. Je leur ai expliqué mon sentiment que cette créature magique nous rapproche tous de Dieu – par le mystère de sa vie, par le long voyage qu'elle fait à travers les océans avant de retrouver les eaux de sa rivière natale – car cela ressemble tant à notre propre voyage vers Dieu. Et ils m'ont répondu qu'un musulman a tout autant le droit de pêcher qu'un juif ou qu'un chrétien, et cela sans offenser Dieu. Mais les *jihadis** ne partagent pas ce point de vue : ils prétendent que je vais introduire les mœurs des croisés en terre d'Islam. Alors, si j'échoue, au mieux ils me ridiculiseront, mais s'ils croient que j'ai des chances de réussir, ils essaieront certainement de me tuer.

À présent, il fait nuit noire et les lourds rideaux sont tirés dans la chambre. J'entends les hululements du hibou dans les bois. Dans une minute, je reposerai mon stylo, mais pas avant d'avoir écrit ces mots : je me sens en paix.

19 juillet

Ce matin, David Sugden m'a demandé de venir dans son bureau. Il m'a fait signe de m'asseoir. Il était rayonnant :

– Il semble que vos charmes ont opéré sur notre ami arabe.

– Je présume que vous voulez parler de Cheik Muhammad ?

Il a acquiescé du chef et poussé vers moi une grosse liasse de documents posés sur le bureau.

– On a reçu ça ce matin de chez Freshwaters – les hommes de loi du cheik. Leurs services doivent être hors de prix, j'imagine. Voilà, a-t-il ajouté en tapotant les papiers de l'index : cinq millions de tickets ! Là-dedans.

Il s'agissait d'un projet de contrat établi par Freshwaters dans le but de fournir un cadre légal et commercial au projet Saumon du Yémen.

– Il y a tout, là-dedans ! a repris David. Nos juristes sont en train de l'éplucher, mais il contient tout ce que nous pourrions souhaiter. Des clauses de résiliation sans faute si ça ne marche pas, paiement garanti quelle que soit l'issue, garanties bancaires du projet, règlements à échéances fixes pour assurer des rentrées régulières de liquidités. C'est une manne qui nous tombe du ciel ! s'est-il exclamé, levant le regard au plafond et roulant les yeux. Si je ne me débrouille pas pour faire passer une partie de ces cinq millions dans mes budgets sous-financés, c'est que j'ai perdu la main !

– J'espère que ce n'est pas un subterfuge de notre part pour prendre l'argent de Cheik Muhammad, ai-je objecté.

Ma remarque a dû paraître plutôt rigoriste, car David a agité les mains vers moi comme pour balayer mes paroles et m'a lancé :

– Ne jouez donc pas les vieilles prudes, Alfred ! Vous savez de quoi je parle. Je veux dire que chaque département du NCFE pourra facturer des heures de travail sur ce projet, pour une raison ou pour une autre. Il l'aura, sa rivière à saumons dans le désert – ou non, c'est selon. Mais quoi qu'il arrive, nous toucherons cinq millions de livres. Bon, maintenant, passons au détail. Je dirigerai le projet et j'aurai la responsabilité de la communication avec les autres services...

– Avec les Affaires étrangères, vous voulez dire ?

David s'est tapoté le nez avec l'index, un geste très théâtral :

– Le cabinet du Premier ministre est dans le coup maintenant et Peter Maxwell suit le dossier. Mais vous êtes censé oublier ce que je viens de dire. De fait, je dois vous demander d'observer la plus grande discrétion dans toute cette affaire. Le cheik, les Affaires étrangères et tout le monde tient à garder le silence sur le projet, tant qu'on ne sait pas avec certitude sur quoi il va déboucher. Alors, souvenez-vous, je vous prie : motus et bouche cousue! a-t-il lancé avec un rire destiné à souligner la plaisanterie.

» Bon, eh bien, où en étions-nous? Ah oui. Vous serez responsable des opérations – de l'équipe de recherche, je veux dire – et de la direction du projet. Vous en référerez à moi.

Il a tourné son écran d'ordinateur vers moi pour que je puisse voir et m'a présenté son Plan de l'opération en le commentant. « Quel bureaucrate! ai-je pensé. Il a tout organisé de façon à me laisser le boulot et à s'en attribuer le mérite (mais pas la faute, le cas échéant). Il ne sait pas vraiment de quoi il s'agit. Il n'a pas la moindre notion de l'extrême difficulté de l'entreprise, de la somme de recherches scientifiques qu'il va falloir mener, des modèles d'écosystèmes qu'il va falloir construire, des évaluations d'impact environnemental, des simulations des niveaux d'oxygène dissous* dans les cours d'eau yéménites, des relevés d'échantillons de bactéries… J'ai l'impression que ma tête va exploser quand je songe à la complexité de l'ensemble! Et ce crétin est là à se gargariser d' "événements-jalons", de "prestations prévues par contrat" et de "ventilation des ressources"… »

23 juillet

Mary est rentrée de Genève cet après-midi. Elle est dans la chambre d'amis, elle dort. Elle était là depuis deux heures quand on s'est engueulés.

D'abord, quand j'ai tenté de lui parler de Cheik Muhammad et de sa merveilleuse vision de saumons nageant dans les eaux des *wadis* yéménites, elle a rejeté l'idée d'emblée :

– Il doit être fou à lier, le petit pépé ! Tu es bien sûr de vouloir être associé à un truc aussi frappadingue que ça ?

– Mais c'est toi qui m'as dit de le faire !

– Je t'ai dit de ne pas jeter ton boulot à la poubelle dans un accès de colère, pas d'apposer ton nom sur une histoire qui sent le suicide professionnel. Enfin, je suppose que tu es le mieux placé pour savoir comment mener tes affaires.

– J'espère que oui, ai-je répliqué avec raideur.

Un long silence s'est ensuivi, et puis elle a ajouté qu'elle regrettait, la journée avait été longue.

Mary a souvent tendance à déclarer que la journée a été longue. Elle semble croire qu'elle est la seule à être coincée au bureau tard le soir, à devoir assister à des réunions ennuyeuses en résistant à l'envie de pianoter ou de gribouiller dans son carnet. Tout le monde fatigue.

Je sentais en moi une bulle d'enthousiasme peuplée d'images : le cheik en robes blanches évoquant de sa voix douce ses visions de saumons scintillants ; les eaux noires de sa rivière des Highlands ; la truite de mer qui y était tapie. J'aurais aimé parler du jet privé qui nous avait conduits là ; de Malcolm, le majordome impeccable et grave ; du champagne pétillant. Quelque part dans ce paysage s'inscrivait aussi Harriet, comme si je la voyais par le petit bout d'un télescope, belle dans sa robe du soir, la tête sur le côté ou se penchant en avant pour écouter des paroles du cheik. J'avais envie de partager tout ça avec Mary. Partager mon enthousiasme de scientifique, la pensée qu'avec l'argent de Cheik Muhammad j'allais pouvoir travailler dans un registre différent, entreprendre une démarche qui n'avait encore jamais été tentée : modifier les règles du jeu.

Mais, ça n'intéressait pas Mary. Les images contenues dans la bulle se sont obscurcies et éteintes, puis je les ai enfouies au tréfonds de mon être. C'était la première fois que je ne partageais pas une chose importante avec elle : elle ne voulait tout simplement rien savoir.

Plus tard, pendant le dîner, j'ai appris ce qui occupait son esprit :

– On veut me muter à Genève.

Elle ne me regardait pas en parlant, toute à la tâche d'enrouler ses pâtes sur sa fourchette.

– Muter ? ai-je répété en posant ma propre fourchette.

– « Muter », oui, comme dans « délocaliser ».

– Pourquoi ?

– Parce que celui qui était en congé de maladie ne va pas reprendre son poste.

– Et pourquoi pas ?

– Parce qu'il est mort.

J'ai réfléchi un instant – voilà qui était apparemment définitif. Alors j'ai demandé :

– Pour combien de temps ?

– Je ne sais pas. Pour six mois au moins.

– Voyons, c'est impossible, naturellement ! ai-je lancé pour le regretter aussitôt.

– Pourquoi impossible ? a demandé Mary sans élever le ton, assise très droite et me fixant d'un œil neutre.

– Enfin, je veux dire, comment le pourrais-tu ? Notre vie est ici. Mon travail est ici, la maison est ici.

Mary se taisait, elle a mangé quelques pâtes. Avant de déclarer finalement :

– Je leur ai plus ou moins donné mon accord.

Bon, après ça, évidemment, j'ai lâché ce que j'avais sur le cœur et Mary aussi. À présent, elle dort dans la chambre d'amis et je suis là à écrire mon journal. Dans une minute, je vais poser mon stylo et m'étendre sur le lit les yeux ouverts, en grinçant des dents.

5.

Extraits du journal de Dr Jones : son jugement a pu être altéré par des questions matrimoniales

28 juillet

La journée d'aujourd'hui, comme les jours derniers, a été essentiellement consacrée à des réunions avec Fitzharris & Price. Soit je me rendais au bureau d'Harriet, soit elle venait au NCFE. Nous avions des estimations de coût à établir, des plans à dresser, des fournisseurs d'équipement à trouver. Au début, nous tenions nos réunions à Smith Square, mais David Sugden avait le chic pour débarquer dans mon bureau à tout bout de champ en demandant à voir ce que nous fabriquions. Cela prenait énormément de temps, d'autant qu'il aimait nous expliquer comment faire certaines choses que nous avions presque invariablement déjà terminées.

Il a une façon de regarder Harriet qui ne me plaît guère. Ce soir, après qu'elle était repartie à son propre bureau, il m'a lancé :

– Une fille intelligente, ça, vous ne trouvez pas ?

– En effet, elle semble très capable.

– Je suppose qu'elle a une formation de *chartered surveyor*. Elle doit se sentir un peu dépassée, non ?

Je n'ai pas apprécié sa remarque, je ne sais pourquoi. Peut-être était-ce le ton, davantage que les paroles.

– Je crois qu'elle s'en sort. Elle a l'esprit bien ordonné.

– Un beau brin de fille aussi, a-t-il relevé.

Comme je ne répondais pas, il s'est frotté les mains un moment en fixant le lino du corridor où il m'avait arrêté quand je revenais de la salle de réunion pour réintégrer mon bureau. Et puis il a demandé si Harriet était mariée. En fait, je connaissais la réponse et j'ai indiqué à David qu'elle était fiancée. Il n'a rien ajouté et il a regagné son bureau.

Si je sais pourquoi Harriet est fiancée, c'est parce qu'aujourd'hui elle m'a invité à déjeuner. Nous avions besoin d'une pause tous les deux, après une matinée passée à examiner un tableur, alors quand elle a suggéré d'aller déjeuner (une habitude alimentaire que, normalement, je ne me permets pas de cultiver), j'étais pour une fois tout à fait prêt à accepter.

Nous avons trouvé un restaurant moyen-oriental dans le voisinage – un choix qui semblait approprié. J'ai commandé une salade et de l'eau ; Harriet, une salade et un verre de vin blanc. Quand son verre est arrivé, elle l'a levé et m'a regardé en disant :

– Je propose un toast : au projet !

J'ai levé mon verre, mais elle ne m'a pas permis d'arroser un toast à l'eau minérale et elle a commandé du vin malgré mes protestations – je ne bois jamais pendant la journée. Nous avons levé nos verres en lâchant ensemble avec une certaine solennité :

– Au projet !

Nos yeux se sont rencontrés tandis que nous buvions ensemble et j'ai détourné mon regard, gêné sans savoir pourquoi. Harriet, elle, n'était pas perturbée. Elle a reposé son verre et m'a demandé si j'étais marié, pour ajouter, quand j'ai répondu oui :

– Que fait votre femme ?

– Mary ? Elle est dans la finance, dans une grande banque internationale.

– Une femme qui fait carrière, comme moi, a commenté Harriet en souriant.

Mais Mary n'était pas comme Harriet ! Jamais elle n'aurait commandé un verre de vin au déjeuner, et elle m'aurait encore moins persuadé d'en prendre un moi-même.

« L'alcool est parfait à sa place, aimait à répéter Mary, et en ce qui me concerne, sa place en semaine est dans une bouteille et nulle part ailleurs. »

Et Mary ne s'habille pas comme Harriet et, pour parler franc, elle ne sent pas comme Harriet non plus. Mary ne voit pas l'intérêt de porter des vêtements féminins et élégants, ou du parfum. Mary a des tailleurs-pantalons flottants de lin brun pour la maison, gris pour le bureau. Elle dégage une odeur de propreté, ou plutôt de savon antiseptique. Elle est toujours nette, rien n'est jamais de travers dans sa tenue… Je m'apercevais avec consternation que je comparais les deux femmes et que la comparaison n'était pas à l'avantage de Mary. Qu'y a-t-il de si mal à porter une élégante robe à mi-mollet, plutôt qu'un tailleur qui semble avoir été dessiné par un membre de base du parti communiste chinois ? Qu'y a-t-il de si répréhensible à dégager une discrète fragrance de pêches qui mûrissent en serre, plutôt qu'une odeur rappelant un désinfectant industriel doux ?

Nous avons parlé de Mary, de ses déplacements incessants.

La salade arrivée, j'ai passé un moment à taquiner une olive dans l'assiette avec ma fourchette. Et puis j'ai décidé que c'était mon tour d'entretenir la conversation et j'ai demandé à Harriet si elle était mariée aussi.

– Non, mais je le serai au printemps prochain.

– Ah, vous venez de vous fiancer ?

– Le faire-part n'est pas encore passé dans les journaux mais il y sera dès le retour de Robert.

– Retour d'où ?

Harriet a posé son couteau et sa fourchette sur son assiette et baissé les yeux un moment avant de répondre très bas :

– D'Irak.

– Que fait-il là-bas ? ai-je questionné en la regardant.

Son allure souriante et détendue l'avait désertée, elle serrait les lèvres, elle avait pâli. Je me suis soudain rendu compte qu'elle était au bord des larmes. Paniqué, j'ai tenté une plaisanterie :

– Bon, on pourrait peut-être obtenir un contrat pour introduire le saumon dans l'Euphrate et, comme ça, vous pourriez le rejoindre là-bas ?

Bonne ou mauvaise, la plaisanterie a en tout cas fonctionné. Harriet a semblé sursauter, puis elle a souri. Je ne pense pas qu'elle me croyait du genre à raconter des blagues et elle avait raison. Nous avons alors parlé un moment de Robert et de ses aventures.

– Il ne s'attendait pas à partir en Irak, a raconté Harriet. Nous devions partir en France tous les deux pour une semaine de vacances, avant que je sois totalement immergée dans le projet Saumon. Et puis il a reçu un coup de téléphone et la nouvelle m'est tombée dessus tout d'un coup : il m'appelait de Francfort pour me mettre au courant et m'annoncer qu'il était déjà en route.

Nous nous sommes tus un moment. Et puis elle a repris :

– Le pire, ce sont les lettres. Qui arrivent avec des semaines de retard ou pas du tout. Et celles qu'on reçoit sont si lourdement censurées qu'il est impossible de comprendre ce que Robert a voulu dire.

Après, elle a semblé ne plus avoir envie de continuer sur ce sujet. C'était bizarre : quelques minutes plus tôt, Harriet et moi étions encore, dans un sens, de parfaits inconnus l'un pour l'autre. J'avais passé du temps avec elle au cours des huit ou quinze jours derniers, beaucoup de temps même, mais entièrement sur le mode professionnel. J'éprouvais une admiration sans bornes pour ses capacités, mais j'avais jusqu'ici tout ignoré de sa situation personnelle et peut-être ne lui aurais-je jamais posé ne serait-ce qu'une question sur elle-même, si elle n'avait pas soudain proposé ce déjeuner.

Jetant un œil sur ma montre, j'ai constaté qu'il était presque 14 heures. On a payé l'addition et on s'est hâtés d'aller retrouver le projet Saumon.

22 août

Je travaille sans relâche, de 7 heures du matin à 19 ou 20 heures, et je suis généralement trop fatigué pour tenir mon journal. Pourtant, j'ai envie d'essayer de garder une trace de ce moment où, enfin, j'entreprends une tâche d'une immense signification. Mes dernières notes remontent à près d'un mois et le projet Saumon du Yémen progresse. Nous dépensons un argent colossal : les sommes ne se comptent pas en centaines, en milliers, ni même en dizaines de milliers de livres. De fait, nous dépensons tant et à une vitesse telle que nous avons dû louer les services d'un cabinet d'experts-comptables. Ils ont mis en place des contrôles financiers et ils établissent des rapports budgétaires pour le cheik qui, j'en suis sûr, ne les regarde jamais. J'ai passé deux jours en Finlande pour rencontrer des fabricants spécialisés dans l'équipement de pisciculture, afin de discuter de la conception des réservoirs-viviers du Wadi Aleyn. J'ai fait un saut en Allemagne pour visiter une société qui fabrique des réservoirs servant au transport des poissons tropicaux et nous avons discuté de la conception et de la fabrication de modules de transport pour emporter les premiers saumons au Yémen par avion. Mary est allée à New York, puis elle est repartie à Genève pour assister à des conférences aux titres énigmatiques sur la gestion des risques. Harriet est retournée à Glen Tulloch voir le cheik qu'elle a ensuite accompagné au Yémen pour discuter de questions que j'ignore. Bref, tout le monde était sans cesse par monts et par vaux. Tout le monde sauf David Sugden.

Je pense qu'il est devenu un peu jaloux de la manière dont le projet a poussé, développant de petites ramifications partout dans le NCFE. Des équipes élaborent des modèles mathématiques pour montrer l'incidence d'une eau à température élevée sur les niveaux d'oxygène ; d'autres se penchent sur l'impact microbiologique que les bactéries spécifiques au Yémen pourraient avoir sur les saumons ; un autre groupe a formé un comité pour réaliser une étude intitulée : « Prospective 2020 : le saumon de l'Atlantique (*Salmo salar)* peut-il coloniser le sud de l'océan Indien ? » On part de l'hypothèse que mes saumons du Wadi Aleyn pourraient bien un jour dévaler le *wadi*, nager vers le sud et passer l'équateur pour descendre à la lisière de l'océan Antarctique, au-delà des îles Kerguelen, dans le but de se nourrir des gigantesques gisements de krill qui se trouvent autour de la calotte polaire.

Je crois que c'est ce document qui a poussé David Sugden hors de ses gonds. Il a fait irruption dans mon bureau aujourd'hui, en annonçant qu'il voulait me parler. Je me trouvais à ce moment-là au téléphone avec Harriet à qui j'ai dit que je la rappellerais, et j'ai raccroché.

Il a pris une chaise et s'est assis. Il fulminait tout en s'efforçant de ne pas le montrer.

– C'est l'anarchie totale dans le projet Saumon !

– Comment ça ?

– L'argent file comme de l'eau entre les doigts. Vous avez fait trois voyages à l'étranger, rien que ce mois-ci !

– Cet argent n'est pas le nôtre, évidemment, mais le cheik voit toutes les factures en cours ou prévues, d'ailleurs vérifiées par les experts-comptables, et il n'est pas mécontent, que je sache. Je ne peux pas inventer une technologie permettant de transporter des saumons au cœur du désert sans en discuter avec les fournisseurs de matériel. Ce genre de truc ne s'achète pas par les petites annonces du magazine *Trout & Salmon*, vous savez !

J'éprouve un certain plaisir à tenir un tel langage à David. Je sais qu'il ne peut rien faire : j'ai le soutien du cheik en premier lieu, de l'agence en second lieu. Harriet l'a déjà souligné à plusieurs reprises et David le sait aussi bien que moi. Sentant qu'il ne pouvait pas poursuivre sur le chapitre de l'argent, David s'est mis à se plaindre du comité qui travaille à l'étude de prospective sur les saumons de l'Atlantique dans l'océan Indien.

– Et que se passera-t-il si tout ça foire lamentablement et que la presse fait des gorges chaudes ?

– Si tout « quoi » foire lamentablement ?

– Cette histoire de saumons de l'Atlantique qui fraient dans les *wadis* du Yémen pour, ensuite, migrer jusqu'à la lisière de l'Antarctique. L'hypothèse de saumons de l'Atlantique qui passent le cap de Bonne-Espérance est une notion tellement délirante qu'elle pourrait détruire à jamais la crédibilité de notre centre, si elle venait à tomber entre les mains de la presse.

Je l'ai regardé. C'était bien l'homme qui m'avait annoncé il y a quelques semaines qu'il me virait si je ne faisais pas de propositions pour le projet Saumon !

La sonnerie du téléphone m'a épargné la peine de répondre. J'ai décroché pour dire au standard de mettre les appels en attente mais j'ai entendu une voix mielleuse :

– Ici Peter Maxwell, directeur de la Communication du cabinet du Premier ministre. Vous êtes bien Alfred Jones ?

J'ai dit bonjour et j'ai couvert le micro du combiné de la main pour articuler sans bruit le nom de « Peter Maxwell » à l'intention de David Sugden. Ce dernier s'est redressé dans son fauteuil et a tendu la main vers le téléphone.

– David Sugden est là avec vous, on dirait ? a relevé Maxwell qui m'a alors demandé de brancher le haut-parleur.

J'ai appuyé sur le bouton et reposé le combiné. La voix de Peter Maxwell sortait maintenant du haut-parleur, onctueuse et dure à la fois.

– Salut, Fred. Salut, David. Vous m'entendez bien ?

Nous avons confirmé.

– Les gars, je dois assister au briefing matinal du Premier ministre dans quelques minutes. Vous pouvez me mettre au parfum des dernières nouvelles du projet ? Comment ça se passe ?

– Ça avance, Mr Maxwell, a répondu David.

– Ce serait bien d'avoir un peu plus de détails.

– Je vais laisser à Alfred le soin de vous en donner, il a plus les mains dans le cambouis que moi.

– Les mains dans le cambouis, oui, voilà ce qu'il me faut ! a répondu gaiement Peter Maxwell.

Je lui ai donc fait un bref résumé des travaux en cours.

– Beau boulot, Fred. Vous pouvez me mettre ça dans un courriel dès que nous aurons fini cette conversation ? Vous avez de quoi écrire ? Je vous donne mon adresse.

Je l'ai notée et Maxwell a repris :

– Le projet intéresse le Premier ministre, il tient à ce qu'il réussisse. Je compte moi-même y participer davantage quand vous aurez encore un peu avancé. Pour le moment, David, venez me voir chaque mois pour un briefing, donc dans un mois à compter d'aujourd'hui, ou plus tôt s'il y avait des nouvelles spectaculaires. Voyez avec ma secrétaire et fixez l'heure et la date avec elle. Et je veux que le personnel du Centre évite la presse. Rien de ce qui concerne le projet Saumon du Yémen ne doit filtrer dans le public sans l'accord préalable de mon bureau. D'accord ?

L'humeur de David Sugden avait changé après cette conversation avec Peter Maxwell. Des briefings mensuels au 10 Downing Street : voilà un rêve qu'il n'avait jamais osé caresser !

Il a quitté mon bureau rose de plaisir.

Plus tard

Mary était à la maison avant moi ce soir. J'écris ces lignes dans la chambre d'amis. Elle s'est d'abord montrée charmante : une délicieuse odeur sortait de la cuisine quand je suis rentré. Mary est plutôt bonne cuisinière quand elle veut, ce qui n'est pas fréquent. Enveloppée dans un tablier, elle était en train de fouetter une sauce. Je l'ai saluée avec un baiser et lui ai demandé ce qu'elle nous mijotait. Des pâtes aux coquilles St Jacques, m'a-t-elle informé et il y avait une bouteille de vin blanc au frais.

C'était sans précédent... Comme je l'ai noté, Mary ne boit jamais en semaine et rarement pendant le week-end.

– Je vais juste me changer, ai-je annoncé. Tu as dû rentrer tôt ?

– Oui, je pars pour Genève demain matin, alors j'ai pensé que ce serait sympa de faire un vrai dîner ensemble avant mon départ.

Ah, c'était donc ça ! Quand je suis redescendu, le dîner était prêt et deux verres de blanc s'embuaient sur la table de la cuisine.

– Hum, vraiment délicieux ! me suis-je exclamé après la première bouchée.

Mary a hoché la tête, proférant un vague commentaire sur le fait qu'elle avait un peu perdu la main.

J'ai bu une gorgée de vin et lui ai demandé :

– Tu n'as toujours pas idée du temps que tu dois passer à Genève ?

– Bon, c'est justement là le problème, a-t-elle répondu en posant sa fourchette. Je t'ai déjà expliqué que je remplace un collègue qui était malade et qui est mort. Ils veulent maintenant que je reste là-bas au moins un an, pas seulement à titre temporaire. Ils ont été très impressionnés par mon travail.

J'ai relevé que je trouvais un peu dur à avaler qu'elle soit la seule personne de la banque qu'ils puissent trouver à envoyer là-bas. Mary a froncé les sourcils :

– Et pourquoi pas moi ? Je suis très bonne. C'est une occasion formidable. Une promotion, même si le salaire ne change guère.

Voilà, ça recommençait. Mary aurait pu être un des généraux de Napoléon : pour elle, l'attaque n'est pas seulement la meilleure forme de défense mais la seule. On a commencé à se disputer. Malgré mon intention de poursuivre la conversation sur le ton calme et rationnel que je préfère, je me suis énervé moi aussi. Je me rappelle avoir lancé, presque en criant : « Je ne crois pas que tu aies consacré cinq minutes à réfléchir à ce que je pouvais ressentir ! » Elle m'a alors reproché d'être égoïste et de faire bien peu de cas de sa carrière ; et puis, on ne pouvait pas me parler parce que je n'avais jamais rien d'autre en tête que mes putains de saloperies de poiscailles.

– J'ai déjà dû te le répéter une douzaine de fois : si on me propose le job de Genève comme boulot permanent, la suite sera certainement un poste supérieur à Londres. Je te l'ai déjà dit une douzaine de fois, a-t-elle martelé.

– Une douzaine au minimum ! ai-je répliqué – ça n'arrangeait rien, mais je n'ai pas pu m'en empêcher.

– Oh, navrée de t'avoir rasé ! Eh bien, voilà au moins une nouvelle que je ne répéterai pas trop souvent parce que je ne serai plus là pour le faire : je pars à Genève demain et je serai absente six mois au moins avant d'avoir droit à un congé. Je ne peux pas rentrer pour les week-ends parce que la banque ouvre le samedi matin. Si tu veux venir me voir, j'ai laissé l'adresse et quelques notes à ton intention dans le bureau, sur ma table de travail.

Elle était vraiment en colère à présent :

– Tu t'en fiches, tu te terres dans ta propre carrière et tu passes notre dernière soirée à te montrer sarcastique et égocentrique !

Elle a repoussé son assiette. Je l'ai entendue grimper l'escalier en courant et claquer la porte de la chambre à coucher.

Je n'ai pas le courage de monter la voir ce soir. J'essaierai de le faire demain matin avant son départ.

23 août

J'ai tenté un ultime effort ce matin. J'étais anéanti par la soirée d'hier. Ces déversements d'émotions me vident complètement et j'ai passé la nuit avec le cœur au bord des lèvres. Je me suis malgré tout levé à 5 heures et je suis descendu en pyjama pour trouver les valises de Mary dans le hall. Attablée à la cuisine, elle buvait un mug de thé.

Elle m'a coulé un regard pas trop aimable et m'a demandé ce que je faisais debout à cette heure-là.

– Je viens te dire au revoir, naturellement. Chérie, ne nous séparons pas sur une note amère. Tu vas me manquer.

– Eh bien, tu aurais dû y penser avant de te montrer si désagréable avec moi hier soir.

La sonnette a retenti : c'était son taxi.

Mary s'est levée. Elle m'a laissé lui frôler la joue en guise de baiser et, quelques instants plus tard, il n'y avait plus de taxi, plus de bagages ni de Mary. Pour combien de temps ? Pour un an ? Pour de bon ?

6.

Correspondance entre le capitaine Robert Matthews et Ms Harriet Chetwode-Talbot

Écrit et posté à l'aéroport de Francfort

10 mai

Harriet chérie,

Je ne sais comment te dire ça. J'ai essayé de t'appeler sur ton portable et je t'ai laissé un message, mais à l'heure où tu le trouveras j'aurai déjà quitté le pays et je ne serai plus joignable par téléphone ni par courriel.

J'ai reçu un coup de fil de l'adjudant : j'avais environ cinq minutes pour prendre mes affaires et filer à l'aéroport. On a pris un vol régulier jusqu'à Francfort où je me trouve à présent. Je t'écris d'une espèce de café dans la salle d'embarquement. On a quelques minutes avant le vol de correspondance pour Basra.

Oui, j'ai le regret de t'annoncer que je pars en Irak et ça signifie que notre semaine ensemble est torpillée. Chérie, j'en suis aussi malade que tu le seras en lisant ces lignes. Une chose que j'ai d'ores et déjà décidée : je vais faire mon temps ici, une douzaine de semaines en principe, mais à mon retour je démissionnerai. Je vais quitter l'armée. Je ne suis pas particulièrement ambitieux ni avide de promotion : ça m'embête de faire l'école des officiers. Je me suis juste enrôlé parce que c'était le souhait de Papa et que je n'aurais jamais été admis à l'université. J'avais juste envie de m'amuser pendant quelques années. Bon, je me suis bien amusé et l'armée s'est bien occupée de moi, alors je suppose que je ne peux guère protester quand on me tape sur l'épaule pour m'envoyer dans un endroit un peu désagréable.

Sauf que maintenant que je t'ai rencontrée, les Marines ne sont plus un mode de vie qui me convient. Exactement comme tu le dis : ce serait si chouette de s'installer quelque part et de trouver sa place dans la vie locale, au lieu de ne faire toujours que passer.

Piètre consolation pour des vacances foutues, mais j'espère que tu comprendras. Ne t'inquiète pas pour l'Irak, c'est juste le système habituel de roulement des troupes. Mon nom n'était pas sur la liste, mais un collègue a eu un petit accident et on m'a pris pour le remplacer. On ne va rien faire de dangereux. Ça s'est beaucoup calmé là-bas, ces dernières années. C'est plus une affaire de relations publiques qu'autre chose. Je préférerais presque voir de l'action parce que sinon, ça peut être très rasoir d'être coincé là-bas, surtout à cette période de l'année où il fait presque trop chaud pour être dehors.

Enfin, je penserai à toi. On partira ensemble à la minute même de mon retour. Je te le promets.

Écris-moi dès que tu pourras à cette adresse : c/o BFPO Basra Palace, Basra, ça devrait me parvenir assez vite. Ne t'inquiète pas si tu n'as pas de nouvelles de moi pendant un moment. Si je reste sur la base de Basra, je devrais recevoir le courrier presque immédiatement, mais si je suis dans l'intérieur, il risque d'y avoir des retards avant que j'aie les lettres en main.

Alors, ne te fais pas le moindre souci pour moi, tout ira bien.

Tendresses,

Robert

Capitaine Robert Matthews
c/o BFPO Basra Palace
Basra
Irak

12 mai

Robert chéri,

Tu peux imaginer ma première réaction en trouvant ton message sur mon répondeur. J'ai couru à mon bureau, folle de rage, j'ai sorti le dossier avec toutes les réservations de l'hôtel et de la voiture, et je les ai déchirées. Et puis j'ai éclaté en sanglots.

Autrement dit, je me suis comportée aussi mal que tu aurais pu le craindre, mais je pense que tu admettras que j'avais des excuses. Je me réjouissais *tellement* de ces vacances ensemble en France ! Maintenant que je m'en suis remise, je passe mon temps à imaginer qu'il pourrait t'arriver des horreurs mais je sais que je suis bête, une fois de plus, et que j'ai l'imagination trop fertile. Toi, je ne crois pas que tu aies la moindre capacité d'invention ou que tu t'inquiètes jamais de quoi que ce soit. Ou du moins est-ce ce que tu me répètes toujours et, naturellement, tout va parfaitement bien se passer pour toi : tu as tes amis autour de toi et tu connais déjà la musique.

Maintenant, j'ai plus ou moins accepté la situation et je tiens juste à ce que tu saches que je pense à toi à chaque instant et que je rêve à toi la nuit. Tu ne peux guère en demander plus, non ?

Ne quitte pas les Marines pour la seule raison que ta petite amie te fait une scène à chaque fois que tu dois partir ! Si c'est vraiment ce que tu veux, alors vas-y, bien sûr. Mais si c'est un sacrifice, ne le fais pas pour moi, parce que tu m'en voudrais si un jour tu t'ennuyais ou tu avais la bougeotte, et on finirait par divorcer cinq minutes plus tard. Je ne veux pas divorcer de toi, je veux t'épouser. Et de toute façon, que ferais-tu d'autre ? On en discutera à ton retour. Ne fais rien avant.

Des tonnes de tendresse,
Harriet

Capitaine Robert Matthews
c/o BFPO Basra Palace
Basra
Irak

15 mai

Robert chéri,

Si seulement je savais où tu es et ce que tu fais ! Je pourrais m'inquiéter un peu moins. Où que tu te trouves, j'espère que ce n'est pas trop pénible ni trop dangereux. J'ai essayé de chercher ton unité sur Internet mais, évidemment, je n'ai rien trouvé.

C'est bizarre, non, de s'écrire des lettres ? Je n'ai pas le choix, puisque je n'ai pas le droit de t'envoyer de courriels ni de te parler au téléphone. À part quelques messages de remerciement et une ou deux lettres que je t'ai adressées, je n'en ai plus écrit depuis l'époque de la pension, quand je devais correspondre avec ma mère. Et même là, c'était généralement pour lui demander de m'envoyer de l'argent. Comme je n'ai pas la moindre idée de ce que tu fabriques en Irak – Dieu merci ! –, on ne peut pas discuter de ça. Alors je suppose que je vais devoir te barber à mort et te parler de moi.

Nous avons un client, un cheik du Yémen (je ne suis pas censée divulguer son nom à qui que ce soit – à toi, je le dirais, mais de toute façon, ça n'aurait pas de sens pour toi), et il est venu nous voir avec en tête l'idée la plus extraordinaire qui soit. Il veut que nous chargions les meilleurs scientifiques des pêches de Grande-Bretagne d'introduire des saumons au Yémen. Il possède un domaine près d'Inverness que nous l'avions aidé à acquérir, il y a un certain nombre d'années, et qui comprend quelques kilomètres de rivière où la pêche est bonne en juin et juillet, semble-t-il. Tu en connais sans doute un rayon là-dessus. Apparemment, le cheik est devenu plutôt bon pêcheur et c'est pratiquement son plus grand plaisir d'aller pêcher là-haut. Il participe aussi à des parties de pêche dans d'autres rivières quand il le peut. Il est presque obsédé de pêche, bien plus que de chasse ou de traque du gibier. Je l'ai vu à l'œuvre et on a l'impression qu'il s'y entend.

C'est un personnage très impressionnant. Il est assez petit mais se tient très droit et il se dégage de lui une impression de puissance qu'on ne peut pas ignorer. Je ne veux pas dire qu'il me plaît et je ne suis sûrement pas du tout de son goût – les grandes Européennes minces ne sont pas son type. De toute façon, il est marié et heureux de l'être, et son épouse numéro quatre est son actuelle favorite.

Je ne sais pas ce que nous allons faire au sujet de sa demande. Il est manifestement toqué de pêche, et particulièrement du projet Saumon du Yémen. Ça paraît presque malhonnête d'être payé pour une entreprise aussi dingue que ce projet voué à l'échec, mais il y a un fric fou à la clé et rien que nos honoraires de direction du projet représenteraient déjà un beau paquet d'argent.

Enfin, chéri, je voulais juste t'écrire pour que tu saches que je pense à toi et que tu me manques.

T'aime tout plein,

Harriet

5 Scarsdale Road
Londres

15 mai

Harriet chérie,

Tellement bon d'avoir de tes nouvelles. Je suis sûr que cette lettre mettra des siècles à te parvenir mais le lieu où nous nous trouvons en ce moment est à environ [redacted] kilomètres de tout. *Aux termes des Règlements de Sécurité, chapitre XII, section 83, toutes références susceptibles d'indiquer la localisation, les intentions ou les capacités d'une unité doivent être retirées de la correspondance. Bureau de la Sécurité, BFPO Basra* et la température est d'au moins [redacted] degrés à l'ombre. *Voir ci-dessus. Bureau de la Sécurité, BFPO Basra.* Je ne suis pas autorisé à te dire ce que nous faisons mais ce n'est pas exactement une partie de plaisir et les conditions sont [redacted] [redacted]. Les Irakiens sont soit très sympathiques, soit absolument, épouvantablement [redacted] [redacted]. Alors une lettre du pays est une occasion de s'évader et d'oublier tout ça pendant quelques minutes. Continue d'écrire. Chaque message que tu m'envoies est comme une longue rasade d'eau fraîche.

Je vais clore ici. Le [redacted] de Basra effacera sans doute le plus clair de mon message. *Monsieur ou Madame, comme mentionné ci-dessus, les règlements militaires énoncés au chapitre XII, section 83, nous obligent à éliminer de la correspondance privée toutes références susceptibles de compromettre l'unité concernée ou de nuire de toute autre façon aux intérêts des forces britanniques. Bureau de la Sécurité, BFPO Basra.*

Des tonnes de tendresses,
Robert
XXXXX

Capitaine Robert Matthews
c/o BFPO Basra Palace
Basra
Irak

10 juin

Robert chéri,

Ta lettre a mis des *semaines* à me parvenir et un affreux bonhomme du bureau de censure de Basra avait barré une bonne partie de ce que tu avais écrit pour griffonner par-dessus. Épouvantable de penser qu'un autre lit ce que nous écrivons ! Sinon, j'aurais des tas de choses à te raconter mais je ne peux pas, je ne veux pas, puisque plus rien n'est privé.

Les journaux sont de nouveau pleins de trucs sur l'Irak. On dirait que ça s'est aggravé, après des années de relative accalmie : enfants tués par balles, victimes d'explosion de voitures piégées ou de mitraillages d'hélicoptère. Je tremble à l'idée que tu te trouves au milieu de tout ça. Pourquoi faut-il que ça recommence juste au moment où tu arrives ?

Je suppose que jamais tu ne m'avoueras comment ça se passe vraiment, même à ton retour. Je brûle de te voir rentrer.

Nous avons eu une réunion au bureau, il y a quelques jours, et nous avons décidé d'aider notre cheik à réaliser son projet de pêche au saumon. Tout le monde y est allé de sa petite phrase du genre : « Ce n'est pas notre boulot de dire au client ce qu'il peut ou ne peut pas faire – notre travail, c'est de l'aider à réaliser ce qu'il veut. » En réalité, il y a une éternité qu'on n'a pas signé de vraiment gros contrat. Les affaires ont été lentes ces derniers temps. Alors on m'a déléguée pour écrire à un type qui est un des meilleurs scientifiques des pêches, à en croire nos contacts au DEFRA. Mais ce petit bonhomme prétentieux ne s'est même pas donné la peine de me répondre en personne : il a dicté à sa secrétaire un court message avec dix bonnes raisons prouvant qu'une telle idée n'était qu'un gaspillage de temps. Je n'allais tout de même pas avaler ça, évidemment, alors j'ai appelé un de mes vieux amis qui travaille au ministère des Affaires étrangères et du Commonwealth et je lui ai raconté ce qui se passait : « Écoute, avec toutes les mauvaises infos en provenance du Moyen-Orient, tu ne trouves pas que cette histoire-là a le potentiel de créer une bonne nouvelle ? Ne devrait-on pas encourager notre client à dépenser son argent, aussi fou que son projet puisse paraître ? N'est-ce pas une bonne nouvelle aussi pour la coopération anglo-yéménite ? » J'ai trouvé assez futé de ma part d'avoir pensé à présenter l'affaire sous cet angle, tu ne crois pas ? De fait, ça m'est venu uniquement parce que tu venais d'être envoyé là-bas.

Enfin, l'idée a paru titiller mon vieux copain (oui, je sais, c'est un ancien petit ami, mais ça remonte à très longtemps !) qui m'a répondu : « Tu sais, Harriet, je crois que tu tiens peut-être un très bon plan. Laisse-moi en parler à quelques personnes. » Avant même que j'aie eu le temps de me retourner, j'ai reçu un coup de fil d'un membre du cabinet du Premier ministre à Downing Street, me demandant des détails sur le projet du cheik. Le lendemain matin, j'avais un appel d'un type obséquieux du nom de David Sugden qui se disait le « supérieur hiérarchique » du scientifique à qui j'avais écrit, un dénommé Dr Jones, et qui m'a annoncé que ledit Dr Jones « s'était fait » à l'idée du projet. J'ai finalement eu ce matin la visite du fameux Dr Jones en personne. Et si jamais quelqu'un est entré dans mon bureau la queue entre les jambes, c'est bien lui.

Il était exactement tel que je l'avais imaginé après lui avoir parlé au téléphone. Il n'est pas très grand, plus ou moins de ma taille – disons, un mètre soixante-quatorze. Il a les cheveux blond-roux, un visage carré et pâle d'homme qui vit entre quatre murs, et il n'a pas l'air du genre à plaisanter souvent. Il m'a aussi donné l'impression qu'il allait me compliquer la tâche autant qu'il le pourrait. Mais j'avais bien préparé mon affaire et j'ai réussi à lui montrer que je savais un peu de quoi je parlais, si bien qu'il a fini par devenir presque raisonnable. Quand j'ai commencé mes explications, je pouvais voir le scientifique en lui penser : « Ce n'est pas faisable », mais j'ai senti en terminant qu'il s'interrogeait : « Y aurait-il moyen de réaliser ça, d'un simple point de vue théorique ? » Au moins, il a été assez honnête pour admettre qu'il avait pu se tromper et, de fait, il n'est pas vraiment si prétentieux que ça, en fin de compte. Il a plutôt l'air du type que sa femme mène par le bout du nez.

J'espère que tu n'auras jamais cet air-là quand on sera mariés. Et j'essaierai de ne pas trop porter la culotte.

T'aime tout plein,
Harriet

5 Scarsdale Road
Londres

15 juin

Harriet chérie,

[redacted] on roulait dans une rue et brusquement [redacted] des fusils étaient pointés dans le mauvais sens. [redacted] une très belle mosquée ancienne avec des céramiques bleues [redacted] morceaux à la suite d'une erreur d'un pilote américain dans un Cobra. À part ça il ne s'est rien passé d'intéressant, c'est surtout la chaleur et les mouches qui nous pèsent. Hier, on est entrés dans un village près de [redacted] et on a vu un petit garçon dans la rue. Il y avait eu une descente d'insurgés sunnites [redacted] perdu sa mère et il hurlait, planté au milieu de la rue. Les journaux du dimanche sont enfin arrivés avec quatre semaines de retard mais on n'a même pas eu le temps de les lire après un brin de toilette car, déjà, on recevait de nouveaux ordres [redacted] je ne pensais pas qu'on était censés être aussi près de [redacted]. Enfin, les ordres sont les ordres et il faut bien y aller, je suppose. On ne m'a même pas donné le temps de rentrer à la base pour prendre une tenue de rechange. Une chemise propre aurait été sympa.

Je pense à toi tout le temps. Plein d'amour,

Robert

Capitaine Robert Matthews
c/o BFPO Basra Palace
Basra
Irak

22 juin

Robert chéri,

Je n'ai pas réussi à comprendre grand-chose à ta dernière lettre. Le censeur l'avait attaquée à coups de crayon et presque tout barré. Mais continue de m'écrire quand même, comme ça au moins je sais que tu vas bien et que tu penses toujours à moi. Par moments, je me sens malade d'inquiétude pour toi. On lit tellement d'histoires épouvantables dans les journaux, et on en entend de bien pires encore quand on rencontre des gens qui ont de la famille là où tu – ou plutôt, là où je pense que tu te trouves.

Je ferais mieux de continuer mon histoire de saumon. Mon fameux Dr Jones a fait un coup de maître : il a rédigé une ébauche de projet brillantissime pour l'introduction de saumons au Yémen. C'est trop technique pour l'expliquer ici et, de toute façon, tu mourrais d'ennui si je te donnais les détails mais la conclusion finale est, je crois, qu'en théorie quelque chose est possible. J'ai transmis le document à mon client qui a été enthousiaste. Il m'a appelée en personne, ce qu'il ne fait jamais, pour me dire : « Amenez Dr Alfred Jones chez moi, en Écosse. S'il me plaît, je lui donnerai toutes les ressources qu'il voudra pour faire de ce projet une réalité. C'est un monsieur intelligent, mais j'ai besoin de le rencontrer pour savoir si c'est un honnête homme et s'il peut avoir la foi nécessaire à une telle entreprise. »

J'ai alors appelé Dr Jones, le client a envoyé sa voiture pour nous emmener dans un petit aéroport du sud de Londres où il gare son Learjet et nous sommes montés ensemble à Inverness. Dr Jones était plutôt impressionné et il n'a pas beaucoup parlé. Il n'a pas cessé de jeter des regards inquiets autour de lui dans l'avion, comme s'il ne parvenait pas vraiment à croire ce qui lui arrivait. Moi, j'avais déjà voyagé deux fois dans le jet privé du client alors, naturellement, j'ai pu jouer celle qui fait ça tous les jours.

On est arrivés à Glen Tulloch à l'heure du déjeuner mais j'ai dû aller retrouver le régisseur pour régler toutes sortes de menus problèmes concernant le domaine. Le cheik nous a rejoints pendant quelques minutes et nous a donné ses instructions avant de disparaître. Il est revenu plus tard en m'annonçant : « J'ai envoyé votre Dr Jones à la pêche avec Colin. Je l'ai observé un petit moment depuis la route : c'est un vrai pêcheur, pas seulement un scientifique. Je suis content de votre choix, Harriet Chetwode-Talbot. » Quand il m'appelle ainsi, je ne sais jamais très bien s'il y a une pointe d'ironie dans sa voix ou si c'est simplement son idée d'une façon polie de s'adresser à moi.

J'ai répondu que c'était de la chance. « Non, ce n'est pas la chance, Harriet Chetwode-Talbot, c'est la volonté de Dieu. Il a placé cet homme-là sur mon chemin – l'homme qu'il faut, au moment qui convient : *inch Allah !* Je vais lui parler tout à l'heure au dîner mais je sais déjà ce que j'avais besoin d'apprendre sur son compte. »

Et plus tard, il a en effet parlé à Dr Jones pendant le dîner. Des paroles très simples mais très émouvantes. Mon client est, je crois, plus qu'un petit peu fou, mais c'est une forme de folie charmante, presque une sorte de divine folie. Il croit que le saumon et sa longue traversée des grands océans pour revenir à sa rivière natale sont, d'une étrange façon, un symbole de son propre voyage pour se rapprocher de Dieu. Tu sais, il y a quelques centaines d'années, le cheik aurait peut-être passé pour un saint – s'il y a des saints dans l'islam ?

Ce soir, Dr Jones m'a appelée par mon prénom. Il ne me regarde jamais dans les yeux. Je crois que je lui plais mais il est marié et, donc, il se sent coupable. Ne t'inquiète pas, chéri, en ce qui me concerne, il n'y a que toi.

Tendresses,
Harriet

Lettre sans date ni signature, provenant du Centre de soutien des familles du ministère de la Défense.

Chère Harriet Chetwode-Talbot,

Des copies de votre correspondance avec le capitaine Robert Matthews nous ont été adressées par la Sécurité, BFPO Basra Palace.

Le capitaine Robert Matthews se trouve actuellement, pour raisons opérationnelles, dans une zone où les services postaux ne peuvent plus être assurés. Il n'est désormais plus possible de lui faire suivre sa correspondance. Son unité n'aura plus accès au courrier postal jusqu'à nouvel ordre.

Veuillez noter que le numéro du centre d'appel ci-dessous vous met en liaison avec le Centre de soutien des familles qui dispense des conseils pour vous aider à faire face à tout éventuel traumatisme consécutif à la perte de contact avec un proche – ami/parent/conjoint.

0800 400 1200

Ce service de conseil psychologique est fourni gratuitement par le ministère de la Défense, mais les appels coûtent 14 pence la minute.

Ministère de la Défense

7.

Dossier de presse

Article paru dans le Yemen Observer *du 14 août*

Projet de pêche dans les hauts-plateaux de l'Ouest

Le Cheik Muhammad ibn Zaidi a surpris le monde arabe par sa décision d'introduire la pêche au saumon dans le Wadi Aleyn du Heraz. Les Yéménites sont fondés à se poser de nombreuses questions sur la légitimité de ce projet. Nous sommes d'avis qu'il faut attendre de voir quelle sera la réalité scientifique du projet Saumon.

Ce projet suscite des débats animés dans les repas de famille et lorsqu'on se retrouve pour mâcher le *khat**. Nombreux sont ceux qui pensent que l'introduction du saumon dans un pays désertique n'est pas une proposition réaliste ou économiquement viable. D'autres objectent que, le projet ayant le soutien de scientifiques britanniques de pointe dans le domaine des pêches, cela ouvre de réelles perspectives pour les années à venir, avec une industrie touristique qui serait dynamisée par la vente de permis de pêche au saumon.

Le ministère de l'Agriculture et de la Santé n'a pas souhaité s'exprimer mais nous savons que l'actuelle Loi Aquatique N° 42 n'interdit pas expressément l'instauration de la pêche de saumon au Yémen. Cheik Muhammad est donc justifié à établir un tel système de pêche sans avoir à solliciter d'autorisation gouvernementale.

*Article paru dans l'*International Herald Tribune *du 16 août*

Un cheik yéménite projette d'instaurer un nouvel écosystème dans les *wadis*

Sanaa, république du Yémen.

Cheik Muhammad ibn Zaidi, figure-clé des cercles politiques yéménites, est connu de longue date pour ses opinions pro-occidentales dans un pays où les relations avec les États occidentaux ont parfois été houleuses. Il a sollicité dimanche le soutien du président Saleh à un écoprojet révolutionnaire qui a trouvé un certain appui dans les milieux gouvernementaux britanniques.

Cheik Muhammad projette en effet, en collaboration avec le gouvernement britannique, de consacrer des millions de livres sterling à l'introduction de saumons sauvages dans un *wadi* du Yémen occidental. Il semblerait que le Royaume-Uni change de terrain politique, en contraste évident avec la politique américaine qui s'emploie actuellement à renforcer ses positions militaires en Arabie saoudite et en Irak.

Bien que les officiels du gouvernement britannique nient toute relation formelle avec Cheik Muhammad, c'est néanmoins un organisme public britannique, le Centre national pour l'excellence des pêches, qui a pris la direction de ce projet représentant un grand défi environnemental. La politique de Londres dans la région semble à présent chercher des moyens de se doter d'une image culturelle et sportive, dans le but probable d'adoucir l'impact des récentes actions militaires dans le sud de l'Irak.

Le financement sera assuré par Cheik Muhammad. Des officiels du gouvernement britanniques ont aujourd'hui tenu à marquer leurs distances par rapport à ce projet, déclarant qu'il s'agissait d'une initiative du secteur privé. On se doute cependant qu'un plan d'une telle importance, auquel participent les plus prestigieux scientifiques de la pêche, ne pourrait se développer sans l'accord du cabinet du Premier ministre, Jay Vent.

Certains observateurs émettent l'hypothèse que l'initiative de Cheik Muhammad pourrait ne pas être bien acceptée dans sa propre province. La région est en effet le siège de plusieurs *madrassas* Wahhabi radicales – des écoles de formation religieuses – et il semblerait que la pêche au saumon passe pour une activité inacceptable aux yeux de certains *imams* Wahhabi. L'eau est également une ressource rare au Yémen et le fait qu'elle soit canalisée vers les *wadis* pour alimenter une rivière praticable par les saumons ne sera pas universellement populaire, dans un pays où l'approvisionnement en eau est souvent une question de vie ou de mort.

Article paru dans le Times *du 17 août*

Des scientifiques britanniques des pêches pris dans une vive controverse

Des voix se sont élevées au Parlement hier pour exprimer des inquiétudes quant au fait qu'un organisme public-clé, le Centre national pour l'excellence des pêches (NCFE), outrepassait les limites de sa mission. Créé il y a une décennie pour soutenir le travail de l'Agence pour l'environnement en assurant le suivi et l'amélioration de l'état des eaux des rivières d'Angleterre et du Pays de Galles, le NCFE aurait, dit-on, détourné près de 90 pour cent de ses ressources pour les consacrer à un project d'introduction du saumon de l'Atlantique au Yémen.

Le Service environnement, alimentation et affaires rurales (DEFRA) a confirmé que le financement du projet Saumon du Yémen ne sortait pas de la poche du contribuable britannique et provenait en totalité du secteur privé. Il n'empêche que l'on s'interroge : est-ce vraiment une bonne utilisation d'un service public-clé, à un moment où les rivières d'Angleterre et du Pays de Galles ont à relever toute une série de défis environnementaux et autres, en raison du réchauffement de la planète et des risques de pollution agricole et industrielle des cours d'eau ? Un porte-parole de la RSPB[1] a déclaré que si le projet Saumon du Yémen se réalisait, leur association tâcherait d'exporter des cormorans anglais au Yémen, de façon à assurer le main-

1. *Royal Society for the Protection of Birds* (Société royale pour la protection des oiseaux).

tien des mécanismes d'équilibre des espèces, tels qu'ils fonctionnent dans toutes les rivières à saumons.

Extrait de Trout & Salmon, *le 18 août*

Point de vue

Il nous est arrivé de chanter les louanges du Centre national pour l'excellence des pêches, reconnaissons-le. Cette organisation s'est fait une réputation d'expertise scientifique et de bon sens dans la communauté des pêcheurs.

C'est devenu « cool » de pêcher à la mouche aux États-Unis et, en Grande-Bretagne même, nous remisons nos vestes de toile cirée pour le dernier cri de la technologie vestimentaire signé Orvis, Snowbee et bien d'autres fabricants. Il sort des films sur la pêche qui passait pourtant, jadis, pour le plus rasoir des sports. Cette tendance s'est d'ailleurs vue confirmée par le tournage de *A River Runs Through It* en 1992, et des émissions de télévision telles que *Passion de la pêche à la ligne* et *Allons à la pêche* attirent un public de prime time et ne cessent d'être rediffusées sur les chaînes satellite.

Ainsi, la pêche est à la mode, son attrait passe les frontières et elle devient vraiment internationale, mais jusqu'ici rien ne nous avait préparés à l'idée que les montagnes du Heraz en république du Yémen étaient en passe de devenir le prochain terrain de jeux de pêcheurs à la mouche cosmopolites, avides de nouveaux frissons en matière de pêche au saumon.

Et qui est derrière cela? Un éminent et riche citoyen du Yémen a fait équipe avec le Centre national pour l'excellence des pêches, un organisme qu'on ne se serait pas attendu à voir participer à une aventure de ce genre. Mais l'argent parle et les millions de livres qu'apporte Cheik Muhammad du Wadi Aleyn sont suffisamment éloquents pour captiver l'attention du NCFE et même (prétend la rumeur) du directeur de la Communication du 10 Downing Street.

Nous avons compulsé nos archives à la recherche d'un autre exemple d'une pareille absurdité de la part d'un organisme public, mais nous n'en avons trouvé aucun qui puisse rivaliser avec celui-ci. À un moment où l'état des rivières d'Angleterre et du Pays de Galles est si précaire, où les populations de saumons et de truites de mer – sans parler des truites brunes – semblent menacées par les changements climatiques, nos meilleurs scientifiques de la pêche ont été attelés à un plan digne d'une cervelle d'oiseau, qui ne profitera en rien à la communauté des pêcheurs à la ligne de Grande-Bretagne.

Extrait du Sun, *le 23 août*

Des cuissardes au ras des seins

La très glamour Harriet Chetwode-Talbot, la blonde rêveuse qui est aux commandes du plan fou visant à introduire la pêche au saumon au Yémen, a refusé de parler à notre reporter quand nous lui avons téléphoné ce matin. Nous l'avons appelée chez Fitzharris & Price, la sélect agence immobilière du West End, en lui demandant de commenter son idée fêlée : « Allons donc pêcher le saumon dans le désert ! » Elle n'a pas pu nous expliquer grand-chose sur la manière dont ça fonctionnerait et elle a refusé de décrocher un seul mot au sujet de son patron yéménite, Cheik Muhammad. Nous lui avons alors demandé si elle voulait bien enlever sa tenue devant notre photographe et poser pour nous en « cuissardes » qui montent à hauteur de poitrine. Nous attendons toujours sa réponse !

Courrier des lecteurs de Trout & Salmon

Monsieur,

Je me sens obligé de réagir au récent article sur l'introduction du saumon dans les *wadis* du Yémen.

Tout en applaudissant à l'intention d'introduire la pêche sportive dans un endroit où elle n'a pas été largement pratiquée jusqu'ici, je suis forcé de me demander ce qu'on reproche à la pêche des poissons de rivière autres que les salmonidés. Ne serait-il pas plus pratique et, j'ose le dire, moins coûteux pour le Yéménite moyen, de voir des vandoises ou des perches introduites dans ses rivières ? Et pourquoi ne pas envisager la pêche à la truite arc-en-ciel dans les réservoirs yéménites, sport encore plus accessible et économique pour le pêcheur moyen ? La décision d'introduire des saumons dans les *wadis* du Yémen, sans aucune consultation préalable, est à mes yeux typique d'une attitude élitiste encore trop répandue dans les cercles de pêcheurs de notre pays et, semble-t-il, du Yémen aussi.

Salutations,

(Nom non communiqué)

Courrier des lecteurs du Daily Telegraph

Monsieur,

J'ai cru comprendre que le plan d'introduction du saumon au Yémen avait déclenché un tollé. J'ai séjourné au Yémen dans les années 1950, quand j'étais dans les forces armées. Basé à Aden, j'ai eu l'occasion de constater que les pêcheurs du cru essayaient d'attraper tout ce qui bougeait, des anchois jusqu'aux requins. Je me rappelle fort bien les pêcheurs yéménites dressés à la proue de leurs bateaux, en parfait équilibre, partant en mer pour pêcher tout ce qui se présenterait. Je sais que les Yéménites sont des pêcheurs nés et je suis sûr qu'ils feraient de bons pêcheurs à la ligne, si l'occasion leur en était donnée.

J'applaudis à la nature imaginative de ce projet.

Salutations distinguées,

(Major) Jock Summerhouse (à la retraite).

Courrier des lecteurs du Times

Monsieur,

La république du Yémen possède une grande expertise dans la gestion de ses pêches, qui sont placées sous la responsabilité du ministère des Ressources halieutiques. Le cadre légal de la gestion de nos pêches est la Loi aquatique n° 42 (1991).

L'industrie de la pêche yéménite n'a rien à envier à celles des autres pays, puisqu'elle récolte 126 000 tonnes de poisson par an, toutes espèces confondues – pélagiques et non pélagiques –, et ce tant par des méthodes artisanales qu'industrielles. Notre consommation annuelle de poisson est de 7,6 kilos par habitant.

Il a été rapporté dans votre presse que certains cherchent à installer la pêche au saumon dans le système hydrologique du Yémen. À ce jour, nous n'avons pas connaissance officielle de telles propositions mais nous pouvons affirmer qu'elles seraient parfaitement en accord avec l'excellent savoir-faire et l'expertise traditionnels du Yémen en matière de pêche et de gestion des pêches.

La Loi aquatique n°42 ne fait aucune référence à la gestion d'une pêcherie de saumon, et des amendements seraient donc nécessaires, le moment venu, afin d'inclure cette possibilité. Nous en concluons respectueusement qu'un tel projet, s'il se confirmait, serait dans l'intérêt national et aurait valeur de symbole de la coopération anglo-yéménite.

Hassan bin Mahoud

Assistant du sous-directeur
Ministère des Ressources halieutiques
Aden, république du Yémen

8.

Échanges de courriels d'Al-Qaida interceptés par l'Agence d'intelligence inter-services du Pakistan

De : Tariq Anwar
Date : 20 août
À : membres d'Al-Qaida au Yémen
Dossier : courrier sortant, Yémen

Je vous envoie mes salutations d'au-delà des marécages jusqu'à votre pays où règnent le progrès et la civilisation. Ici nous avons beaucoup de problèmes avec nos frères Talibans et ils n'agissent pas toujours au mieux des souhaits d'Abu Abdullah et la grande Nation d'Islam. Aussi nous avons de nombreux adversaires qui font pression de tous les côtés – les forces spéciales de la croisade et même nos frères du Pakistan qui ont oublié la vraie foi et châtient les nôtres à coups de fusil ou de fouet.
Nous avons entendu dire que Cheik Muhammad ibn Zaidi bani Tihami fraye maintenant avec le Premier

ministre croisé et dépense des millions de dollars pour des projets dangereux et absurdes, destinés à amener des saumons au Yémen et à persuader nos frères yéménites de pratiquer la pêche comme sport et pas simplement pour nourrir les bouches de leurs familles, comme c'est leur devoir. De plus, comme tous les Yéménites doivent trimer de l'aube au crépuscule et six jours de la semaine, juste pour avoir de quoi remplir leurs bouches et celles de leurs enfants, il en découle que le cheik s'attend à ce qu'ils pêchent le jour du sabbat, ce qui est formellement interdit par le Coran.

Ce projet est mal parce qu'il n'est pas islamique dans sa nature et parce qu'il cherche à détourner l'attention des plus grands maux que les croisés sont en train de perpétrer contre la grande Nation musulmane en Irak, en Iran, en Afghanistan et en Palestine.

Il faut donc l'arrêter.

Abu Abdullah vous enjoint de lancer une opération contre Cheik Muhammad ibn Zaidi. Vous devez faire appel à un de nos frères du quartier de Finchley à Londres. Il doit entreprendre une opération d'extrême urgence contre le cheik pour le liquider et empêcher la venue de saumons au Yémen. Nous avons envoyé 27 805 dollars par mandat télégraphique au compte habituel : c'est le budget qui couvre l'opération.

Nous prions Dieu de vous mener au bien dans cette vie et dans l'au-delà.

La paix soit avec vous, et la miséricorde et les bénédictions de Dieu.

Tariq Anwar

De : Essad
Date : 20 août
À : Tariq Anwar
Dossier : courrier entrant, Yémen

Bon frère Tariq,
Nous n'avons plus personne à Finchley – ils ont tous été arrêtés ou dispersés par la police britannique. Il serait nécessaire d'envoyer quelqu'un d'ici pour trouver le cheik en Écosse, à moins que le cheik ne rentre dans son palais et son village ici.
Nous ne pensons pas que cette opération sera très populaire. Le Cheik Muhammad est connu partout comme un homme qui suit de très près les enseignements de Dieu. Les gens de son *wilayat* le révèrent et l'adorent tous. Ce sera dur de dénicher quelqu'un pour le liquider, et certainement pas pour le budget d'opération que tu as mentionné.
La paix soit avec toi.
Essad

De : Tariq Anwar
Date : 20 août
À : Essad
Dossier : courrier sortant, Yémen

Frère Essad,
Abu Abdullah ne veut pas entendre tes pensées concernant Cheik Muhammad. Tu oublies que notre frère Abu Abdullah a lui-même de la famille au Yémen et qu'il est très informé sur qui est ou n'est pas un fidèle qui suit le

vrai chemin de Dieu. Il considère qu'il est très nécessaire que le cheik soit liquidé, et tout de suite.
Budget de l'opération : avion 1 000 dollars (aller simple) ; location de voiture 500 dollars, nourriture 25 dollars, déguisement 200 dollars. La récompense de 30 000 dollars est payable à la famille de l'opérateur, à supposer qu'il soit capturé ou liquidé par la sécurité. Nous fournirons un portable vierge et des papiers. Total : 31 725 dollars, ce qui augmente de pas mal de dollars la somme proposée au départ. Il n'y en a plus d'autres.
Les sommes nécessaires pour l'opération seront mises à disposition à la poste de Finchley sur un compte au nom de Hasan Yasin Abdullah. Ils ne contrôlent que le système bancaire, pas les postes. La récompense sera payée une fois l'acte accompli.
S'il te plaît, confirme. Abu Abdullah veut connaître ta réponse.
Au nom de Dieu,
Tariq Anwar

De : Essad
Date : 21 août
À : Tariq Anwar
Dossier : courrier entrant, Yémen

Frère Anwar,
La paix soit avec toi.
Nous avons trouvé un frère ici à Hadramawt qui parle un peu anglais. Ses trente chèvres viennent toutes de mourir de la fièvre aphteuse. Maintenant il n'a plus

rien à manger, plus d'argent, plus de chèvres. Il va le faire. S'il te plaît envoie l'argent et nous commencerons l'opération.
Au nom de Dieu,
Essad

9.

Entretien avec Peter Maxwell, directeur de la Communication, cabinet du Premier ministre

Enquêteur : Veuillez expliciter les raisons qui vous ont initialement amené à entraîner le Premier ministre dans le projet Saumon du Yémen.

Peter Maxwell : Savez-vous qui je suis ?

E : Vous êtes Mr Peter Maxwell. Veuillez expliciter les raisons qui vous ont initialement amené à entraîner le Premier ministre dans le projet Saumon du Yémen. Je vous prie de garder en tête qu'il est de votre intérêt de coopérer pleinement à cette enquête.

PM : Bon, je vois. Bien sûr que je vais coopérer. Pourquoi ne le ferais-je pas ? C'est l'intérêt de tout le monde d'avoir l'image la plus complète possible de ce qui s'est passé. Je suis d'ailleurs en train d'écrire un livre là-dessus. Ou du moins j'avais commencé avant qu'un de vos zigues embarque le manuscrit.

E : Votre manuscrit est considéré comme contenant des éléments susceptibles de représenter une violation du secret, et son statut devra être examiné par l'enquête, avant que puisse intervenir une décision de vous le rendre.

PM : Je suis profondément blessé par ce qui est arrivé, profondément. Je suis traumatisé. Je veux qu'on le note : je suis traumatisé.

Le témoin a alors éclaté en sanglots et on a dû lui administrer un léger calmant. L'entretien a repris le lendemain et a été transcrit mot à mot, dans la mesure du possible. Les détails relatifs à la sécurité opérationnelle n'ont pas été divulgués dans le rapport public.

PM : Je m'appelle Peter Maxwell et je suis – j'étais – directeur de la Communication du cabinet du Premier ministre, poste que j'ai occupé pendant deux ans. Je suis un très vieil ami du Premier ministre. Ce n'est d'ailleurs pas ce qui m'a valu ce travail : j'ai décroché ce boulot parce que, toute fausse modestie mise à part, j'étais absolument le meilleur qu'ils avaient pour ce genre d'activité. J'aurais pu occuper un poste ministériel – bon, si j'avais été élu député. Mais tout le trip de la politique en première ligne, ce n'était pas pour moi. J'avais envie de servir mon parti depuis la ligne de touche, dans l'ombre. Voilà où je fonctionne : dans la zone d'ombre. Laissons les autres récolter le bénéfice de la situation. Ne pas être le sujet de l'histoire, mais la façonner : telle est ma devise.

Jay [*le Premier ministre, le Très Honorable James Vent, député à la Chambre des Communes*] a été un cadeau du ciel pour notre parti. C'est le meilleur Premier ministre que nous ayons connu depuis Churchill. Depuis Gladstone. Depuis Pitt. Il a sorti le pays de la Deuxième division pour le remettre en Première division sur le terrain des affaires mondiales. Tout en haut. Dans la Ligue des champions. Il avait la maîtrise totale de la Chambre des Communes. Les députés avaient beau lui lancer des balles bourrées d'effet – *seamers, spinners, yorkers*[1] et tutti quanti – Jay les rattrapait toutes et les envoyait valser hors du terrain. Il mettait dans le mille à tous les coups.

E : Vous êtes, semble-t-il, en train de citer le premier chapitre de votre livre. Pourriez-vous répondre à la question qui vous est posée ? Quand et comment avez-vous décidé de recommander au Premier ministre de s'engager dans le projet Saumon du Yémen ?

PM : Si vous pouviez me laisser répondre à mon propre rythme, merci. J'y venais justement. Voyez-vous, nous avons tous des jours sans. Tout le monde est à la merci d'une attaque-surprise ou bien on peut se faire avoir dans sa zone aveugle[2]. Et c'est là que je peux apporter un plus. C'est ce que je fais. Quand les nouvelles sont mauvaises, je les présente sous le meilleur jour possible, et si elles sont *très* mauvaises, je sors une autre info complètement différente. Le délai d'attention de la plupart des médias est de l'ordre d'une vingtaine de minutes : une

---

1. Dans une partie de cricket, les lanceurs essaient de mettre le batteur en échec en donnant à la balle différents effets pour la dévier de sa trajectoire et la rendre difficile à renvoyer : en s'arrangeant par exemple pour que la couture de la balle frappe le guichet (*seamer*) ou rebondisse contre lui, de telle manière que le batteur n'ait pas le recul suffisant pour renvoyer (*yorker*) ; ou encore en lui imprimant une rotation excessivement rapide (*spinner*). Le *spinner* prolonge la métaphore du cricket sur le plan politique, car *spinning* (imprimer un effet) désigne aussi les manipulations de la communication officielle, langue de bois et autres. Ici, le Premier ministre réussit non seulement à rattraper toutes les balles difficiles, mais aussi à obtenir le score maximum en les envoyant hors du terrain.

2. Terme de cricket : quand la balle arrive dans cette zone, juste devant le batteur, celui-ci est « aveuglé » – il a du mal à juger de la meilleure façon de manier sa batte pour renvoyer la balle.

info neuve, un nouvel angle de vue les tentent généralement assez pour qu'ils lâchent le vieil os qu'on voulait les voir abandonner et lorgnent sur le nouveau qu'on leur tend. Mais je vous dis ça en confidence...

E : Tout ce que vous nous dites ici est noté, je le crains. S'il vous plaît, pouvons-nous aborder la manière dont vous êtes venu à vous intéresser au projet Saumon du Yémen ?

PM : C'était un de ces jours de mauvaises nouvelles comme on en a parfois. La première mention de l'histoire du Yémen date de là. Je ne me souviens plus de ce qui était arrivé : je crois que quelqu'un avait regardé une carte à l'envers et bombardé un hôpital iranien au lieu d'un camp d'entraînement militaire dans le désert d'Irak. Pas idéal du point de vue image, alors j'ai fait comme d'habitude. J'ai un petit groupe d'amis et honnêtes citoyens au ministère des Affaires étrangères et du Commonwealth et dans un ou deux autres départements ministériels, avec qui j'entretiens des contacts par courriel, et à qui j'ai envoyé un de mes messages habituels : « Quelqu'un aurait-il une bonne nouvelle pour moi ? »

Normalement, on m'envoie des trucs sur lesquels je dois suer sang et eau pour les rendre utilisables. Vous savez, dans le genre inauguration d'une nouvelle station de traitement des eaux usées dans Basra sud, avec photo d'un général planté près d'un fossé. Ou bien l'annonce que le British Council a envoyé un groupe de danseurs folkloriques en tournée dans le triangle sunnite. Un sacré boulot de vendre ce genre de salade dans une conférence de presse – certains collègues du métier sont un rien cyniques en ce moment. Mais l'histoire du Yémen est arrivée toute seule, sur un plateau. Herbert Berkshire des Affaires étrangères m'a appelé : « Que penses-tu de cette idée de pêche au saumon ? Au Yémen ? »

« De quoi s'agissait-il donc ? » lui ai-je demandé. Je me souviens d'avoir attrapé l'Atlas scolaire Bartholomew qui n'est jamais loin de mon bureau en ces temps de politique étrangère à dimension éthique. Nous sommes devenus « éthiques » dans tellement d'endroits que je commence à regretter de ne pas avoir continué la géographie en terminale. Je tourne les pages et l'atlas s'ouvre plus ou moins tout seul sur le Moyen-Orient. Et je trouve le Yémen, naturellement. Coloré surtout en jaune et en brun, évidemment. Je me récrie : « Mais c'est désert ! Tu ne risques pas de trouver des masses de saumons là-bas ! »

Je ne sais absolument rien de la pêche au saumon. J'aime le cricket, les fléchettes, le football, la salsa, les activités physiques de ce genre pour entretenir la forme. Mais la pêche au saumon : n'est-ce pas ce que des vieux messieurs en casquettes de tweed et cuissardes pratiquent sous la pluie écossaise ?

« Eh bien, voilà le topo », a commencé Herbert qui m'a parlé de Cheik Muhammad du Yémen, un homme qui avait toujours été pro-britannique, m'a-t-il assuré. Le cheik avait un domaine en Écosse et une base de pouvoir au Yémen, en partie assise sur des revenus pétroliers. Or, l'argent est un moteur-clé dans ces cas-là : s'il y a un paquet de fric quelque part dans une opération, elle est presque bouclée d'avance. Herbert m'a raconté que le cheik était obsédé de pêche, et plus particulièrement de pêche au saumon. Il avait une étrange théorie selon laquelle la pêche serait un sport qui a des effets calmants et bénéfiques sur ses adeptes, et il voulait en faire bénéficier ses compatriotes yéménites. C'était une véritable conviction chez lui, a souligné Herbert. Un véritable tissu de conneries, oui, à mon avis, mais on s'en fichait, ça ferait une bonne histoire. Le cheik voulait mettre un énorme tas d'argent à la disposition des scientifiques des pêches britanniques pour qu'ils travaillent à un projet d'ensemencement des cours d'eau yéménites avec des saumons écossais. Des saumons vivants, bien sûr. Il croyait qu'en y mettant le prix, il pourrait créer des conditions telles qu'on puisse pêcher le saumon au Yémen à la saison des pluies. D'après Herbert, le cheik avait la volonté et l'argent nécessaires pour que quelque chose se fasse. Le cheik voulait que son argent finance l'étude d'un projet de développement par un vague sous-groupe du DEFRA du nom de Centre national pour l'excellence des pêches (NCFE), dont j'ignorais qu'il existait encore. Je croyais que toutes ses subventions avaient été transférées sur un programme de construction de piscines dans les centres urbains défavorisés, genre minorité ethnique. Je me souviens d'avoir mentalement pris note de vérifier plus tard. Mon point de vue était le suivant : les poissons ne votent pas. Quand est-ce que les gens comprendront cette simple vérité ?

– Herbert, ça va foirer. Il y a « D » comme désastre écrit dessus – partout.

– Réfléchis donc un peu, m'a répondu Herbert qui s'est mis à énumérer ses arguments, et je le voyais en imagination replier tour à tour chaque doigt de la main gauche avec l'index droit – ce geste agaçant, style maître d'école, qu'il a dans les réunions.

» Primo : toutes les infos en provenance de la région se sont récemment aggravées et ça ne donne pas une image très reluisante du gouvernement. Voilà une chance de faire la couverture des magazines avec une photo qui ne soit pas légendée « Moyen-Orient » et qui ne montre pas de cadavres. Deuxio : on vient juste de reprendre nos relations diplomatiques avec le Yémen, après les récents incidents terroristes auxquels avaient participé des groupes yéménites. Voilà une chance de travailler de manière constructive et de nouer un nouveau dialogue avec le Yémen sur un autre terrain que la politique. On pourra montrer de l'eau avec des poissons qui nagent dedans, le tout en pays désertique. Au fond, peu importe que ça marche ou pas : l'important, c'est qu'il est sans doute possible d'en donner l'impression, ne serait-ce que pour cinq minutes. On introduit de nouveaux poissons dans une rivière, on prend des photos, et on passe à autre chose.

– Bien vu, Herbert ! lui ai-je répondu.

– Tertio : le président du Yémen n'a rien à voir dans l'affaire, son gouvernement non plus ; c'est une initiative privée. Libre à ton cabinet et au patron de s'en mêler ou pas, en tout cas les Affaires étrangères n'ont pas besoin d'être de la partie. Ton cabinet peut décider de soutenir ou non ce truc-là, selon la manière dont ça se présentera quand tu l'auras examiné de plus près. Mais ça aurait vraiment de la gueule, un Premier ministre se faisant l'avocat d'un projet scientifique, sportif et culturel comme celui-ci ! Et c'est fantastique pour illustrer la façon dont les idées et la science occidentales sont capables de transformer l'environnement ingrat du désert et les vies de ceux qui l'habitent. Je pense que tu devrais soumettre ça au patron.

Plus j'y réfléchissais et plus ça me plaisait. C'était du gagnant-gagnant.

– Herbert, merci pour la suggestion, elle me plaît. Je vais la transmettre au patron, comme tu le suggères.

Si seulement je lui avais raccroché au nez à l'instant où il avait prononcé les mots « pêche au saumon » !

E : Ainsi, l'intérêt que vous avez porté initialement au projet Saumon était purement motivé par des raisons politiques ?

PM : Ben, la politique, c'est mon boulot ! Je n'étais pas payé pour penser à des poissons mais pour réfléchir aux moyens de donner une bonne image au patron. Enfin, voilà comment tout a commencé. J'ai écrit au PM qui a pigé tout de suite. Sans poser de questions. Il a juste répondu : « Fonce Peter, bien joué » ou quelque chose dans ce goût-là et, après, il a bien fallu que je fonce. Le premier petit écho paru dans la presse nous a pris un peu à contre-pied – je veux parler d'un article du *Yemen Observer*. Comment aurais-je pu le prévoir ? L'*International Herald Tribune* l'a repris et, de là, c'est passé dans les journaux britanniques sérieux, puis dans les tabloïdes. On a donc dû s'en mêler pour garder la maîtrise des événements et s'assurer que l'histoire tournait bien dans le sens qui nous arrangeait. Vous avez vu l'interview au journal du matin de la télévision, non ? Bon, je suis très fatigué, je ne veux plus répondre aux questions aujourd'hui.

E : Qu'il soit noté que j'arrête l'enregistrement.

10.

Reproduction de l'interview du Premier ministre, le Très Honorable Jay Vent, MP*, dans l'émission *Le Show politique* de BBC1

Andrew Marr [*à l'écran, face à la caméra*] : Aujourd'hui, nous allons examiner la question de la pêche au saumon – cela nous change un peu, c'est rafraîchissant. Plus précisément, nous allons parler de pêche au saumon au Yémen avec le Premier ministre, Jay Vent. Je me suis entretenu avec lui au 10 Downing Street, il y a quelques jours.

Liaison télévision entre le studio et Downing Street. Plan du Premier ministre et d'Andrew Marr installés face à face dans des fauteuils, séparés par une table où est posé un vase de roses.

AM : Monsieur le Premier ministre, la notion même de pêche au saumon au Yémen n'est-elle pas une idée digne des cinglés de la frange extrémiste ?

Jay Vent : Vous savez, Andy, il arrive que quelqu'un ait une idée improbable mais vraiment, vraiment héroïque. Je pense que c'est le cas de mon vieil ami Cheik Muhammad. Il a eu une vision.

AM : Beaucoup de gens, peut-être insuffisamment informés, parleraient plus volontiers d'hallucination que de vision.

JV [*se tournant vers la caméra*] : Oui, Andy, ça peut en effet paraître un peu fou à certains, mais n'ayons donc pas peur de penser en dehors des sentiers battus. Comme vous le savez, mon gouvernement n'a jamais reculé devant les idées neuves qui sont autant de défis. Vous savez, Andy, si vous aviez été reporter quand on a construit le premier navire en fer plutôt qu'en bois...

AM [*face à la caméra*] : J'ai parfois l'impression d'être dans le métier depuis bien longtemps, monsieur le Premier ministre.

JV : Ha, ha, Andy! Mais je crois que vous avez saisi mon propos qui est le suivant. Le jour où quelqu'un a dit : « Je vais construire mon prochain navire en fer plutôt qu'en bois », ça a sans doute paru un peu fou. Aussi fou que la fois où un autre a annoncé : « Je vais poser ce câble au fond de l'Atlantique pour transmettre des messages téléphoniques. » Les gens ont ri, Andy. Mais maintenant le monde a changé en mieux, et tout cela parce que ces gens-là ont eu cette qualité de vision héroïque qui allait un peu plus loin.

AM : En effet, monsieur le Premier ministre, c'est fort intéressant mais il s'agit là de grandes inventions qui ont transformé la vie de millions de personnes. La pêche au saumon dans le désert évoque davantage un sport destiné à une minorité. Ne va-t-on pas dépenser d'énormes sommes d'argent sans vraiment de bonne raison ? Pourquoi votre gouvernement soutient-il un projet apparemment si bizarre ?

JV : Andy, je ne crois pas que c'est cette question que vous devriez poser.

AM [*inaudible*]

JV : Je crois que la question devrait plutôt être celle-ci : que pouvons-nous faire pour améliorer la vie de ces pauvres gens qui vivent au Moyen-Orient…

AM [*interrompant*] : Bon, peut-être, monsieur le Premier ministre, mais ce n'est pas celle que je viens de vous poser. Ce que je vous…

JV [*interrompant*] : … et, voyez-vous, Andy, n'est-ce pas juste un petit peu remarquable que nous soyons là à parler de changer un pays du Moyen-Orient et la vie de ses habitants – dans le sens d'une nette amélioration – [*caméra sur le Premier ministre*], sans qu'il soit question d'envoyer des troupes, des hélicoptères et des avions de chasse britanniques ? Cela, nous l'avons fait précédemment, certes, parce qu'on nous l'avait demandé – enfin, certains nous l'avaient demandé –, et nous avions donc dû le faire. Mais maintenant, c'est autre chose. Cette fois-ci, nous allons envoyer des poissons.

AM : Est-ce à dire que l'exportation de saumons vivants au Yémen serait devenue une politique officielle du gouvernement ?

JV : Non, non, Andy. Tout ce que je dis ou fais n'est pas forcément la politique officielle du gouvernement. Vous, les gens des médias, vous m'attribuez toutes sortes de pouvoirs mais la vie n'est pas vraiment comme ça. La politique officielle du gouvernement dépend en dernier ressort du Parlement. Non, je ne fais que partager mon opinion personnelle avec vous : le projet Saumon du Yémen est quelque chose de spécial qui, je trouve, mérite de la sympathie et des encouragements. Ce qui ne revient pas au même qu'un soutien officiel du gouvernement, Andy.

AM : Et pourquoi soutenez-vous personnellement ce projet, monsieur le Premier ministre ? Qu'est-ce que la pêche au saumon au Yémen a donc qui vous plaise tant, alors qu'il y a tellement d'autres crises politiques et humanitaires qui requièrent votre attention ?

JV : Vous avez raison, Andy, la liste des problèmes à résoudre un peu partout est interminable. D'ailleurs, aucun autre que le mien n'a consacré autant de temps aux questions globales du genre que vous avez mentionné. Qu'est-ce que la pêche au saumon au Yémen a donc de si spécial ? Ce projet ne nous montre-t-il pas une nouvelle façon d'aller de l'avant ? N'est-ce pas une forme d'intervention beaucoup plus bienveillante et plus douce, et disons... plus porteuse de transformations ? De l'eau dans le désert ? N'est-ce pas là un puissant symbole d'une...

AM [*inaudible*]

JV : ... d'une forme de progrès différente ? Les hommes des tribus yéménites, une canne à pêche à la main, attendant que ça morde le soir, au bord d'un *wadi.* N'est-ce pas là une image que nous préférerions avoir en tête, plutôt que celle d'un tank à un carrefour, quelque part du côté de Fellujah ? Des fumeries de saumons sur les rives des *wadis*. L'introduction d'une forme de sport doux et tolérant qui nous unira, nous et nos frères arabes, d'une manière neuve et profonde. Une voie capable de nous mener loin de la confrontation.

Tout cela va se réaliser avec l'aide des scientifiques britanniques. Et une autre chose encore : nous sommes les premiers au monde dans le domaine de la science des pêches. Grâce à la politique menée par ce gouvernement. Si nous parvenons à introduire des saumons au Yémen, dans quels autres pays le pourrons-nous aussi ? Au Soudan ? En Palestine ? Qui sait quelles occasions neuves s'ouvriront pour l'exportation, pas seulement pour les scientifiques mais pour nos fabricants de stature mondiale qui produisent du matériel, des tenues de pêche et des mouches à saumon.

Alors, voyez-vous, Andy, c'est peut-être un peu fou, comme vous le dites. Mais il se pourrait bien que ça marche. Peut-être, qui sait…

AM [*se tournant vers la caméra, le Premier ministre étant hors champ*] : Monsieur le Premier ministre, je vous remercie.

11.

Suite de l'entretien avec Peter Maxwell

Enquêteur : Cette interview indiquait-elle un soutien officiel du gouvernement pour le projet Saumon ?

Peter Maxwell : Grand Dieu, non ! Le patron était bien trop malin pour se faire coincer comme ça. Non, ce qu'il voulait, c'était créer un climat d'approbation autour du projet et donner l'impression que, personnellement, l'idée lui plaisait. De fait, ce petit discours est très bien passé. On en a parlé aux informations du soir et il est resté plusieurs jours dans l'actualité, sous une forme ou sous une autre.

Je n'arrive pas à me rappeler le reste de l'interview, mais ce passage m'est resté en mémoire, parce que j'en avais écrit une bonne partie la nuit précédente dans la cuisine du Numéro 10, en sirotant une bouteille de chardonnay australien avec Jay. Et je me souviens des lettres qu'on a reçues de tous les fabricants de cannes à pêche et de cuissardes, au cours des semaines suivantes. De quoi équiper la moitié du gouvernement avec les échantillons gratuits qu'ils ont envoyés. Je crois d'ailleurs qu'on l'a fait.

Jay a mis les médias de son côté grâce à cette interview. Nous avions fait tourner l'histoire à notre avantage. On a eu droit à de bons éditos dans le *Daily Telegraph* et dans le *Times*. Celui du *Guardian* était un brin condescendant mais pas entièrement négatif. Les histoires de cadavres au Moyen-Orient se sont soudain trouvées reléguées en page quatre ou cinq. On parlait de poisson à la une, les pages société et magazine publiaient même des documents sur la pêche, s'enthousiasmant pour ce merveilleux sport et ces formidables vieux personnages que sont les pêcheurs. Les journalistes sont allés jusqu'à interviewer Colin McPherson, le type chargé de la pêche du cheik, en Écosse. Je lui ai d'ailleurs parlé moi-même à un moment donné, je reviendrai là-dessus plus tard. Je n'ai pas compris un traître mot de ce qu'il me racontait ; les journalistes non plus, j'imagine, ils ont dû tout bonnement fabriquer leurs interviews.

Le point important que je tiens à souligner ici, c'est que, tout d'un coup, Jay s'est mis à croire ce que racontait la presse. À croire que c'était son idée, que ça l'avait été depuis le début, exactement comme le rapportaient les journaux. Je pense que, sans être allé jusqu'à le déclarer, il était plus ou moins convaincu d'avoir abordé Cheik Muhammad ibn Zaidi lors d'un cocktail au 10 Downing Street et de lui avoir dit : « Dites donc, Muhammad, avez-vous jamais songé à pêcher le saumon ? Au Yémen ? » C'était déjà arrivé plusieurs fois avec des coups de pub que j'avais organisés pour Jay : il les adoptait et ils devenaient son idée, son initiative. Ça ne me gênait pas, c'était le jeu. Façonner l'histoire et rentrer dans l'ombre.

Puis-je avoir une autre tasse de thé ? J'ai soif. Et encore des biscuits ?

L'entretien a été interrompu. Le témoin a été submergé par ses émotions après avoir consommé un biscuit fourré à la vanille et il est devenu incohérent. L'entretien a repris après une pause de quatre heures.

Peter Maxwell : Il a été décidé au plus haut niveau que je devais accompagner le projet, veiller à ce qu'il se réalise et à ce que nous sachions bien qui en étaient les acteurs et d'où ils venaient. On s'arrangerait pour que l'opération refasse les gros titres au moment opportun, on prendrait la fameuse photo avec le Premier ministre et on envisagerait la suite à ce moment-là.

Après, il ne s'est pas passé grand-chose pendant un moment. J'ai demandé un briefing au directeur du NCFE, un dénommé David Sugden qui est venu et m'a fait une heure de présentation PowerPoint au milieu d'une journée très remplie. Il parlait « frise chronologique », « événements – jalons », « prestations prévues par contrat », tout en me donnant l'impression de ne rien y connaître. Alors, je l'ai court-circuité et j'ai pris directement contact avec celui qui faisait le boulot, un dénommé Jones.

E : Était-ce la première fois que vous communiquiez directement avec Dr Jones ?

PM : Oui, la première. Je dois dire que j'étais très excité lors de cette première rencontre. Dr Jones n'était apparemment pas le genre d'homme à plaisanter beaucoup, mais ses propos avaient nettement plus de sens que ceux de son patron. Je l'ai trouvé un peu pédant au départ, et je ne l'ai pas ménagé quand il est venu à Downing

Street, juste histoire de lui montrer qui commandait. Mais je me suis assez vite rendu compte que ce n'était pas un mauvais bougre. C'était juste ses manières, à quoi s'ajoutait sa vive appréhension, du fait de se retrouver ainsi dans mon bureau, au cœur même du pouvoir du Royaume-Uni. Il m'a paru plutôt intelligent. Sincère aussi, je pense, avec une certaine naïveté. Politiquement, c'était un enfant de chœur, bien sûr.

Après l'avoir entendu retracer les grandes lignes du travail que le NCFE avait effectué sur le projet – d'ordre conceptuel, pour l'essentiel –, je l'ai interrompu au moment où il commençait à parler de niveau d'oxygène dissous et de stratification de l'eau pour l'interroger :

– Fred, est-ce que ce truc-là va marcher ? Les Yéménites des générations à venir iront-ils pêcher le saumon dans les *wadis* durant les pluies d'été ?

Il a cligné les yeux et m'a regardé avec surprise avant de répondre :

– Je ne pense pas, non.

– Si c'est votre avis, alors pourquoi faisons-nous tout ça ? lui ai-je demandé.

Il a marqué une légère pause avant de répondre, autant que je me souvienne :

– Mr Maxwell, c'est la question que je me suis souvent posée ces dernières semaines. Je n'en connais pas vraiment la réponse. Je pense que, de toute façon, il y en a plus d'une.

– Essayez-en donc quelques-unes sur moi, ai-je suggéré, faisant basculer mon fauteuil en arrière et posant mes pieds sur le bureau.

Dr Jones m'a expliqué que, premièrement, si le projet n'allait sans doute pas réussir, il pouvait ne pas être un échec total. On parviendrait peut-être à quelque chose, telle qu'une courte montaison du *wadi* en crue. Ce qui, en soi, serait déjà assez extraordinaire pour justifier tous les efforts que nous déployons – à condition, bien sûr, que nous n'ayons pas à justifier notre travail d'un point de vue économique.

– Et ce n'est pas nécessaire : Cheik Muhammad se montre généreux de son argent. Il ne discute pas, il réagit toujours aux propositions de financement et aux dépassements de budget en signant un nouveau chèque, et le projet a d'ores et déjà largement dépassé les estimations initiales.

» Deuxièmement, quoi qu'il arrive, ce projet aura repoussé les limites de notre science. Nous comprendrons des tas de choses que nous ignorions avant de commencer. Pas seulement au sujet des poissons, mais concernant l'adaptabilité des espèces à de nouveaux environnements. En ce sens, ce sera déjà un gain.

» Et puis aussi, a ajouté Dr Jones, il y a quelque chose de visionnaire chez le cheik Muhammad. C'est bien davantage pour lui qu'une affaire de pêche : d'un certain point de vue, cela n'a peut-être même pas de rapport avec la pêche, mais avec la foi.

– Là, Fred, je ne vous suis plus, ai-je objecté.

Dr Jones a enlevé ses lunettes qu'il a essuyées avec un mouchoir blanc propre en me répondant :

– Voilà : ce que veut le cheik, c'est démontrer que les choses peuvent changer, qu'il n'existe pas d'impossibilités absolues. Ce qui, dans son esprit, est une façon de prouver que Dieu peut faire advenir n'importe quoi, s'il le souhaite. Si le projet Saumon du Yémen réussit, le cheik le présentera comme un miracle divin.

– Et s'il rate ?

– Alors, cela prouvera que l'Homme est faible et que le cheik est un pauvre pécheur indigne de son Dieu. Il me l'a souvent répété.

Il y a eu un silence. Moi, je ne suis pas très client de ces histoires de religion mais ça pouvait plaire au patron, alors j'ai griffonné des notes pour lui en parler plus tard. Le silence s'est installé pendant que j'écrivais, au point que j'ai failli oublier que Dr Jones était là. J'ai presque sursauté quand il a demandé :

– Avez-vous déjà rencontré Cheik Muhammad, Mr Maxwell ?

J'ai fait non de la tête.

– Non, Fred, je ne l'ai jamais vu. Mais je crois que maintenant, je devrais peut-être. Pourriez-vous vous organiser pour qu'on monte le voir ensemble en Écosse, assez bientôt ?

– C'est peut-être dans mes possibilités, a dit Dr Jones. Le cheik rentre en Grande-Bretagne ce soir, j'essaierai de le joindre demain matin et je vous tiendrai au courant.

– Parlez avec ma secrétaire en sortant et voyez quand j'aurai un créneau.

Dr Jones s'est levé et a signalé d'un ton mesuré :

– Mr Maxwell, le cheik n'est pas un citoyen britannique. C'est un homme très simple : soit il aura envie de vous voir, soit il ne le souhaitera pas. S'il veut vous voir, il vous enverra son avion et, si vous le prenez, il vous recevra. Sinon, il se désintéressera de l'affaire.

Dr Jones a tourné les talons pour sortir, j'ai lancé dans son dos un « Merci de votre contribution, Fred ! », et il est parti sans rien ajouter.

E : Et quand a eu lieu votre deuxième rencontre avec Dr Jones ?

PM : Je vais y venir. Je me rappelle à l'instant un détail, un truc qui s'est produit juste après que Jones a quitté mon bureau.

Je n'arrive toujours pas à croire que tout a commencé comme ça ! Jamais je n'aurais dû m'autoriser à m'engager là-dedans. Dès que Jones s'est mis à parler du cheik, de la foi et de tout le toutim, j'aurais dû mettre fin à l'entrevue, clore le dossier et dire au patron de laisser tomber. Après tout, à quoi cela se résumait-il à ce moment-là ? Une petite histoire pour que les journaux se tiennent tranquilles, une séance de photos sortant de l'ordinaire ? Je m'en veux à mort. J'aurais dû m'en tenir à nos objectifs essentiels, sans me laisser distraire. Pêcher le saumon au Yémen ? En quoi est-ce utile pour remédier aux listes d'attente des hôpitaux, aux trains qui arrivent en retard ou au réseau d'autoroutes saturé ? Combien de Yéménites sont inscrits sur les listes électorales des circonscriptions-clés de notre parti ? Voilà les questions que j'aurais dû me poser si j'avais fait mon boulot.

Mais au lieu de ça, je suis resté là à mâchonner le bout de mon stylo-bille en rêvant les yeux ouverts. Je songeais au discret Dr Jones disant : « D'un certain point de vue, cela n'a peut-être même pas de rapport avec la pêche, mais avec la foi. » Qu'entendait-il par là ? D'abord, que signifie vraiment « la foi » ? J'ai foi en mon parti et en mon patron. Que vient faire la pêche au saumon là-dedans ? C'est n'importe quoi ! La foi, c'est bon pour l'archevêque de Canterbury et sa congrégation en déclin. La foi, c'est pour le pape, pour les adeptes de la *Christian Science*. Pour les gens coincés dans le siècle dernier et les siècles précédents. La foi n'a pas sa place dans le monde moderne. Nous vivons dans un âge séculier, je vis au cœur du monde séculier. Nous plaçons notre foi dans les faits, dans les chiffres, les statistiques et les objectifs. Notre tâche consiste à présenter ces faits et ces statistiques, à gagner des voix à notre cause. Je suis un gardien de la pureté de notre cause. Nous sommes les managers rationnels d'une démocratie moderne, nous prenons les meilleures décisions possibles pour préserver et valoriser l'existence de citoyens si occupés qu'ils n'ont pas le temps de réfléchir eux-mêmes.

Je me souviens d'avoir pensé que je tenais la matière d'un discours. Sortant le stylo-bille de ma bouche, je me suis abandonné à la songerie, avec l'intention de griffonner quelques notes plus tard pour les soumettre au patron. Et, tout en songeant, j'ai fait un rêve éveillé.

E : Voulez-vous qu'un rêve figure dans votre déposition ?

PM : Je tente de vous raconter ce qui s'est passé, j'en suis encore moi-même à essayer de comprendre.

Assis à mon bureau, j'ai fait un rêve éveillé, aussi clair que si je le voyais sur Sky News. On se trouvait côte à côte au bord d'une large rivière peu profonde, le patron et moi, une rivière faite de nombreux cours d'eau miroitante et limpide qui serpentaient autour d'îlots de gravier ou qui cascadaient sur des rochers. Les berges étaient frangées de verts palmiers qui agitaient leur feuillage et, derrière la rivière, des montagnes d'une sauvagerie et d'une beauté renversantes se dressaient à pic dans un ciel d'un bleu si profond qu'on pouvait à peine en décrire la couleur. Nous étions en manches de chemise, le patron et moi, et je sentais la chaleur comme une flamme sèche sur mon visage et mes avant-bras. Nous étions entourés d'hommes en robes blanches ou colorées, de grands hommes minces en turbans de teintes vives et avec des barbes sombres, qui gesticulaient en direction de la rivière. Dans mon rêve, j'ai entendu le patron qui disait : « L'eau ne tardera pas à remplir les *wadis*. Et les saumons les remonteront. »

12.

Échange de courriels entre David Sugden, NCFE, et Mr Tom Price-Williams, directeur des Pêches, Agence pour l'environnement

De : David.Sugden@ncfe.gov.uk
Date : 1er septembre
À : Tom.Price-Williams@environment-agency.gov.uk
Sujet : Saumon Yémen

Tom,
Comme vous le savez, le projet Saumon Yémen a reçu le soutien semi-officiel des Affaires étrangères et du Numéro 10. Vous êtes peut-être au courant qu'un de mes collègues a évalué le projet selon les directives que je lui avais données. Il me demande maintenant de voir avec l'Agence pour l'environnement quelle serait la meilleure façon de se procurer des saumons vivants pour le projet.
Veuillez considérer notre correspondance actuelle comme informelle et *off the record*, mais nous préparons une demande pour l'Agence en vue de la fourniture de 10 000 sau-

mons de l'Atlantique vivants, devant être expédiés au Yémen l'année prochaine (dates à définir en commun).
Il revient, bien sûr, à l'Agence de décider des meilleurs moyens d'y parvenir mais, si vous permettez une suggestion à un vieil ami, il me semble que vous pourriez envisager le principe de capturer un pourcentage convenu de la population moyenne de saumons de plusieurs rivières anglaises et galloises, et de transporter les poissons dans un centre de collecte spécialement créé dans ce but et équipé de réservoirs-viviers spécialement conçus à cet effet. Ainsi, aucune rivière ne serait privée d'une partie conséquente de sa pêche totale et je suis sûr que les membres de la communauté des pêcheurs seraient pour la plupart ravis de contribuer à un projet aussi innovant et pionnier.
J'adresse bien entendu la même requête à l'Agence de protection de l'environnement écossais, à l'Office des rivières d'Écosse et aux Commissaires de la Tweed. Une réunion sera peut-être nécessaire pour décider du nombre de saumons à prélever dans chaque rivière.
Bien à vous,
David

De : Tom.Price-Williams@environment-agency.gov.uk
Date : 1er septembre
À : David.Sugden@ncfe.gov.uk
Sujet : Saumon Yémen

David,
Je ne peux guère imaginer de demande plus inacceptable que celle que vous m'avez adressée dans votre dernier

courriel. Avez-vous la moindre notion du tollé qui s'élèverait dans la communauté des pêcheurs et parmi les propriétaires de pêches privées d'Angleterre et du Pays de Galles – sans parler de la réaction de mes propres collègues –, si vous entrepreniez une démarche officielle dans l'esprit de ce que vous suggérez ? L'initiative du roi Hérode suggérant de tuer le premier-né de chaque famille de Palestine fait figure d'offensive de charme à côté de la proposition du NFCE. Vous n'avez visiblement pas idée de l'intensité des émotions que suscite dans les clubs de pêche et chez les pêcheurs à la ligne en général (sans parler de mes collègues des Pêches) la présence de saumons dans leurs rivières, chose à laquelle ils sont souvent plus attachés, je crois, qu'à leurs propres enfants.

Ma vie ne vaudrait plus la peine d'être vécue si votre proposition devenait publique, mais, de toute façon, jamais je n'envisagerais de dépouiller les rivières anglaises des saumons natifs de leurs eaux, pour les envoyer dans un désert du Moyen-Orient. Peut-être vous souviendrez-vous que cette agence et mon service ont pour mandat de protéger l'environnement et de conserver nos réserves de poissons, pas de les exporter. Je ne peux vraiment pas concevoir qu'un membre de notre agence, à quelque niveau que ce soit, accepte une telle demande, à moins qu'elle ne soit portée par un texte parlementaire. Et encore… tout le monde démissionnerait sans doute illico.

Comment diable vous êtes-vous laissé embarquer dans cette galère ?

Tom

De : David.Sugden@ncfe.gov.uk
Date : 2 septembre
À : Tom.Price-Williams@environment-agency.gov.uk
Sujet : Saumon Yémen

Tom,
Votre réponse à mon dernier courriel m'a déçu, je l'ai trouvée un brin désinvolte et irrationnelle, pardonnez-moi de le relever. Peut-être avez-vous maintenant davantage de recul sur la question. Dix mille saumons, ce n'est pas un tel sacrifice pour une cause qui a l'aval du Premier ministre et porteuse d'effets si positifs sur les relations internationales. La perte de ces poissons peut aisément être compensée par le produit d'un de vos incubateurs. Je le répète, pour être sûr que vous le compreniez bien : ce projet a l'aval du Premier ministre.
David

De : Tom.Price-Williams@environment-agency.gov.uk
Date : 2 septembre
À : David.Sugden@ncfe.gov.uk
Sujet : Saumon Yémen

David,
Eh bien, le Premier ministre ferait mieux d'envoyer aussi un ou deux régiments s'il veut nos saumons. Quoi qu'il en soit, il faudra d'abord me passer sur le corps.
Tom

13.

Extrait du journal de Dr Jones : sa deuxième visite à Glen Tulloch

3 septembre

Il pleuvait ce matin quand nous sommes arrivés à Glen Tulloch sous un ciel gris à vous rendre claustrophobe. La brume se répandait partout, la pluie martelait continuellement les carreaux. Il faisait si sombre que les lumières ont dû rester allumées toute la journée dans la maison, même en plein jour. Et j'étais encore chamboulé par le départ de Mary pour la Suisse. J'éprouvais un sentiment de désolation que je n'avais encore jamais connu. Je me suis rappelé la vieille chanson : *Raining in My Heart.* « Il pleut dans mon cœur » : c'est bien ce que j'ai ressenti aujourd'hui.

Il avait été décidé quelques jours plus tôt que j'accompagnerais Peter Maxwell à Glen Tulloch pour venir rencontrer Cheik Muhammad, comme il l'avait demandé. Nous sommes montés en avion jusqu'à Inverness où l'on est venu nous chercher en voiture pour aller chez le cheik qui n'était pas là, évidemment. Il avait été retenu à Sanaa, raté son changement à Ryad ou quelque chose de ce genre. J'ai passé un long moment à regarder par la fenêtre, pendant que nous attendions le retour du cheik. Sur la pelouse lisse et verte, dehors, toute luisante sous le crachin qui tombait sans relâche d'un ciel de plus en plus bas, se tenait plus ou moins une douzaine d'hommes des tribus yéménites, en robes blanches fluides et turbans émeraude. Chacun tenait à la main une canne à pêche au saumon de quatre mètres cinquante de long et, sous mes yeux, Colin McPherson, le *gillie*, leur apprenait l'art du lancer. Il les initiait apparemment au style de lancer *double Spey*. Des rires fusaient parmi les hommes quand les mètres de ligne partaient dans toutes les directions et s'enroulaient autour de leurs jambes, bras et cous. L'un d'eux semblait en danger imminent de strangulation. Colin observait la scène avec une morosité qui virait à la furie. Je pouvais le voir articuler les instructions, mais je ne les entendais pas. Un des Yéménites devait lui servir d'interprète. Je me suis surpris à m'interroger sur la difficulté de pareille tâche : comment dit-on « traîner la mouche sur l'eau » en arabe ?

– Que fabriquent donc ces abrutis ? m'a demandé Peter Maxwell d'un ton maussade, visiblement pas habitué à ce qu'on le fasse attendre.

– Colin essaie de leur apprendre à lancer, ai-je expliqué.

Avec un hochement de tête incrédule, Peter Maxwell a traversé la pièce jusqu'à une grande table ronde où il s'est mis à feuilleter *Country Life* et à regarder les publicités.

– Où croyez-vous qu'est passé le cheik ? a questionné Maxwell en repoussant brusquement le magazine. Pendant combien de temps va-t-il nous faire poireauter ?

– Je suis sûr qu'il ne va pas tarder. Il a probablement déjà atterri à Inverness à l'heure qu'il est.

– Il ne sait donc pas qui je suis ? m'a lancé Maxwell. N'avez-vous pas expliqué clairement…

On a entendu un bruissement d'étoffe, le frôlement caractéristique des robes.

– Messieurs, Mr Maxwell, je suis navré de vous avoir fait attendre. Bienvenue dans ma maison !

Le cheik se dressait dans l'encadrement de la porte. Je lui ai présenté Peter Maxwell, même s'il savait parfaitement qui était ce dernier, et puis je me suis mis à l'écart pendant qu'ils parlaient. Je me sentais détaché, malheureux comme les pierres.

Il pleuvait dans mon cœur. Les banales paroles de cette chanson revenaient sans cesse dans ma tête et ne voulaient plus en sortir. Malgré le temps écoulé depuis le départ de Mary pour Genève, je me sentais vide à l'intérieur. J'aurais dû réfléchir aux problèmes liés au projet Saumon du Yémen – des problèmes si vastes et si complexes qu'ils auraient dû mobiliser chaque instant de mon temps, ma moindre calorie et mon plus petit atome d'énergie –, mais je songeais à Mary.

Le départ de Mary pour la Suisse avait ouvert un vide dans ma vie.

J'avais toujours cru être un homme raisonnable et stable. Au boulot, on devait remplir des fiches d'évaluation annuelle de performance, dans lesquelles il fallait noter des remarques sur ses collègues. Je sais que « stable » était toujours le premier mot qui revenait à mon propos, l'autre étant « raisonnable ». Certains ajoutaient parfois « dévoué ». Autant de mots qui traçaient un portrait fidèle du Dr Alfred Jones que j'étais alors.

Je me rappelle la première fois que j'ai rencontré Mary, j'y ai souvent repensé depuis qu'elle est partie. Nous étions tous deux étudiants à Oxford en même temps, vers la fin des années 1970. Nous nous sommes connus dès le premier semestre, à une soirée de la Société chrétienne d'Oxford University. Une soirée vin et amuse-gueule, excellente façon de se créer des contacts pour des gens qui, comme nous, estimaient ne pas avoir le temps de sortir tous les soirs.

Je me souviens d'avoir d'abord vu Mary debout près de la porte, un verre de vin blanc à la main, promenant sur la pièce un regard d'évaluation. Elle avait l'air – non, je ne la revois pas clairement. Les traits affirmés, mince, intense, je suppose – assez semblable d'allure à ce qu'elle est actuellement. Elle n'a guère changé au fil des ans, pas plus physiquement que d'aucune autre façon.

Elle m'a vu, un verre d'eau pétillante à la main, et elle a souri :

– Vous n'avez pas confiance dans la qualité du vin ?

– J'ai un essai à finir ce soir.

Elle m'a considéré d'un œil approbateur.

– Qu'est-ce que vous faites comme études ?

– Biologie marine. Je me spécialise dans la science appliquée aux pêches. Et vous ?

– Je suis économiste, a-t-elle répondu, plutôt que « Je suis étudiante en économie », ou « Je veux devenir économiste plus tard ».

Dans sa tête, elle était déjà ce qu'elle voulait devenir. J'ai été impressionné.

– C'est votre premier semestre ? ai-je demandé.

– Oui.

– Et ça vous plaît ?

Mary a bu une gorgée de vin et m'a considéré par-dessus le bord du verre. Je revois ce regard – ferme, plein de défi.

– Je ne crois pas que le plaisir entre en ligne de compte. Si vous me demandiez si je m'en tire, je vous répondrais que ce n'est pas facile avec une bourse de quarante livres par mois, mais pas impossible. Je pars du point de vue suivant : si je ne réussis pas à tenir un budget, même avec si peu d'argent, eh bien, mieux vaut ne pas étudier l'économie. Après tout, l'économie commence chez soi. Et vous, ce que vous faites vous plaît ? Je sais peu de chose de la zoologie. Une matière riche et pertinente, j'imagine. Figurez-vous que les autres étudiantes de mon année sont presque toutes inscrites en Littérature anglaise ou en histoire. À quoi ça peut bien servir ?

C'était parti… On est allés dîner ensemble dans un endroit très « économique », et Mary a parlé de son souhait de faire sa thèse sur l'étalon-or et j'ai évoqué – très longuement, je le crains – l'éventualité que les grandes rivières industrielles retrouvent un jour des eaux propres et que les saumons reviennent les peupler.

Nous sortions ensemble régulièrement quand est arrivée la fin du deuxième semestre, et je n'ai donc pas été surpris outre mesure que Mary me demande d'être son cavalier au Bal de mai. C'était peut-être un peu inhabituel pour elle de se départir de ses réflexes économes et de dépenser de l'argent pour s'acheter une robe longue (même d'occasion) et aller chez le coiffeur. Cependant, comme toute chose dans la vie de Mary, cela s'inscrivait dans le plan d'ensemble.

Nous sommes allés au bal avec un groupe d'amis, nous avons dîné et dansé ensemble. Nous avons passé le plus clair de la soirée dans la grande tente de fête dressée dans la cour du College. Le DJ ne cessait pas de repasser la même chanson du groupe 10CC – *I am Not in Love.*

Au petit matin, je me suis aperçu que, je ne sais comment, Mary et moi nous retrouvions seuls ensemble à une table, sans les amis avec qui nous étions venus. Mary me regardait avec davantage d'intensité que d'habitude. Nous avions bu beaucoup plus de vin qu'à l'accoutumée et veillé bien plus tard que chacun de nous ne le faisait normalement. J'éprouvais ce sentiment léger et fiévreux qui tend à s'emparer de vous en pareilles circonstances. Une impression d'irréalité accompagnée de la sensation que tout est possible, avec parfois des résultats inattendus. Mary a tendu la main sur la table et pris la mienne. Ce n'était pas la première fois qu'elle avait ce geste et nous nous étions même embrassés une ou deux fois, mais les manifestations d'émotion inutiles n'étaient dans l'ensemble guère de son goût.

– Fred, a-t-elle commencé. Nous nous entendons bien, non ?

Sa remarque m'a fait avaler ma salive, je ne sais pourquoi. J'avais la gorge sèche, je me souviens.

– Oui, pas mal, je pense.

– Nous avons tellement de choses en commun. Nous sommes tous les deux des bosseurs. Nous croyons tous les deux au pouvoir de la raison. Nous sommes tous les deux des gagneurs, chacun à sa façon. Tu es plus porté sur le côté théorique, j'ai plus d'ambition sur le plan matériel. Je veux travailler à la City et tu veux devenir un scientifique professionnel. Nous attendons plus ou moins les mêmes choses de l'existence. On fait une fameuse équipe ensemble, tu ne trouves pas ?

Je commençais à voir où cela pouvait mener, le sentiment d'irréalité éprouvé plus tôt s'intensifiait. Je parlais, je sentais et je pensais comme si j'étais dans un rêve.

– Si, je suppose que oui, Mary.

Elle a imprimé une pression sur ma main.

– Je pourrais imaginer passer le reste de ma vie avec toi.

Je ne savais pas quoi dire mais elle l'a fait à ma place :

– Si tu me demandais de t'épouser…

Le DJ repassait pour la énième fois *I'm Not in Love* et je m'interrogeais sur le sens de ces paroles. « Je ne suis pas amoureux. » À la vérité, je connaissais aussi peu l'amour que la peur de la mort ou les voyages dans l'espace. C'était un phénomène que je n'avais pas rencontré, ou pas reconnu si je l'avais croisé. Est-ce à dire que je n'étais pas amoureux ou que je l'étais sans le savoir ? Je me rappelle avoir eu l'impression de me dresser à l'extrémité d'une haute falaise et de vaciller au bord du précipice.

Il fallait que je dise quelque chose, je le savais, et puis j'ai senti la pression du pied de Mary sur le mien, laissant entrevoir d'autres possibilités, et j'ai lancé :

– Mary, veux-tu m'épouser ?

Elle a jeté les bras autour de moi et m'a répondu :

– Oui, quelle bonne idée !

Des ovations ont fusé des tables voisines, venant d'amis qui avaient compris ce qui se passait – ou qui en avaient été prévenus à l'avance ?

Nos fiançailles ont bien sûr été des plus raisonnables. Nous ne pouvions pas nous marier avant d'avoir nos diplômes en poche, un travail et des salaires cumulés d'un total supérieur à 4 000 livres par an – nous en avons convenu. Mary avait en effet calculé (très justement, comme cela s'est vérifié) que cela suffirait pour couvrir le loyer d'un petit appartement quelque part dans la banlieue de Londres, nos frais de déplacement, une semaine de vacances annuelle et ainsi de suite. Bien longtemps avant le programme Excel de Microsoft, Mary avait le cerveau équipé d'un logiciel intuitif qui lui permettait d'avoir une vision chiffrée du monde. Elle était ma gardienne et mon guide.

Nous nous sommes mariés dans la chapelle de son College, un peu plus d'un an après la fin de nos études.

Notre couple a été stable pendant de nombreuses années – en surface, du moins. Nous n'avions pas d'enfants car Mary estimait, et je n'ai jamais été en désaccord avec elle, que nous avions d'abord besoin de nous investir dans nos carrières et quand celles-ci auraient acquis un certain dynamisme, il serait temps de songer à fonder une famille. Mais le temps avait passé et nous n'avions toujours pas d'enfants.

Mary avait gravi sans effort l'échelle des salaires de sa banque, sans jamais être gênée par un quelconque « plafond de verre ». De mon côté, je m'étais fait un nom comme scientifique des pêches et je me savais respecté pour mon intégrité et ma réputation grandissante, même si, année après année, ma capacité d'engranger de l'argent restait loin derrière celle de Mary.

Et puis, aussi lentement que le jour décline un soir d'hiver tranquille, un petit je ne sais quoi a disparu de notre relation. Je parle égoïstement : peut-être avais-je commencé à aspirer à des sentiments qui n'existaient pas au départ, tels la passion, l'élan romantique. Je dois avouer que, la quarantaine venant, j'ai eu l'impression que la vie passait en m'ignorant. Je n'avais pratiquement jamais éprouvé de telles émotions, je ne les connaissais pour l'essentiel que par la lecture ou la télévision. S'il y avait quelque chose d'insatisfaisant dans notre couple, je suppose que c'était la perception que j'en avais – la réalité, elle, demeurait inchangée. Peut-être avais-je basculé trop directement de l'enfance à l'état d'homme. Une minute, j'étais là à disséquer des grenouilles dans le labo de l'école, et la minute d'après je me retrouvais au Centre national pour l'excellence des pêches, occupé à compter le nombre de moules d'eau douce qui peuplent le lit des rivières. Entre les deux, quelque chose s'était produit sans que je m'en rende compte – l'adolescence, peut-être ? Un état immature, stupide mais intensément chargé d'émotion, pareil à ces chansons, mes préférées, dont m'était revenu un souvenir vague, comme si elles sortaient d'une radio lointaine, presque trop éloignée pour pouvoir en suivre les paroles. J'avais des doutes, des envies, mais de quoi et pourquoi ? Je l'ignorais.

Quand il m'arrivait d'essayer d'analyser nos existences et d'en parler avec Mary, elle répondait : « Chéri, tu es en passe de devenir une des autorités mondiales sur les larves de mouche caddis. Ne te laisse pas détourner de ce but par quoi que ce soit. Tu n'es peut-être pas correctement rétribué – par rapport à moi, en tout cas – mais l'excellence dans un domaine, quel qu'il soit, est une réussite sans prix. »

Je ne sais pas quand nous avons commencé à dériver loin l'un de l'autre.

Quelque chose a changé quand j'ai parlé à Mary du projet – j'entends, des recherches que je devais mener sur la possibilité d'introduire la pêche au saumon au Yémen. S'il y a eu un moment charnière dans notre couple, c'est celui-là. Dans un sens, c'était ironique : pour la première fois de ma vie, j'entreprenais une tâche susceptible de me valoir une renommée internationale et d'améliorer considérablement ma situation matérielle – si le projet n'était même qu'un demi-succès, je pourrais vivre des années rien que de mes apparitions dans le circuit des conférenciers.

Ça n'a pas plu à Mary. J'ignore quel aspect des choses lui a déplu : le fait que je puisse devenir plus connu qu'elle ou être encore mieux payé qu'elle ? Je donne l'impression qu'elle chicanait. En réalité, elle devait me croire sur le point de me ridiculiser dans les grandes largeurs : je serais à jamais associé à un projet raillé par la communauté scientifique qui le jugerait intellectuellement malhonnête et douteux, je porterais à jamais la marque du raté qui s'est laissé détourner de la voie de la vertu par le leurre de budgets illimités, je ferais tache dans le parcours de Mary. « Mary Jones est plutôt une collègue valable, quel dommage que son mari se soit révélé un charlatan de la science, avide de publicité ! Il pourrait y avoir des retombées négatives sur les relations publiques de la banque, on ferait peut-être mieux de l'oublier pour les prochaines promotions. »

Oui, voilà pourquoi je dois écrire au sujet de Mary. En me poussant à travailler pour le cheik, on m'a poussé hors des limites de mon couple. Elle a vu Genève comme une occasion et elle l'a saisie avec l'absence d'états d'âme qui la caractérise. Ou était-ce peut-être ce qu'elle avait projeté dès le départ et elle a décidé que c'était le moment de concrétiser ?

Pour moi, c'était à prendre ou à laisser.

Voilà que j'écris comme si je ne l'aimais pas. J'ai dû l'aimer, parce que je me suis senti si vide quand elle est partie.

Ce n'est pas la fin de la vie conjugale, nous sommes juste devenus un couple par courriel interposé. On communique régulièrement. Elle n'a pas demandé le divorce ni suggéré qu'on vende l'appartement ou autre chose de ce genre. Simplement, elle est là-bas, à Genève, et moi ici, à Londres, et nous n'avons pas prévu de nous voir dans un avenir immédiat. J'ai le sentiment en écrivant ces mots que ma vie n'a désormais plus de sens. Et si elle n'a plus de sens, les quarante et quelques années écoulées n'ont peut-être été qu'une perte de temps. À l'instant même où je note ces lignes, j'ai moi-même l'impression d'être un journal intime qu'on a laissé dehors sous la pluie : l'eau a délavé les pattes de mouche tracées à l'encre et effacé la chronique de milliers de jours et de nuits pour ne laisser qu'une page vide et détrempée.

14.

Entretien avec Dr Alfred Jones : sa participation à la rencontre entre Mr Peter Maxwell et Cheik Muhammad

Enquêteur : Décrivez les circonstances de l'entretien de Mr Peter Maxwell avec Cheik Muhammad.

Dr Alfred Jones : Ce n'était pas vraiment un entretien. Ce que vous faites là, vous autres, voilà plutôt ce que j'appellerais un « entretien », avec ces interminables questions que vous tenez à me poser. Je ne sais pas trop à quoi ça va pouvoir servir.

E : Dr Jones, nous préférons que ces entretiens se déroulent dans un climat amical et coopératif, naturellement, mais, vous savez, nous pouvons tout aussi bien procéder très différemment.

AJ : Bon, je n'ai pas dit que je ne voulais pas coopérer mais laissez-moi vous en parler à ma façon. Ça remonte déjà à un moment, vous savez. Je ne peux pas toujours me rappeler le moindre petit détail.

E : Parlez-en donc comme vous voudrez, mais n'omettez rien.

AJ : Je ferai de mon mieux. Autant que je me souvienne, quand le cheik est arrivé, Peter Maxwell et lui ont eu une conversation privée à laquelle je n'ai pas participé. Des histoires de politique, j'imagine – moi, je n'étais que l'humble scientifique des pêches. On a dû me laisser seul une heure ou deux. Si ma mémoire est bonne, je suis monté dans ma chambre et j'ai pris des notes dans le journal intime sur lequel vous avez déjà fait main basse. Je ne me rappelle pas au juste ce que j'ai écrit, mais je sais que j'étais assez déprimé. La journée était morne et j'étais malheureux comme les pierres. Ma femme ne m'avait pas exactement plaqué mais c'était le sentiment que j'éprouvais.

Harriet même n'avait pas été jugée assez importante pour participer à cette phase de l'opération, alors qu'elle était déjà à Glen Tulloch quand nous sommes arrivés, Maxwell et moi.

E : Harriet ? Vous voulez parler de Ms Chetwode-Talbot ?

AJ : Évidemment. On nous a ensuite priés de venir dans le bureau de Cheik Muhammad et on m'a fait comprendre que je devais présenter au cheik un rapport formel sur l'avancement du projet Saumon Yémen jusqu'à ce jour. Je ne m'en réjouissais guère : mon patron, David Sugden, m'avait adressé quelques jours plus tôt des courriels indiquant un obstacle fondamental. David m'avait déclaré qu'il s'occuperait de l'aspect « Fournitures » du projet – fournir des saumons de l'Atlantique vivants, en l'occurrence. Mais naturellement, comme d'habitude, il ignorait totalement de quoi il parlait. Où allait-on pouvoir se procurer les saumons ? Il n'en avait pas la moindre idée.

E : Alors, vous êtes allés dans le bureau du cheik ? Qui assistait à la réunion ?

AJ : Oui, nous sommes allés dans le bureau du cheik et nous nous sommes assis autour d'une longue table d'acajou qui ressemblait plutôt à une table de salle à manger. La seule chose qui rappelait un tant soit peu un cabinet de travail était un grand bureau dans un coin de la pièce, avec dessus un écran plasma. Malcolm, le majordome, nous a servi le thé dans un service en porcelaine et s'est retiré, après quoi le cheik, d'un geste, m'a invité à commencer. Je me suis efforcé de le mettre au courant. Peter Maxwell a indiqué qu'il était là « à titre d'observateur ». Il avait apparemment déjà signifié au cheik le soutien du Premier ministre et son enthousiasme pour le projet, cependant il l'a répété à l'intention d'Harriet et moi – le cheik a murmuré des remerciements. Et puis Maxwell s'est calé dans son fauteuil et a affiché un air d'ennui et d'impatience pendant que je faisais mon rapport.

– Les modules de transport des saumons ont été dessinés et testés. Nous avons confié l'étude de faisabilité et les essais à Husskinnen, un spécialiste finlandais de l'ingénierie environnementale. En gros, nos estimations de coût nous paraissent réalistes et nous croyons que les saumons survivront au voyage sans que les vibrations ni le bruit ne leur infligent de stress démesuré, puisque la conception du module l'isole même de la cabine de l'avion.

Après avoir marqué d'une croix le sujet que je venais de traiter, j'ai promené mon regard autour de moi pour capter d'éventuelles questions. Malcolm étant ressorti, Harriet Chetwode-Talbot et Peter Maxwell étaient les seules autres personnes présentes en dehors du cheik. Personne n'a pipé mot.

– Nous avons analysé les échantillons d'eau du Wadi Aleyn et des aquifères qu'on nous avait envoyés. Naturellement, j'aurai besoin d'emmener une équipe sur le terrain pour évaluer plus précisément la situation et les difficultés qui nous attendent, mais ces premiers échantillons ne suggèrent pas de facteurs susceptibles de représenter un danger pour les saumons, hormis l'extrême chaleur et le manque d'oxygène dissous.

Peter Maxwell a sorti son Blackberry et s'est mis à consulter ses courriels.

– La conception des viviers en est à sa cinquième révision, Cheik Muhammad, et je dois avouer, hélas, que nos estimations initiales du coût péchaient par optimisme. On doit s'attendre à un surcoût probable de vingt pour cent par rapport au budget prévu pour cette phase-là. C'est la société d'ingénierie Arup qui est chargée de cette partie du projet.

» Pour brosser le tableau à grands traits, nous envisageons une série de bassins de béton adjacents au *wadi*, qui seront remplis par l'eau de pluie et dont le niveau sera maintenu par un pompage de l'aquifère. Les bassins seront partiellement couverts par un auvent d'aluminium qui laissera pénétrer la lumière du jour mais qui réfléchira la majeure partie de la chaleur, de sorte que l'eau reste dans les limites d'une température acceptable. Nous avons également prévu des échangeurs de chaleur le long des murs du bassin pour évacuer la chaleur excédentaire. Nous devons trouver un équilibre entre le confort des saumons et le besoin de veiller à ne pas les exposer à de trop fortes variations de température au moment où, enfin, ils entreront dans le *wadi*. Des machines à bulles posées sur les parois du bassin diffuseront dans l'eau une quantité d'oxygène dissous suffisante pour maintenir les poissons en vie. Il est intéressant de noter que AirProducts et BOC ont tous les deux proposé du matériel d'oxygénation à des prix inférieurs au coût réel, car ils ont envie de publicité. Nous aurons besoin d'un permis de construire pour installer ces bassins et je présume qu'il faudra aussi faire réaliser une évaluation d'impact environnemental.

Le cheik a esquissé un mouvement de la main pour indiquer l'absurdité et l'inanité d'une telle évaluation. Et puis j'en suis arrivé à la partie du projet qui me préoccupait le plus. C'était un vrai problème : impossible de se procurer des saumons. David s'était cru capable de réaliser cet aspect du projet et, comme je vous l'ai déjà signalé, je crois, sa confiance en soi était injustifiée.

E : Nous avons lu l'échange de courriels qui s'y rapportent.

AJ : Dans ce cas, vous devez savoir que David a réussi en très peu de temps à fâcher la plupart des gens qui auraient pu nous aider. Nous avions été en pourparlers avec l'Agence pour l'environnement et l'Agence de protection de l'environnement écossais, mais nous n'avons pas pu trouver une seule rivière d'Angleterre, du Pays de Galles ou d'Écosse dans laquelle nous aurions pu prélever des saumons avec l'accord des pêcheurs. Je revois blêmir Tom Price-Williams, mon interlocuteur à l'Agence pour l'environnement, quand j'ai avancé la suggestion lors d'une de ces réunions auxquelles m'envoyait David... pour que j'essaie d'arrondir un peu les angles quand il avait tout fichu en l'air.

– Prélever des saumons dans les rivières pour les envoyer en Arabie saoudite ? s'est exclamé Tom. Vous ne connaissez pas la communauté des pêcheurs ! Ils préféreraient vendre leurs enfants comme esclaves !

– En fait, c'est du Yémen qu'il s'agit, lui ai-je répondu.

– Ça va être une levée de boucliers ! Ces poissons comptent plus que n'importe quoi pour eux. Je n'exclurais pas l'éventualité d'une guérilla si nous tentions une chose pareille.

J'ai rapporté tout cela au cheik. Peter Maxwell a levé le nez de son Blackberry et le cheik a froncé les sourcils. Harriet était déjà au courant car je lui en avais parlé dans l'avion. Il restait encore une autre mauvaise nouvelle : à supposer même que l'Agence pour l'environnement et l'Agence de protection de l'environnement écossais nous laissent prélever des tacons dans les rivières les mieux fournies, il subsistait un problème fondamental.

– Ces tacons n'auront jamais connu la mer et, si nous les élevons jusqu'à ce qu'ils deviennent des saumoneaux, l'instinct les poussera à se diriger vers de l'eau salée, là où tous les saumons passent deux ou trois hivers avant de revenir frayer dans leur rivière natale. On risque de dépenser des millions à élever des saumons en partant de juvéniles et à les envoyer au Yémen, pour s'apercevoir, quand on les relâchera dans le *wadi*, qu'au lieu de remonter vers l'amont ils tournent à gauche, façon de parler, pour rejoindre l'océan Indien et disparaître à jamais. Ce qui démolirait tout le projet.

» J'ai ensuite discuté avec les agences pour l'environnement de la possibilité de capturer des saumons en migration de retour – des poissons ayant grandi dans la Tyne, la Tweed ou la Spey ; ayant atteint leur maturité en mer et revenant dans leurs rivières pour frayer. Les agences ont catégoriquement refusé d'envisager une telle idée.

Pour commencer, la capture de saumons matures et leur exportation au Moyen-Orient constitueraient une infraction à l'obligation statutaire de ces agences, qui est de protéger leurs pêches. Elles devraient y être autorisées par un texte législatif modifiant leurs missions. Ce qui, d'après Tom, déclencherait probablement une émeute.

– Ne rentrons pas là-dedans, a déclaré Peter Maxwell qui, maintenant, suivait la conversation, car les mots « texte législatif » l'avaient fait se redresser, l'oreille aussi frémissante que celle d'un lièvre. Ce n'est pas une option possible.

– Bien sûr que non, ai-je confirmé, et de toute façon, les agences n'en voudraient pas. L'autre problème qu'elles rencontreraient, si on suivait la proposition que je viens d'évoquer, serait une guerre ouverte avec la communauté des pêcheurs. Pas un seul pêcheur du pays ne tolérerait qu'on prélève dans sa rivière, avant qu'il ait eu l'occasion de tenter sa chance, un saumon en migration de retour que lui, il espère bien attraper. Et quant à l'envoyer au Yémen ! Ce serait tout simplement impossible.

– Sans compter qu'en ce qui concerne le gouvernement, a repris Peter Maxwell, la raison même de ce projet est de s'attirer les bonnes grâces du Moyen-Orient – je serai parfaitement franc avec vous là-dessus, Cheik Muhammad. Et cela n'a d'intérêt que si, en cherchant à gagner ces bonnes dispositions, on n'en suscite pas du même coup autant de mauvaises, sinon davantage, dans notre pays. Parmi les électeurs. La conclusion s'impose : trouver une autre solution ou laisser tomber le projet.

Un silence s'est installé autour de la table. Harriet fixait des papiers qu'elle avait devant elle et se taisait. Peter Maxwell a posé son regard sur chacun de nous, tour à tour, comme pour provoquer une réaction de notre part.

– Peter Maxwell, a déclaré le cheik avec douceur, mais bien sûr que le projet va continuer, bien sûr qu'il va réussir ! J'ai toute confiance en Dr Alfred. Je sais que quand il vient me soumettre un problème, il en a déjà trouvé la solution. N'est-ce pas vrai, Dr Alfred ?

– Oh oui, ai-je répondu, j'en ai bien une. Mais je ne suis pas sûr qu'elle vous plaise.

E : Et quelle était cette solution ?

AJ : Je vais y venir. Après la réunion, nous sommes montés dans nos chambres prendre un bain et nous changer, avant de descendre dîner.

E : Pendant le dîner, Peter Maxwell a-t-il dit d'autres choses dont vous vous souvenez ?

AJ : Je ne crois pas que quiconque ait été très loquace ce soir-là. Le dîner s'est déroulé en silence, dans une ambiance solennelle. Malcolm faisait le service, glissant derrière nos chaises à pas feutrés et nous servant des plats délicieux arrosés des meilleurs crus, comme lors de ma dernière visite à Glen Tulloch, je m'en souvenais. Pourtant, j'aurais aussi bien pu avoir des cendres dans mon assiette et du vinaigre dans mon verre. Je taquinais les mets du bout de la fourchette, j'avalais des petites gorgées sans même les goûter. Peter Maxwell même n'a guère desserré les mâchoires, après une ou deux tentatives infructueuses pour attirer le cheik sur le terrain des sentiments amicaux que lui inspirait le Royaume-Uni.

J'ai vu le regard d'Harriet se poser brièvement sur moi une ou deux fois, et j'ai pris conscience que mon expression devait trahir la détresse que j'éprouvais. Je n'ai jamais été très fort pour dissimuler mes sentiments. Pendant un moment, on n'entendait plus que le cliquetis des couverts sur la porcelaine. Peu importait au cheik qu'on parle ou non à sa table, il n'éprouvait pas plus le besoin de divertir que d'être diverti. Le genre de conversation dont notre société a autant besoin que d'air pour respirer lui était étranger. Soit l'on avait des choses à discuter, soit l'on n'en avait pas. On avait des histoires à raconter, ou l'on n'en avait pas.

C'était insupportable pour Peter Maxwell qui aimait être le centre d'attention, visiblement. Il a eu beau tenter deux ou trois autres tactiques d'entrée en matière, principalement à l'intention d'Harriet, cette fois, elles n'ont rien donné.

Il a fini par déclarer :

– Comme vous le savez, Cheik Muhammad, le Premier ministre est un passionné de pêche. Enfin, il le serait s'il en avait le loisir.

Le cheik a souri et répondu :

– Je regrette qu'il n'en ait pas le temps. Ça doit être très triste d'aimer autant une chose et de ne jamais la pratiquer.

– Bon, le Premier ministre est un homme très occupé. Je suis sûr que vous comprenez. Mais si vous arrivez à réaliser le projet Saumon, il adorerait avoir l'occasion de venir le voir fonctionner.

– Votre Premier ministre sera le très bienvenu, s'il arrive à trouver le loisir nécessaire.

– Ce que je veux vraiment dire, a repris Peter Maxwell, c'est qu'une invitation officielle de votre part, à l'approche de la date d'inauguration, serait vue d'un très bon œil par le Numéro 10.

– Et qui est ce « Numéro 10 » ? s'est enquis le cheik, feignant l'incompréhension.

– Le cabinet du Premier ministre, j'entends.

– Naturellement, le Premier ministre sera très bienvenu à ce moment-là, ainsi qu'à tout autre d'ailleurs. Il n'a qu'un mot à dire et nous le recevrons dans notre humble demeure ; il peut se joindre à nous et goûter sa passion de la pêche pendant autant de temps que le lui permettront ses nombreuses occupations. Vous aussi, Mr Maxwell, vous serez le très bienvenu. Êtes-vous également un pêcheur passionné ?

– Je ne connais rien à la pêche, a répondu Mr Maxwell, je n'ai jamais eu le temps d'essayer. Mais j'aimerais bien venir. Puis-je considérer que vous nous invitez à assister à l'inauguration du projet Saumon du Yémen, le moment venu ?

– Mais bien sûr, bien sûr, a affirmé le cheik. Nous serions très honorés.

– Je ne sais pas combien de temps Jay pourra rester, naturellement, avant que nous n'ayons envisagé des dates avec vous, Cheik Muhammad, mais si je vous donne celles qui sont encore disponibles, nous pourrions peut-être organiser le calendrier du lancement du projet autour de ces jours-là ?

– Dr Alfred et Ms Harriet Chetwode-Talbot sont les gardiens du projet, Mr Maxwell, c'est avec eux qu'il faut parler de dates et autres dispositions de ce genre.

Peter Maxwell m'a regardé et m'a lancé :

– Vous me tiendrez au courant, Fred. (C'était un ordre, pas une question. Et puis il s'est tourné vers le cheik pour ajouter) : Un dernier point, Cheik Muhammad : Jay – le Premier ministre, je veux dire – pense que ce serait une excellente idée pour le projet de se faire photographier à votre côté, une canne à pêche à la main. Nous pourrions peut-être nous arranger pour qu'il prenne un saumon ou quelque chose à ce moment-là. Nous avons plus ou moins imaginé le scénario suivant : il pourrait atterrir à Sanaa, rejoindre le site en hélicoptère, passer disons, une vingtaine de minutes à rencontrer l'équipe du projet, avec quelques photos de poignées de mains et peut-être une remise de prix quelconque ; et ensuite une vingtaine de minutes avec vous autres – je veux dire avec vous, Cheik Muhammad, et certains des hommes que nous avons vus sur la pelouse aujourd'hui – tous avec une canne à pêche à la main. On pourrait aussi prendre des photos de groupe. Ce serait formidable que tout le monde puisse être en costume tribal, avec ces poignards machin-truc. Jay pourrait peut-être même enfiler rapidement une sorte de tenue, vous savez, comme s'il était membre d'honneur de la tribu…

Je me suis senti rougir à la place de Peter Maxwell mais le cheik s'est contenté de sourire et d'opiner du bonnet.

– Le Premier ministre pourra-t-il prendre vingt minutes de son temps pour pêcher un saumon avec moi ?

– L'emploi du temps reste à définir mais, oui, il nous faut une bonne photo de Jay en train de remonter un saumon au bout de sa ligne. Peut-être le premier saumon jamais pêché dans la Péninsule arabique ! Ça ferait une publicité fantastique au projet. Vous auriez naturellement la libre disposition de ces photos pour tous vos documents de marketing.

– Il arrive qu'il faille un peu plus de temps pour prendre un poisson, souligna le cheik. Même ici, à Glen

Tulloch, où nous avons beaucoup de saumons, il faut parfois des heures ou des jours pour en attraper un.

– Je laisse à Fred le soin d'y veiller, a répondu Peter Maxwell, c'est lui l'expert ès saumon. En tout cas, Fred, le Premier ministre s'attendra à trouver un poisson au bout de son hameçon. Je me fiche pas mal de savoir comment vous vous débrouillerez, mais arrangez-vous pour que ça marche.

Je me suis contenté de le fixer des yeux. Le cheik a pris la parole avant que j'aie pu dire à Peter Maxwell ce que j'aurais aimé qu'il aille faire.

– Je suis sûr que Dr Alfred trouvera un moyen de satisfaire votre Premier ministre. S'il est aussi passionné de pêche que vous le dites, il sera content de toute façon. Je serai très heureux de le saluer, de l'accueillir dans le Wadi Aleyn et de pêcher avec lui dans notre rivière toute neuve. Dr Alfred pourra peut-être lui trouver un poisson, cela dépendra de la volonté de Dieu.

– Parfait ! s'est exclamé Peter Maxwell. Nous pensons que ce projet est une excellente idée, Cheik Muhammad, très imaginative et innovante, et le Premier ministre est ravi que vous fassiez appel à des ingénieurs et des scientifiques britanniques pour réaliser vos desseins. Nous tenons beaucoup à participer, afin que la nation yéménite comprenne que nous, les Britanniques, nous sommes des alliés bienveillants, des partisans de la démocratie et de la pêche, prêts à partager notre technologie pour aider des aspirants-pêcheurs yéménites à accomplir leurs rêves.

Il a balayé la tablée d'un regard circulaire, comme s'il venait de faire un discours et voulait juger de son effet sur nous. C'était en effet une sorte de discours, je suppose. Le cheik a hoché la tête et déclaré :

– Je ne suis pas un politicien, Mr Maxwell, juste un homme qui veut partager les joies de la pêche au saumon avec des gens de sa tribu et leur montrer ce qu'on peut faire si l'on y croit assez fort.

– Avec votre foi et notre technologie, ça va grouiller de saumons partout, et vous pouvez attendre des flopées de touristes pleins aux as et pas regardants à la dépense qui viendront, j'en suis certain, goûter « l'expérience Saumon du Yémen ». De quoi récupérer plusieurs fois votre mise. Maintenant, si vous voulez bien m'excuser, je dois m'occuper un peu de mon courrier électronique avant d'aller me coucher.

Là-dessus, il a pris son Blackberry et il est monté.

– Je ne crois pas que Mr Maxwell nous comprenne encore tout à fait, a noté le cheik une fois que Peter Maxwell avait quitté la pièce. Mais un jour, peut-être, Dieu se révélera à lui et l'aidera à comprendre.

Nous sommes restés encore un moment ensemble tous les trois, à la lueur des chandelles qui achevaient de se consumer sur la table. La présence de Cheik Muhammad avait un effet calmant sur moi, surtout maintenant, sans la présence abrasive de Peter Maxwell. Quelques instants se sont écoulés sans que nul ne parle.

Je me demandais si le cheik allait ajouter un commentaire sur Peter Maxwell, car j'étais sûr qu'il ne l'aimait pas, même s'il n'en avait rien laissé paraître. Mais il m'a surpris en tournant son regard vers moi :

– Vous avez l'air triste, Dr Alfred.

Je ne savais que répondre. J'ai rougi une fois encore, soulagé à la pensée que ce fard soudain ne se verrait pas trop à la bougie. J'ai vu les yeux d'Harriet se poser alternativement sur le cheik, puis sur moi, attentifs.

– Oh… rien. Des problèmes à la maison, c'est tout, ai-je lâché.

– Vous avez un malade chez vous ?

– Non, rien de tel.

– Alors, ne me le dites pas, ça ne me regarde pas. Mais je regrette de vous voir triste, Dr Alfred. J'aimerais mieux vous trouver l'esprit serein, le cœur et les pensées entièrement tournés vers notre projet. Vous avez besoin d'apprendre à avoir la foi, Dr Alfred. La foi, pensons-nous, est le remède qui guérit tous les ennuis. Sans foi, il n'est pas d'espoir ni d'amour. La foi précède l'espoir et précède l'amour.

– Je ne suis guère porté sur le religieux, je le crains, ai-je avoué.

– Vous ne pouvez pas savoir, répliqua le cheik. Vous n'avez pas encore regardé en vous-même, vous ne vous êtes encore jamais posé la question. Un jour, peut-être, il se passera quelque chose qui vous amènera à vous interroger là-dessus. Je crois que vous serez étonné de la réponse qui surgira.

Il a souri, comme s'il se rendait compte que la conversation prenait un tour un peu trop profond pour cette heure de la soirée, et puis il a esquissé un geste de la main. Malcolm s'est alors matérialisé, arrivant de nulle part et me faisant sursauter car je m'étais absorbé dans les paroles du cheik, même si je ne les comprenais pas. Le majordome avait dû attendre dans la pénombre de la salle à manger, l'œil en éveil, l'oreille aussi peut-être. Il a reculé la chaise du cheik tandis que ce dernier se levait. Nous nous sommes levés en même temps, Harriet et moi.

– Bonne nuit, a lancé le cheik. Que votre sommeil vous apporte la paix de l'esprit ! nous a-t-il souhaité avant de disparaître.

Lentement et en silence, nous avons gravi ensemble les marches d'escalier, Harriet et moi. Au palier, elle s'est tournée vers moi et m'a glissé :

– Fred, s'il y a quoi que ce soit que vous ayez envie de discuter… parlez-moi. Je vois bien que ça ne va pas. J'espère que vous pouvez me compter au nombre de vos amis. Moi non plus je n'aime pas vous voir malheureux.

Elle s'est penchée et m'a baisé la joue, et j'ai senti son parfum chaud. Sa main a frôlé la mienne un instant. Et puis elle s'en est allée.

– Merci, ai-je soufflé, tandis qu'elle traversait le couloir pour rejoindre sa chambre. (J'ignore si elle m'a entendu.)

J'ai songé à ma vie, tout en me déshabillant dans ma chambre. Il faisait bon, un feu brûlait encore doucement dans la cheminée. J'ai suspendu mon smoking d'emprunt dans la penderie, j'ai enfilé mon pyjama d'emprunt et, une fois mes dents lavées, je me suis glissé entre les draps blancs de l'immense lit douillet.

Quelle curieuse soirée !

Je me souviens d'avoir pensé, étendu dans le lit : mais tout est curieux dans ma vie en ce moment. Je navigue en eaux inconnues, mon ancienne existence est un lointain rivage, encore visible à travers les brumes d'un regard rétrospectif, mais qui déjà s'estompe et devient une ligne grise à l'horizon. J'ignore ce qui m'attend. Qu'avait donc dit le cheik ? Je sentais le sommeil me gagner rapidement et ses paroles furent les dernières à me venir à l'esprit, ultimes pensées avant de m'endormir. Elles semblaient pourtant venir d'ailleurs : « La foi précède l'espoir et précède l'amour. »

Cette nuit-là, j'ai mieux dormi que depuis longtemps.

E : Racontez-moi comment vous avez réussi à dénicher des saumons.

AJ : Ce n'est pas mon plus heureux souvenir. Un hélicoptère de location est venu nous chercher le lendemain matin, après le petit déjeuner, nous avons grimpé à bord – le cheik, Harriet, Peter Maxwell et moi – et bouclé nos ceintures. Les pales se sont mises à tourner et, peu après, les toits gris et les vertes pelouses lisses de Glen Tulloch disparaissaient. Côtoyant des nuages rapides et chargés de pluie, nous avons survolé les landes brunes qui s'étirent au-delà du domaine et s'élèvent peu à peu pour devenir des montagnes escarpées.

Et puis l'hélicoptère a repéré un chapelet de lochs en direction du sud-ouest. Le Great Glen, je pense. Des nuages bas frôlaient l'appareil et nous bouchaient la vue par intermittence, mais soudain le ciel s'est éclairci et on a eu l'impression de voler droit vers un soleil éblouissant. En bas, des nappes d'eau miroitantes alternaient avec des caps verts et bruns comme des éponges. J'ai constaté que nous perdions de l'altitude et que nous approchions du rivage d'un loch marin. Et j'ai alors aperçu les installations auxquelles je m'étais attendu.

Nous avons atterri dans un parking vide, à côté de huttes préfabriquées. Derrière ces Portakabins s'étirait une jetée à laquelle étaient amarrés deux bateaux et, plus loin encore, on découvrait dans le loch des structures métalliques qui brillaient au soleil. Tandis que s'immobilisait le rotor de l'hélicoptère, la porte d'une des Portakabins s'est ouverte et deux silhouettes en casques et en cirés en sont sorties pour venir nous accueillir.

Dès que nous avons mis le pied à terre, un des hommes a crié pour se faire entendre par-dessus le bruit du moteur :

– Dr Jones ? Dr Alfred Jones ?

Le pilote a coupé le moteur et j'ai répondu :

– C'est moi. Archie Campbell ?

– *Aye*, c'est bien moi. Bienvenue aux McSalmon Aqua Farms, Dr Jones !

Je lui ai présenté Peter Maxwell, Harriet et le cheik. Le cheik portait un béret, un pull-over à épaulettes et un pantalon kaki d'allure militaire. Harriet et moi étions en vestes de toile cirée et en jeans. Peter Maxwell avait enfilé un trench-coat blanc sur son costume – on aurait cru un détective privé dans un film dc Série B.

Archie Campbell a agité le bras pour désigner les cages installées dans le loch, derrière lui :

– Vous voulez visiter ?

– C'était un peu le but de la manœuvre.

Nous sommes entrés dans le Portakabin où on nous a servi du Nescafé chaud. Et puis Archie Campbell a déclaré :

– Bon, voyons. Laissez-moi vous expliquer ce que nous faisons ici. Nous élevons le meilleur saumon, le plus frais qu'il soit possible de se procurer. N'allez pas croire ce qu'on raconte : il n'y a rien qui cloche dans les saumons d'élevage ! Et puis, au moins, on sait où ils se sont baladés, eux, pas comme les saumons sauvages qui ont pu nager n'importe où.

Il a hurlé de rire pour indiquer qu'il plaisantait. Sur le mur du préfabriqué était affiché un diagramme plastifié illustrant les différents stades de l'élevage des saumons : l'incubateur en eau douce où l'on place les œufs pour obtenir d'abord des alevins vésiculés, puis des alevins proprement dits ; les cages dans lesquelles on lâche les tacons qui deviennent des saumoneaux ; et d'autres cages plus grandes installées plus loin, dans la partie saline des eaux du loch, où l'on élève les saumoneaux jusqu'au stade de saumon adulte. Archie nous a tout montré et, s'apercevant que nous en avions visiblement assez, il a suggéré de poursuivre la visite en bateau.

Un ancien bateau de pêche reconverti était arrimé à une jetée. Nous sommes montés à bord et nous avons gagné le milieu du loch au rythme lent d'un moteur à deux temps. Maintenant qu'on voyait l'installation de près, on se rendait compte que les structures métalliques étaient une série de poteaux qui formaient la partie émergée de cages profondes, ancrées au fond du loch. L'eau entre ces structures était agitée de mouvements frénétiques : le bouillonnement produit par les dizaines de milliers de saumons qui tournoyaient désespérément, car ils avaient tous envie d'être ailleurs. Toutes les quelques secondes, un poisson bondissait hors de l'eau comme s'il cherchait à s'échapper, à grimper à une échelle à saumons ou à remonter une cascade dont il pressentait, instinct ou mémoire atavique, qu'elles auraient dû se trouver là. Le spectacle m'était à peine supportable. On avait là une créature dont les instincts les plus essentiels la poussaient à descendre vers l'aval jusqu'à ce qu'elle hume l'eau salée de l'océan pour aller retrouver ses aires d'alimentation ancestrales, tout au nord de l'Atlantique, où elle passerait les deux ou trois années suivantes. Pour ensuite, par un plus grand miracle encore, revenir vers le sud en passant devant l'embouchure de toutes les rivières susceptibles d'être celles de sa naissance, jusqu'à ce que quelque force la pousse de nouveau à virer vers le nord et à explorer les eaux côtières, en attente de l'instant où elle flairerait – ou sentirait, d'une manière ou d'une autre – les eaux de « la bonne » rivière. Celle qui pourrait la ramener à sa frayère d'origine. Au lieu de quoi les pauvres saumons d'ici passaient leurs vies entières dans une cage profonde et large de quelques mètres seulement.

– Regardez-moi donc ces petits amours ! a lancé Archie Campbell d'un ton affectueux. Ne me dites pas qu'ils ne sont pas aussi parfaitement en forme que des saumons sauvages !

Autour des cages, l'eau était trouble à cause des déchets et des débris en tout genre qui flottaient dessus. Le cheik regardait autour de lui avec un air de désarroi croissant. Il s'est alors tourné vers moi pour me demander :

– Est-ce le seul moyen ? Le seul ?

– Oui, le seul, ai-je répondu.

– Et combien c'était-y que vous en vouliez, Dr Jones ? s'est enquis Archie Campbell.

– Nous sommes encore en train de réfléchir au nombre exact. Mais partez sur la base de cinq mille, si vous pouvez.

– C'est une grosse commande. Il faut qu'on soit prévenus à l'avance.

– Je sais.

Le cheik est resté un moment silencieux, pendant le vol de retour à Glen Tulloch. Ce n'était pas ce qu'il avait eu en tête, je le savais. Il s'était imaginé des poissons argentés revenus dans leur rivière natale après avoir essuyé les tempêtes de l'Atlantique Nord, frais comme l'œil, et surgissant miraculeusement des eaux du Wadi Aleyn. Il n'avait pas songé à ces misérables créatures infestées de poux de mer, qui étaient nées et qui avaient grandi dans l'équivalent d'une gigantesque prison.

Mais voilà ce que nous allions devoir prendre, il n'y avait pas d'autre solution. Le cheik a fini par esquisser un pauvre sourire amer pour se tourner vers Peter Maxwell :

– Vous voyez, Mr Maxwell, à quel point notre projet exauce les souhaits de votre gouvernement ? À quel point il correspond à vos politiques ? Nous libérerons ces saumons de leur captivité, nous leur offrirons la liberté. Et nous leur donnerons le choix : nous les lâcherons dans les eaux du *wadi* et ils pourront voter avec leurs nageoires – virer d'un côté, vers la mer ; ou de l'autre, vers les montagnes. C'est très démocratique, je trouve, non ?

Je me rappelle que Peter Maxwell s'est mordillé la lèvre et n'a pas pipé mot.

15.

Interview de Peter Maxwell pour la chronique « Loisir » du *Sunday Telegraph* du 4 septembre

Une série d'articles du Sunday Telegraph, *édition Magazine, dans lesquels Boris Johnson interroge des personnalités de renom pour savoir à quoi elles consacrent leur temps libre. Cette semaine, Peter Maxwell, directeur de la Communication du cabinet du Premier ministre à Downing Street.*

Boris Johnson : Peter, vous allez me dire que vous ne prenez jamais de temps de loisir, n'est-ce pas ?

Peter Maxwell : Boris, vous avez mis dans le mille. Je n'en prends pratiquement jamais. C'est l'ennui, dans mon genre de boulot : on doit être sur la brèche 24 heures sur 24 et sept jours sur sept, parce que c'est à ce rythme que se produisent les événements dans le monde, à ce rythme qu'il faut réagir. Que je sois au bureau ou en déplacement, je dois rester connecté en permanence. Je regarde au moins trois chaînes d'infos en *live* presque toute la journée et je reçois environ deux cents courriels sur mon

Blackberry. Et puis, il y a les réunions. Le nombre de réunions auxquelles je dois assister ! Vous ne le croiriez pas… Voilà une simple semaine de travail ordinaire, Boris, et ma semaine ne s'achève que le dimanche soir pour reprendre généralement le lundi matin. Cependant, c'est quand il arrive des choses inattendues – et c'est constamment le cas – que la pression monte vraiment.

BJ : Vous voulez dire « *Events, dear boy, events* »[1] ?

PM : Là, je ne vous suis pas, Boris.

BJ : C'est ce qu'a déclaré un jour Harold Macmillan.

PM : Eh bien, Harold savait de quoi il parlait.

BJ : Mais supposons simplement que vous ayez quelques jours ou même quelques heures de loisir, qu'en feriez-vous ? Et les vacances ?

PM : Il y a longtemps que je n'ai pas pris de vraies vacances, Boris. Mes collègues ne cessent de me le suggérer, mais je crois qu'aucun d'eux n'a la moindre idée de ce qui se passerait si je n'étais pas là pour veiller au grain. Je suis malgré tout allé à Ibiza une fois, pour un week-end, et je suppose que j'aimerais y retourner si j'en avais le temps.

BJ : Et du temps pour faire un brin d'exercice ?

PM : Bon, je suis un peu un dingue du fitness, comme vous le savez, alors quand je peux trouver quelques heures, c'est le plus souvent pour de l'exercice physique. Je suis aussi un fana de salsa, je crois que c'est bien connu, mais ce qu'on sait sans doute moins, c'est que j'ai fait les finales d'Islington, il y a deux ou trois ans. Je ne prétends pas être très fort, mais je ne dois pas avoir tout faux, je

1. « Les événements, mon cher, les événements ! » Harold Macmillan fit cette réponse fameuse à la question d'un journaliste demandant ce qui peut le plus facilement déstabiliser un gouvernement.

suppose, pour avoir failli remporter la Coupe de Salsa du Nord de Londres.

BJ : Un autre sport ou une autre activité de divertissement qui vous attirerait ?

PM : On fait un peu de tennis, le patron et moi...

BJ : « Le patron » étant le Premier ministre, je suppose.

PM : Exactement.

BJ : Et qui gagne ?

PM : Voyons, Boris, je crois que je risquerais de perdre mon boulot si je vous répondais ! Non, sérieusement, on est plus ou moins à égalité, ce qui est chouette. Quand on a un travail de bureau assez intense – toujours au téléphone, les yeux sur l'écran –, tout ce qui vous sort un peu et vous éloigne l'esprit des pressions du quotidien est forcément plutôt bon.

BJ : Dans le genre *Mens sana in corpore sano*, vous voulez dire ?

PM : Encore une fois, Boris, je ne vous suis pas.

BJ : D'autres centres d'intérêt en dehors du travail dont vous pouvez nous parler, Peter, autres que le sport ?

PM : J'aime beaucoup la musique. La musique de salsa, ça va sans dire, mais les classiques aussi. *La Chevauchée des Walkyries* est un des morceaux que j'adore. Une pièce fabuleuse, si évocatrice !

BJ : Qu'évoque-t-elle au juste pour vous ?

PM : Ça me fait toujours penser à cette merveilleuse scène d'*Apocalypse Now* où cet air surgit des haut-parleurs des hélicoptères-mitrailleurs qui jettent du napalm sur un village viêt-công. Une page d'histoire du cinéma vraiment émouvante, comme la musique qui l'accompagne.

BJ : On a tout de même évolué un peu depuis cette époque-là, non, Peter ? Je veux dire, répandre du napalm sur des villages rebelles, ce n'est pas une chose qu'on ferait de nos jours, non ?

PM : On n'est pas en train de s'éloigner du sujet, là, Boris ?

BJ : Ça se pourrait. Et les livres ? Quelle est votre lecture préférée ?

PM : Celle du *Hansard**.

BJ : Et la fiction ? Les romans, etc. ?

PM : Les romans ne m'excitent pas tant que ça. J'admire ceux qui savent si bien organiser leurs vies qu'ils ont le temps de se lover dans un fauteuil et de lire quelques pages d'un roman. Personnellement, je n'en ai pas le loisir. J'ai plutôt l'esprit agité, Boris, et j'ai toujours trouvé que c'était un terrible gaspillage de mes heures de veille que de lire des romans.

BJ : Il circule pourtant une rumeur, Peter, qui doit d'ailleurs être parvenue à vos oreilles, selon laquelle vous seriez en train d'écrire un livre…

PM : Bon, il m'arrive en effet de lire des biographies politiques quand j'en ai le temps. Quant à écrire un livre sur moi et sur le temps que j'ai passé en politique, je suppose que plus tard, quand je serai moins occupé qu'actuellement, ça pourrait être intéressant de jeter un regard en arrière et de réfléchir à ce qui sera arrivé durant mon tour de garde. J'ai occupé une position très intéressante ces dernières années, dans l'œil du cyclone, Boris. J'ai vu et entendu beaucoup de choses. Il y a sans doute matière à un livre, si jamais j'ai le temps d'en écrire un. Mais ça ne parlerait pas de moi, Boris, car je suis jaloux de ma vie privée, je suis un homme discret. Il est plus probable que j'écrirais sur les événements auxquels j'ai assisté.

BJ : Eh bien, espérons que vous l'écrirez un jour, ce livre, Peter. Pour ma part, je ferais volontiers la queue dans une librairie pour l'acheter. Mais avez-vous d'autres idées sur ce que vous aimeriez faire à l'avenir? Si jamais la pression se relâchait un peu, y a-t-il une chose que vous n'avez jamais faite et que vous aimeriez tenter – disons, des ambitions inassouvies pour votre temps libre?

PM : Ce n'est pas demain la veille, Boris! Cependant, c'est drôle que vous me posiez cette question parce que, oui, il y a bien une chose que je n'ai jamais faite et que j'aimerais essayer. Ce n'est un secret pour personne que j'ai joué une sorte de rôle de liaison informelle, au nom du patron, dans le projet Saumon du Yémen et, à la faveur de cela, j'en suis venu à me dire que j'aimerais bien goûter à la pêche au saumon. C'est un sport merveilleux, vous savez. J'ai visité un endroit, très récemment, où il y a littéralement des milliers de saumons qui sautent dans tous les sens, et ce sont les plus belles créatures qui soient à regarder. Elles sont capables – j'ignore si vous savez ça, Boris – de bondir hors de l'eau et de s'élever en l'air de plusieurs dizaines de centimètres. C'est un spectacle étonnant et si vous n'avez jamais vu sauter des saumons, dites-le-moi et je vous mettrai en relation avec l'endroit dont je vous parle.

BJ : Merci, ce serait une expérience fort intéressante. Alors, avez-vous des projets immédiats de pêche au saumon?

PM : Bon, nous en avons fait mettre quelques-uns dans une ancienne carrière à graviers remplie d'eau, à côté de Chequers[1], pour que le patron puisse pratiquer son lancer. Lui aussi, l'idée lui plaît. Et si nous arrivons à attraper le coup pour pêcher le saumon – et je suis sûr que

1. Nom de la résidence de campagne des Premiers ministres de Grande-Bretagne, dans le Buckinghamshire.

nous y parviendrons –, j'espère que Cheik Muhammad ibn Zaidi nous invitera tous les deux à venir pêcher avec lui au Yémen dans un avenir proche. Ce serait formidable, non ? Vous devriez venir, Boris !

BJ : J'en brûle d'envie ! J'espère qu'on m'invitera. Eh bien, en attendant, Peter, merci d'avoir bavardé avec moi.

16.

Entretien avec Ms Harriet Chetwode-Talbot

Enquêteur : Décrivez votre première rencontre avec Mr Peter Maxwell.

Harriet Chetwode-Talbot : Je me souviens en effet de cette visite à Glen Tulloch avec Fred et Peter Maxwell. C'était épouvantable.

Peter Maxwell – au fait, vous enregistrez, là ? Oh, et puis ça m'est égal ! – Peter Maxwell est un abominable petit bonhomme. Comment des gens pareils arrivent à de telles positions de pouvoir, ça me dépasse ! Vous avez lu cette interview consternante qu'il a donnée au *Sunday Telegraph* à son retour à Londres après Glen Tulloch ?

E : Il figure parmi les pièces à conviction. Décrivez votre première rencontre avec Peter Maxwell, je vous prie.

HCT : Je ne peux pas dire que la première impression ait été vraiment favorable. Il n'arrive sans doute même pas au mètre soixante-cinq et il porte des costumes d'une coupe beaucoup trop jeune pour lui – taille ajustée, épaulettes, doublure de soie écarlate visible de partout –, et qui ont manifestement dû lui coûter une fortune chez le tailleur. Des chemises à rayures de sucre d'orge avec d'énormes boutons de manchette. Et ses cravates ! Sans parler de ce truc qu'il se tartine sur les cheveux ! Ça pue !

Pardon, je l'avais sur le cœur, il fallait que ça sorte.

Mais c'était drôle de le voir fouler les pelouses de Glen Tulloch à petits pas précautionneux avec ses mocassins Gucci. C'est Cheik Muhammad qui lui a fait faire ça : Peter Maxwell a dû sortir sous la pluie pour passer en revue la « garde d'honneur » du cheik – enfin, faute d'un autre mot. Deux douzaines de grands Yéménites, des échalas au nez busqué et à l'œil farouche qui vous regardent comme s'ils étaient prêts à vous massacrer pour le prix d'une chèvre. Voire moins. Et Peter Maxwell a dû défiler devant eux et feindre d'inspecter ces hommes debout au garde-à-vous dans leurs *thobe** – ces longues robes chaudes dans lesquelles ils s'enveloppent, avec une veste par-dessus –, tenant dans une main leurs dagues courbes et dans l'autre leurs cannes à pêche. J'ai regretté de n'avoir pas pensé à apporter mon appareil photo digital. Voilà une sacrée photo que j'aurais pu vendre au *Sun* !

Ses mocassins étaient complètement trempés. Fichus.

Je me rappelle m'être demandé si le cheik n'avait pas finalement un assez joli sens de l'humour. Il ne donnait jamais l'impression de plaisanter, mais j'ai mes doutes…

La soirée a été la plus pénible qu'on puisse imaginer. Fred était au trente-sixième dessous. Le cheik m'avait appris dans l'avion que la femme de Fred l'avait quitté. Enfin, pas exactement quitté mais elle avait décidé d'aller travailler à Genève, ce qui revenait plus ou moins au même. J'ignore comment le cheik l'avait su mais il semblait toujours au courant de tout.

Pauvre Fred ! Et pauvre de moi aussi, sans nouvelles de mon fiancé, Robert, depuis des semaines. Ses lettres ne me parvenaient plus et les miennes avaient commencé à me revenir non décachetées, avec la mention qu'il n'avait pas été possible de les lui transmettre. Je me sentais donc seule et malheureuse et je me faisais un sang d'encre à l'idée de ce qui pouvait arriver à Robert. Vous comprenez pourquoi.

Oh, mon Dieu !

Le témoin a été momentanément perturbé par une forte émotion. L'entretien a repris une heure plus tard.

E : Reprenez, je vous prie, Ms Chetwode-Talbot.

HCT : J'étais terriblement stressée par le projet qui avait pris de trop grosses proportions. J'avais été détachée par ma société pour m'en occuper à plein temps. Il y avait énormément de travail. Comprenons-nous bien : Fred faisait du bon boulot. La recherche scientifique, les études et les propositions d'ingénierie qu'il produisait ou qu'il dirigeait étaient formidables. Personne ne saura jamais la quantité de travail que cet homme-là a abattue. Mais n'empêche que Fred était un scientifique, pas un administrateur. Alors, je passais douze heures par jour à discuter avec les entrepreneurs ou avec les chargés d'audit, à gérer l'équipe du projet, à aller voir les banquiers, à parler avec les collaborateurs de Peter Maxwell ou avec le patron de Fred pour qu'il lui fiche la paix, à rédiger des rapports, à écrire des lettres, à dresser des tableaux pour mes confrères du cabinet, hypnotisés par le montant des honoraires qui tombaient dans nos caisses. Et puis, quand je reposais le téléphone à 19 heures, je m'attelais à la centaine de courriels que j'avais reçus.

Une partie provenait des autres équipes travaillant au projet, mais certains venaient de divers fabricants de cannes à pêche, de cuissardes ou de vêtements de pêche nous proposant d'utiliser leurs produits. D'autres arrivaient de gens qui cherchaient à se placer comme consultants : d'anciens ingénieurs pétroliers d'Arabie saoudite qui savaient une ou deux choses sur les *wadis* ; des experts des pêches nécessiteux qui offraient de nous conseiller en matière scientifique ; un spécialiste des anciens systèmes d'irrigation d'Arabie qui croyait que notre projet avait été prédit et décrit en hiéroglyphes sur les murs intérieurs de la Grande pyramide. J'ai reçu des messages de gens qui voulaient des réservations pour une semaine de pêche sur le Wadi Aleyn, d'autres qui souhaitaient inviter le cheik à prendre la parole au prochain dîner de leur association de pêcheurs à la ligne – à la mouche ou par d'autres moyens –, d'autres encore prêts à acheter une villa en multipropriété au Yémen. Tous les jours, sinon toutes les heures, je recevais des demandes de dons à l'Association des retraités de la pêche au filet dérivant, à l'Association des *Gillies* à la retraite, à la Fondation du saumon de l'Atlantique Nord, à l'*Atlantic Salmon Trust*, aux Agences de tutelle des rivières – bref, de toutes les organisations possibles et imaginables, à part Oxfam[1] ! Au fait, quand j'y pense, Oxfam nous a sollicités aussi. Et pourquoi pas ? L'argent coulait à flots…

1. *Oxford Committee for Famine Relief*, célèbre ONG anglaise initialement créée pour lutter contre la faim dans le monde.

Le projet avait accaparé le moindre moment de ma vie diurne. J'étais épuisée et préoccupée : pourrions-nous réussir ? Je m'inquiétais de ce qu'il adviendrait de mon boulot quand tout cela serait fini : j'avais entièrement perdu de vue le reste des affaires du cabinet, et tous mes dossiers avaient été confiés à une autre personne. Il ne me restait plus qu'un client et un seul : le cheik. Sa calme certitude était la seule chose qui me permettait de ne pas perdre les pédales.

Rien d'étonnant, donc, que Fred et moi ayons été de si piètre compagnie ce soir-là. La charge de travail de Fred était aussi gigantesque que la mienne et, que je sache, il ne touchait pas un sou de plus pour autant. Il avait été détaché par le NCFE et continuait d'empocher le même salaire de misère. Moi, je récolterais au moins ma part de bénéfices du cabinet. Et puis Fred risquait beaucoup plus gros que moi : si le projet échouait, sa réputation n'y survivrait pas. Il y aurait toujours des détracteurs prêts à dénoncer des erreurs de sa part. En revanche, je n'avais pas idée de ce qui pouvait lui arriver si l'opération était un succès. Il pouvait aussi bien se retrouver nommé à la Chambres des Lords, allez savoir ! Ou recevoir la citoyenneté d'honneur de la ville de Sanaa.

E : Pourriez-vous limiter vos remarques à ce qui s'est effectivement dit ce soir-là ?

HCT : Je m'égare un peu, n'est-ce pas ? Oui, ce fut une soirée effroyable. Peter Maxwell se montrait tour à tour pédant et provocant. Je ne sais laquelle de ces deux attitudes m'était la plus odieuse. Il monopolisait la conversation, ou le peu qu'il y en avait, s'acharnant à essayer de pousser le cheik sur le terrain du Moyen-Orient. Il aurait voulu l'amener à tenir des propos exagérés, inconsidérés, de façon à disposer d'une arme contre lui. Pas pour s'en servir, non, mais pour noter ces paroles à titre de munition pour plus tard.

Et puis il a pris un ton supérieur pour annoncer que le Premier ministre voulait des photos : une séance par-ci, une séance par-là. Il s'est même tourné vers Fred à un moment donné, pour lui dire de veiller à ce que le Premier ministre pêche un poisson, en gardant à l'esprit qu'il ne pourrait consacrer que vingt minutes de son programme à cette tâche. Je crois qu'il s'imaginait qu'on peut rabattre les saumons vers les pêcheurs, comme les grouses vers les chasseurs.

Naturellement, le cheik n'a pas fait le moindre cas de ces propos. Il était d'une infinie politesse, il a même réussi à éviter à Fred une réplique qu'il aurait pu regretter ensuite. J'ai presque vu des jets de vapeur sortir des narines de Fred à un moment. Le cheik est un homme très subtil et intelligent qui ne risque pas de se laisser manipuler par des gens de la sorte de Peter Maxwell. Il leur laisse simplement le soin de se ridiculiser eux-mêmes.

Peter a fini par lever le camp – pour aller jouer avec son Blackberry, je suppose. Le cheik s'est alors tourné vers Fred et lui a dit en substance de retrousser ses manches et de reprendre du poil de la bête – enfin, pas tout à fait dans ces termes… Et il lui a aussi parlé d'autre chose : de foi et d'amour. Je ne me souviens pas non plus de ses paroles exactes. C'était un *sheikisme* typique : du terre à terre, du sens pratique, avec une bonne dose de mystique.

En tout cas, le mélange a produit le plus extraordinaire effet sur Fred. Il s'est brusquement redressé sur sa chaise, comme s'il avait été piqué avec un aiguillon électrique du genre dont on se sert pour le bétail. Et puis, peu à peu, son expression a changé. Il a cessé de tirer une tête de six pieds de long qui le faisait ressembler à Bourriquet, l'âne de Winnie l'Ourson. Son visage a pris un air lointain, comme s'il voyait quelque chose qui lui plaisait plutôt, mais qui restait très lointain. Si lointain qu'il n'était pas sûr de ce que c'était.

J'ai pensé que Fred était plutôt pas mal quand il n'était ni morose ni compassé. J'ai monté l'escalier avec lui et je lui ai dit bonsoir sur le palier en l'embrassant sur la joue. Je n'aurais peut-être pas dû. Ce n'était sans doute pas professionnel du tout, mais je m'en moquais. Je me sentais un peu triste pour lui et un peu triste pour moi, alors je lui ai déposé un baiser sur la joue. Il m'a regardée à ce moment-là, mais n'a pas essayé d'en profiter, ce dont je lui ai été reconnaissante. Il a simplement dit : « Merci » très bas, d'un ton vraiment sincère.

Au début que je connaissais Fred et qu'on en était encore à se donner du Dr Jones et du Ms Harriet Je-ne-sais-pas-trop-comment-prononcer-votre-nom-alors-je-marmonne, je crois que j'aurais préféré embrasser un saumon plutôt que lui. Je n'en suis plus si sûre maintenant. Je suis allée me coucher en me demandant ce qui se serait passé si je l'avais embrassé pour de bon, sur la bouche.

Le lendemain matin, on a pris un hélicoptère pour aller visiter un élevage de poissons. Fred m'en avait parlé et il ajoutait toujours : « Le cheik va détester. Il trouvera ça horrible. »

Mais il n'y avait pas moyen de se procurer les poissons ailleurs, vous voyez. Il nous en fallait énormément et si on avait essayé de les élever à partir de stocks de reproduction sauvages, on se serait apparemment heurtés à tant d'objections et d'obstacles que ça aurait pris un temps infini et qu'on n'y serait peut-être même jamais arrivés. Moi, je ne voyais pas la différence – à ce moment-là. Les élevages de saumons élèvent des saumons, il nous fallait des saumons, et en grande quantité. Eh bien, où était le problème ?

J'ai alors eu droit à un long discours de Fred sur l'intégrité génétique*, et pourquoi elle existe chez les saumons sauvages et pas chez ceux d'élevage. Je ne voyais pas en quoi ça avait de l'importance. Un poisson est un poisson, non ? J'ai dû faire mine d'être intéressée pendant une demi-heure. Pour conclure malgré tout à la fin de sa tirade : « Si c'est le seul moyen de se procurer les saumons qu'il nous faut dans le laps de temps dont nous disposons, autant s'en occuper sans tarder. »

Le cheik a bel et bien trouvé ça horrible. Moi aussi. J'ai trouvé horrible de voir les pauvres bêtes serrées les unes contre les autres dans ces cages, baignant dans leur saleté. Horrible la façon dont les saumons sautaient sans arrêt, comme s'ils essayaient de s'évader d'un vaste camp de prisonniers, ce qui était bien le cas, naturellement. Je sais, ce ne sont jamais que des poissons. Mais quand même.

Peter Maxwell a pris des photos mais n'a pas fait de commentaires avant qu'on se retrouve dans l'hélicoptère. Il a dû croire que c'était le mode de vie habituel des saumons, parce qu'il a déclaré que c'était fascinant de voir des créatures sauvages d'aussi près, et quelle merveilleuse attraction touristique cela faisait ! Et puis il s'est mis à se demander si on ne pourrait pas vendre des billets aux gens pour canoter autour des cages et y pêcher des poissons. Il a sorti son Blackberry pour noter de ne pas oublier d'en parler au gouvernement écossais. J'ai vu Fred lui couler un regard si lourd de mépris et de dégoût qu'il est heureux que Peter ne l'ait pas vu.

À notre retour à Glen Tulloch, l'hélicoptère nous a déposés et a emmené Peter Maxwell à l'aéroport d'Inverness pour qu'il puisse rentrer à Downing Street et tout raconter à son patron. Il a déclaré avant de partir : « Le Premier ministre va être très impressionné par ce que j'ai à lui raconter », ajoutant des remarques du genre « très satisfait des progrès accomplis » et « le Premier ministre sera vraiment ravi de partager le moment de l'inauguration ». Et puis il s'est tourné vers Fred et moi en nous donnant instruction de le tenir au courant. Il voulait un compte rendu hebdomadaire par courriel et souhaitait qu'on travaille au projet jour et nuit. Je dois avouer que j'avais une belle envie de lui dire ses quatre vérités. Fred étant fonctionnaire, cela autorisait peut-être Peter à lui donner des ordres, bien que je ne voie pas vraiment pourquoi. Mais il n'avait aucun droit de me dicter ma conduite. J'étais un associé d'une société privée qui avait le cheik pour client, et lui seul pouvait me dire ce que je devais faire.

Peter Maxwell est parti. J'ai constaté par la suite qu'à peine arrivé à Londres, il avait donné la fameuse interview au *Sunday Telegraph Magazine*, à propos du grand pêcheur de saumons qu'il allait devenir.

E : Décrivez, je vous prie, les événements qui ont suivi le départ de Mr Maxwell.

HCT : Bon, Fred était presque incandescent de rage quand Peter est parti. Il s'est tourné vers moi tandis que l'hélicoptère prenait le chemin de l'aéroport, et il a lâché :

« Ce type… » Sans doute un peu trop fort, car le cheik l'a entendu et a déclaré :

– Je suis vraiment content que votre Premier ministre soit intéressé au point d'envoyer un homme aussi important que Mr Maxwell pour venir me voir jusque dans ma modeste maison d'Écosse. Je suis ravi de sa visite. Sa contribution a été précieuse.

E : Décrivez le présumé incident du bord de la rivière.

HCT : Comme nous avions quelques heures devant nous avant de repartir pour Londres, le cheik a décidé que nous irions pêcher. J'ai été conviée à m'asseoir sur la rive et à regarder. C'est ainsi que nous nous sommes retrouvés au bord de l'eau en cet après-midi d'automne, parmi les feuilles jaunissantes des sorbiers et les grappes de baies rouges et luisantes qui rappelaient l'approche de l'hiver. Le soleil était cependant encore assez chaud pour que ce soit agréable d'être installée sur l'herbe fine et douce. Je savais que je me relèverais couverte d'aiguilles de pin et de feuilles décomposées, mais ça m'était égal.

Les eaux sombres de la Tulloch coulaient à mes pieds. Les deux rives étaient bordées de petits bois broussailleux de saules, de sorbiers et de pins sylvestres. Quelques rhododendrons offraient des cachettes au gibier. Un faisan a lancé un cri d'alarme, pas très loin. Je regardais pêcher les deux hommes.

Le cheik perdait de sa majesté en cuissardes. Ce n'était plus qu'un simple pêcheur, il ne faisait qu'un avec la rivière, tout son être concentré sur le pas suivant, le lancer qu'il préparait. Je l'ai vu former la double boucle de son lancer et j'ai entendu siffler la ligne quand une belle longueur de fil de soie s'est dévidée sans effort apparent et que la mouche a atterri sur l'eau avec la douceur d'un baiser. Fred se trouvait à trente ou quarante mètres plus en aval. Autant Fred pouvait être un peu raide d'allure sur la terre ferme, autant il avait de la grâce et de l'aisance dans l'eau, et, comme le cheik, il lançait sa ligne avec une adresse et une économie de mouvement un peu étonnantes pour qui avait l'habitude de le voir assis derrière un bureau. Ils m'avaient oubliée tous les deux, ils avaient tout oublié hormis l'instant présent et l'énigme des eaux noires recelant les poissons qu'ils cherchaient. Colin aussi était occupé à pêcher quelque part dans un méandre de la rivière, peut-être était-ce sa récompense pour les quelques jours éprouvants qu'il venait de passer à entraîner le futur « corps de *gillies* » yéménites du cheik, mais je savais qu'il suffirait que le cheik effleure un saumon avec sa mouche pour que Colin apparaisse miraculeusement à son côté avec une épuisette, prêt à remonter le poisson sur la berge.

Il régnait une telle paix... j'ai senti mes paupières s'alour-dir. J'étais fatiguée, exténuée par des semaines de travail, épuisée par des semaines à m'inquiéter pour Robert. J'entendais le babil mélodieux de la rivière, le sifflement de la soie qu'on lance, avec de temps en temps le cui-cui discret d'un cincle plongeur ou d'un autre oiseau aquatique perché sur une pierre qui agite la queue de bas en haut pour garder l'équilibre. J'ai éprouvé une impression de calme profond, le sentiment que tout allait bien se passer : le cheik aurait sa rivière à saumons, Robert m'appellerait d'un aéroport pour m'annoncer qu'il était sur le chemin du retour. Tout irait bien et je serais de nouveau heureuse. Et puis j'ai entendu un nouveau cri d'alarme du faisan qui m'a fait lever les yeux.

Un petit homme basané en kilt et en chaussettes est sorti du couvert des arbres et s'est dirigé vers nous. La moitié supérieure de son corps était enveloppée dans un blouson de cuir très volumineux. Il était coiffé d'une sorte de béret l'apparentant davantage aux colporteurs français qui montaient jadis vendre leurs oignons en Angleterre qu'à un homme de clan des Highlands. J'ai entendu craquer les premières feuilles mortes sous ses pieds et je me suis rendu compte que j'avais dû commencer à tendre l'oreille depuis un moment, avant même de le repérer. Et puis j'ai compris : le petit bonhomme n'était pas obèse, il semblait même émacié, à moitié mort de faim. S'il avait l'air si gros, c'était à cause de l'arme à long canon qu'il venait de sortir de sous son blouson.

Tout a alors pris l'allure d'un ballet subaquatique. J'ai eu tout le temps du monde pour le regarder armer le fusil, tout le temps du monde pour me lever prestement, tout le temps du monde pour lancer un cri d'avertissement au cheik. Sauf que ma voix s'est étranglée dans ma gorge et le premier à parler a été le petit homme basané : « *Allah akhbar** ! » a-t-il lancé sur le ton de la conversation, d'une voix haute et claire.

À ces mots, le cheik s'est retourné, l'a vu et a répondu sans aucun signe d'alarme : « *Salaam aleikoum** » en portant le bout de ses doigts à son front, puis en ouvrant la main en signe de salut. Le petit homme a levé son arme et a visé le cheik qui est resté très droit au milieu de la rivière, attendant la balle.

Tout s'est déroulé très lentement, du moins était-ce mon impression à ce moment-là – cela a pu prendre cinq secondes. Et puis, tout s'est de nouveau accéléré. J'ai retrouvé la voix et un cri a fusé de ma bouche, au lieu des mots d'alerte. J'ai aperçu du coin de l'œil Fred qui fonçait vers la berge avec la fluidité de mouvement d'une loutre, malgré l'eau qui lui montait à la taille. Il n'avait pas la moindre chance de nous rejoindre à temps et s'il y était arrivé, le petit bonhomme l'aurait sans aucun doute tué aussi, et moi avec. C'était d'ailleurs probablement son plan. Il n'y avait pas de gardes du corps dans les parages, car le cheik ne tolérait jamais personne près de la rivière, de peur qu'on ne trouble la tranquillité de sa pêche. J'ai fermé les yeux et les ai rouverts quand les premiers coups de feu ont été tirés.

Les balles sont parties en l'air et, sans raison apparente, le petit bonhomme est brusquement tombé à la renverse en hurlant et en se tenant le visage. L'arme lui a échappé des mains alors qu'il essayait de saisir quelque invisible objet. J'ai aperçu Colin un peu plus loin derrière, arc-bouté sur une longue canne à pêche presque pliée en deux. Il avait, je ne sais comment, réussi à lancer sa ligne et à ferrer le petit bonhomme qu'il remontait maintenant au moulinet.

Je me suis alors évanouie, ou du moins j'ai plus ou moins décroché des événements. Quand j'ai repris conscience, j'étais couchée dans l'herbe et Fred, penché sur moi, me tapotait la main en disant : « Harriet, Harriet ? Ça va ? » ou peut-être : « Tout va bien ? » Je n'entendais pas clairement à cause du bourdonnement dans mes oreilles. Et puis, lentement, le flou s'est dissipé et les choses se sont remises en place ; j'ai pu m'asseoir et regarder autour de moi, soutenue par Fred qui m'avait passé un bras autour des épaules.

Le petit bonhomme était à présent assis sur la berge à quelques mètres de là, il se tenait la joue avec un mouchoir taché de sang. Tout en pleurant, il parlait au cheik avec volubilité, en arabe. Quatre des gardes yéménites du cheik se tenaient non loin. Ils avaient délaissé leurs cannes à pêche et posé la main sur la garde de leurs *jambias**, ces grandes dagues courbes qu'ils portent sur eux. Je ne doutais pas un instant qu'au moindre signe du cheik, ils auraient volontiers découpé le petit bonhomme en lanières.

J'ai entendu la voix de Colin :

– *Aye*, je l'avions vu avancer dans le *glen**, sur l'aut' rive, mais comme je venais de sentir un poisson tirer sur ma ligne, j'ai point fait trop attention pour une p'tiote minute. Et puis j'ai compris que ce gars-là, il était pas net : le tartan de son kilt était celui des Campbell. Or, y a point de Campbell dans ce *glen* ! Y a plusieurs centaines d'années qu'ils en ont tous été chassés. Alors, j'ai laissé mon poisson pour un aut' jour et j'ai lancé mon hameçon sur le p'tiot bonhomme, a-t-il expliqué, éclatant de rire avant d'ajouter : il s'est point battu autant qu'un poisson. Y a pas fallu trois minutes pour que je l'aie à plat dans l'herbe !

Je n'ai jamais revu le petit bonhomme. D'après ce que m'a raconté Malcolm quelques jours plus tard, je crois qu'il a été renvoyé au Yémen dans le jet du cheik, enfermé dans une malle d'osier marquée Harrods.

Ce soir-là, dans l'avion qui nous ramenait à Londres, le cheik nous a raconté :

– Le pauvre homme ! Ce n'était pas un assassin mais un chevrier dont les bêtes sont mortes. On lui a dit que s'il ne faisait pas ça, les siens seraient massacrés, mais que s'il agissait, on leur donnerait trente chèvres en guise de *diyah**, la « rançon du sang ». Comment a-t-il pu arriver jusqu'ici ? C'est un mystère. En parlant à peine l'anglais et avec une tenue aussi extravagante !

– Que va-t-il lui arriver ? a demandé Fred.

– Oh, cela ne dépend pas de moi. Il m'a supplié de lui accorder mon pardon et je lui ai pardonné, naturellement. Ce n'est pas un mauvais bougre. Ceux qui l'ont envoyé, en revanche, c'est une autre affaire. Nous les avons jadis boutés hors de notre pays, mais ils continuent de représenter un danger. Voyez-les qui essaient de m'abattre, du fin fond de leurs grottes d'Afghanistan ou du Pakistan ! Cet homme, lui, sera jugé par un tribunal *charia** et je crains que la peine ne soit lourde. Je prendrai soin de sa famille à mon retour.

– Au moins vous êtes en sécurité maintenant, Dieu merci ! me suis-je écriée.

Le cheik m'a regardée affectueusement :

– Oui, nous devons rendre grâce à Dieu que j'aie échappé à cette tentative. Mais ils recommenceront, Ms Harriet. Ils n'auront de cesse que je succombe.

17.

Extraits du *Hansard*

Chambre des Communes
Jeudi 9 octobre
Chambre s'est réunie à 11 h 30
PRIÈRES
(Sous la présidence de M. le Président de la Chambre)
Réponses orales aux Questions
par le Premier ministre

Mr Hamish Stewart ***(Circonscription de Cruives & The Bogles) (SNP)***[1] **:** Voudrait-« il » bien énumérer ses rendez-vous officiels pour la journée du jeudi 9 octobre ?

Le Premier ministre (Mr Jay Vent) : Je serai en réunion avec mes collègues ministres en fin de matinée et pour la plus grande partie de la journée.

Mr Hamish Stewart : Au cours de ses réunions avec ses collègues, le Premier ministre pourra-t-il trouver le temps d'expliquer son soutien à ce qui constitue un nouvel

1. *Scottish National Party*, parti indépendantiste écossais.

exemple – un de plus – de la manière dont ce gouvernement, et d'autres récemment, ont jugé bon de se mêler des affaires politiques, culturelles et religieuses d'un pays souverain du Moyen-Orient ?

Le Premier ministre : Je présume que l'honorable gentleman fait référence au projet Saumon du Yémen ?

Mr Hamish Stewart : C'est exact. Le Premier ministre veut-il bien expliquer à la Chambre pourquoi ce gouvernement apporte son soutien à l'exportation de saumons écossais vivants pour qu'ils aillent crever lamentablement dans un pays désertique ? Sait-il que la pêche au saumon n'est pas une activité reconnue dans le monde musulman ? Se rend-il compte de la grossière intrusion religieuse et culturelle que représente ce projet ? L'exportation des saumons a-t-elle été contrôlée par des organismes adéquats tels que la *Foods Standards Agency*[1] ? La *RSPCA*[2] est-elle au courant ? Le Premier ministre peut-il nous affirmer avoir l'assurance que ces poissons écossais ne vont pas souffrir en mourant de stress thermique dans les sables ?

Le Premier ministre : Cela fait beaucoup de questions d'un coup ! Cependant, si l'honorable député de Cruives & The Bogles marque une pause pour reprendre son souffle, je vais m'efforcer d'y répondre de mon mieux. Le projet Saumon du Yémen bénéficie d'un financement privé dans lequel notre gouvernement n'a rien à voir. Ce projet ne constitue en rien une ingérence politique, culturelle ou autre, dans les affaires de la république du Yémen, bien au contraire : c'est une justification des

1. Agence de contrôle des aliments.
2. *Royal Society for the Protection of Animals*, équivalent britannique de notre SPA.

politiques multiculturelles de ce gouvernement qu'un citoyen yéménite en soit venu à considérer ce pays comme sa seconde patrie ; et que, grâce au fait de résider au Royaume-Uni, il ait été amené à s'intéresser à la pêche au saumon ; grâce à quoi encore il a demandé la participation de scientifiques et d'ingénieurs britanniques à son projet.

Nous savons aussi, bien entendu, qu'un organisme public, le Centre national pour l'excellence des pêches, a été choisi comme source primaire du volet scientifique du projet. Et c'est pourquoi notre gouvernement peut dûment être fier du soutien continuel qu'il a apporté aux sciences de l'environnement et aux projets environnementaux – une donnée qui ne semble guère figurer au nombre des priorités du parti adverse.

Mr Andrew Smith ***(Circonscription de Glasgow South) (Labour)*** **:** Le député de Cruives & The Bogles sait-il que l'exportation des saumons au Yémen représente une très grosse commande pour McSalmon Aqua Farms, la firme écossaise de renom ? Suite à cette commande, six emplois supplémentaires, je crois, ont été créés en Écosse, dans une région où le chômage a toujours été élevé. Naturellement, ces emplois ne se trouvent pas dans la circonscription du député de Cruives & The Bogles, pas plus que dans la mienne d'ailleurs, mais je salue cet hommage à l'ingénierie environnementale écossaise et à ce coup de pouce à l'emploi en Écosse. Je m'étonne que le député de Cruives & The Bogles ne se montre pas plus enthousiaste à ce sujet.

Mr Hamish Stewart : Le très honorable député de Glasgow South ferait peut-être mieux de se familiariser davantage avec les affaires de sa circonscription, avant de me gratifier de conseils relatifs aux affaires des autres. [*Cris : « C'est une honte ! » Le président de la Chambre fait un rappel à l'ordre.*]

Le Premier ministre peut-il expliquer à la Chambre pourquoi – si le gouvernement ne participe en rien à ce projet, comme il vient de le déclarer –, pourquoi donc son directeur de la Communication, Mr Peter Maxwell, a récemment passé deux jours chez le Cheik Muhammad ibn Zaidi bani Tihama, qui l'avait personnellement invité dans son domaine de Glen Tulloch ? Le Premier ministre ignore-t-il que Cheik Muhammad est le principal soutien financier du projet Saumon du Yémen ? [*Interruptions provenant des bancs de l'opposition.*]

Le Premier ministre : Le très honorable gentleman a très justement cité le titre de mon collègue Peter Maxwell : « directeur de la Communication ». Un travail qui consiste à communiquer avec la nation au sujet des politiques de ce gouvernement et de ses nombreuses réussites [*Acclamations provenant des bancs du gouvernement*], et avec mon cabinet et moi-même sur les questions auxquelles je porte de l'intérêt. Si je m'intéresse personnellement à ce projet, ce n'est pas seulement pour avoir toujours été un passionné de pêche à la ligne [*Rires provenant des bancs de l'opposition*], mais parce que j'y vois aussi un superbe exemple du fait que, malgré les différences qui existent entre notre pays et certaines nations islamiques du Moyen-Orient, les valeurs culturelles et sportives peuvent transcender les éventuelles particularités religieuses et politiques. En conséquence, j'ai donné instruction à mon directeur de la Communication d'informer mon ami Cheik Muhammad que, bien que le gouvernement n'ait pas de position officielle sur la question, nous ne voudrions pas que d'inutiles obstacles soient mis sur son chemin et nous aimerions être tenus régulièrement au courant de l'avancement du projet. Voilà la raison de la récente visite de Mr Maxwell, à quoi j'aimerais ajouter que celui-ci a usé de son influence pour veiller à ce que la commande de saumon, à laquelle mon très honorable ami Mr Smith vient de faire allusion, aille à une société écossaise plutôt que norvégienne.

Mr Gerald Lamprey ***(Circonscription de South Gloucester)*** **(Leader de l'opposition de Sa Majesté) :** Le Premier ministre voudrait-il bien s'interroger : à un moment où 30 % du budget des forces armées est consacré au maintien des opérations militaires d'Irak, et maintenant aussi au déploiement des troupes pour défendre les champs pétroliers d'Arabie saoudite et ceux du Kazakhstan, n'est-il pas bizarre que Mr Peter Maxwell, membre d'office de ce gouvernement à un rang éminent, alors qu'il n'est pas un élu [*Interruptions provenant des bancs du gouvernement. Le président de la Chambre rappelle les députés à l'ordre*] je disais donc, n'est-il pas bizarre que Peter Maxwell passe une partie considérable de son temps à s'occuper de saumons ? On ne nous a que trop souvent répété dans cette Chambre que la démocratie peut fleurir au bout du fusil, mais on ne nous avait encore jamais appris qu'elle pouvait être ferrée au bout d'une ligne de canne à pêche. [*Rires.*]

Le Premier ministre : J'ignore si l'honorable député assis sur les bancs d'en face[1] attend une réponse sérieuse à sa question, si tant est qu'il s'agissait bien là d'une ques-

1. À la différence de l'hémicycle français, la Chambre des Communes est disposée de telle façon que les bancs des deux grands partis britanniques sont face à face.

tion. Mais oui, ce gouvernement et ses prédécesseurs de notre parti sont fiers de ce qu'ils ont entrepris pour asseoir les idéaux démocratiques au Moyen-Orient et en Asie centrale par le biais de l'intervention politique et, parfois – hélas ! – militaire aussi, quand c'était inévitable. L'histoire prouvera que nous avions raison. En ce qui concerne le projet Saumon du Yémen qui, semble-t-il, nous a plus ou moins entraînés vers ce genre de questions, si des particuliers partageant le même intérêt pour la pêche à la ligne ont envie de se réunir pour créer ce qui sera, je peux le dire, un miracle de la science et de l'ingénierie, une véritable floraison du désert, eh bien, m'exprimant moi-même en tant que particulier, je ne peux qu'applaudir de tels efforts. Je pourrais aussi ajouter qu'à mon sens, de telles tentatives mèneront à une plus grande harmonie entre les nations, comme on l'a vu avec des sports tels que le cricket, et peut-être plus universellement encore, le football. [*Interruptions : « Le Premier ministre n'a donc pas assisté au match de vendredi dernier entre l'Angleterre et la Hollande ? »*]

Mr Hamish Stewart : Je sais gré au Premier ministre d'avoir clarifié la position du gouvernement, bien que je doive avouer, je le regrette, que je ne vois pas plus clairement ce qu'est ladite position du gouvernement sur la question. Lorsque le Premier ministre retrouvera ses collègues du gouvernement dans ses réunions d'aujourd'hui, pourrait-il trouver le temps de discuter avec eux de la tentative d'assassinat manquée contre la personne du Cheik Muhammad ibn Zaidi bani Tihama, survenue la semaine dernière dans sa résidence d'Écosse et perpétrée par un membre du réseau Al-Qaida. Le Premier ministre ne conviendra-t-il pas qu'au regard de ses propos précédents, quant au désir du gouvernement d'écarter tout obstacle inutile au projet Saumon du Yémen, l'assassinat réussi de Cheik Muhammad aurait pu représenter un obstacle de taille au dit projet ? [*Vives protestations provenant de tous les côtés de la Chambre*]

Pause durant laquelle le Premier ministre s'entretient avec le ministre de l'Intérieur.

Le Premier ministre : Je laisse la réponse à mon honorable ami et collègue, le ministre de l'Intérieur.

Le ministre de l'Intérieur (Mr Reginald Brown) : Mes services n'ont pas eu à connaître d'une telle tentative à l'heure qu'il est et je serais reconnaissant à l'honorable député de bien vouloir informer les responsables de mon ministère sur les sources dont il a disposé pour avancer de telles allégations.

Mr Hamish Stewart : Le secrétaire d'État pourra trouver un rapport sur l'incident dans la page intérieure du *Rannoch and Tulloch Reporter* de la semaine dernière. Je regrette qu'il n'ait pas le temps de lire un si excellent journal, publié chaque semaine dans ma circonscription. Quand le Premier ministre discutera des affaires avec ses collègues ministres, pourrait-il trouver le temps de se poser la question suivante : une personne qui est un propriétaire foncier constamment absent de ses terres car il ne met les pieds dans son domaine d'Écosse que quelques semaines par an ; qui, lorsqu'il fait effectivement une apparition, devient un aimant pour le terrorisme international ; une telle personne est-elle un commensal et une fréquentation convenables pour son directeur de la Communication ? Le Premier ministre et ses collègues voudraient-ils bien expliquer à cette Chambre, après s'être dûment informés d'événements qu'ils auraient dû connaître, pourquoi cette attaque n'a jamais été rapportée officiellement et ce qu'il est advenu de l'agresseur ? Nous n'ignorons pas qu'il est parfois nécessaire d'arrêter des terroristes présumés et de les maintenir en garde à vue, sans possibilité de libération sous caution, en attendant la suite de l'enquête, mais il semble en l'occurrence que l'affaire ait été enlevée des mains du ministre de l'Intérieur. Le Premier ministre voudrait-il bien nous expliquer pourquoi ? Voudrait-il bien nous dire s'il existe des accords d'extradition entre notre pays et le Yémen et, le cas échéant, nous indiquer la procédure requise et nous faire savoir si ladite procédure a bien été observée dans ce cas particulier ? Et si elle ne l'a pas été, pourrait-il expliquer à cette Chambre ce qui s'est passé et où se trouve actuellement ce présumé terroriste d'Al-Qaida ?

18.

La résiliation du contrat de travail de Dr Jones

Extraits de mémorandums et de courriels du gouvernement

Cabinet du Premier ministre, 10 Downing Street
De : Peter Maxwell
À : Herbert Berkshire, ministère des Affaires étrangères et du Commonwealth
Sujet : Projet Saumon Yémen
Date : 14 octobre

Herbert,

Le PM a été interrogé hier à la Chambre, sur le projet Saumon du Yémen. Il ne tient pas à ce que le sujet occupe davantage de temps parlementaire. Notre souci est le suivant : la participation d'un organisme public (le NFCE) pourrait être interprétée à tort comme une indication que ce projet a le soutien officiel du gouvernement.

Tu comprendras, j'en suis sûr, que nous avons toujours eu une attitude positive par rapport au projet Saumon

Yémen. Je suis certain que si ça marche, le PM sera content d'y apporter sa caution, voire de se rendre là-bas en visite privée, à l'invitation personnelle du cheik, pour voir les saumons nager dans le *wadi*. N'empêche qu'en attendant, nous devons pouvoir disposer d'une bonne marge de démenti.

Je suggère que Jones, le scientifique qui fait tout le boulot au NFCE, soit immédiatement licencié par l'agence. Peut-être pourrait-il être embauché par Fitzharris, les consultants qui gèrent le projet au nom du cheik, si tu crois possible de favoriser la chose en glissant un mot dans l'oreille de qui tu sais. Enfin, c'est à eux de voir. L'important, c'est qu'aucun fonctionnaire ou membre d'un organisme gouvernemental ne soit directement lié au projet. Il serait bon aussi, à mon sens, de dissuader le NFCE de participer d'aussi près au projet. Le NFCE faisant partie du DEFRA, c'est essentiellement une affaire de politique étrangère et c'est pourquoi je t'en parle.

Ce mémo n'est qu'une simple suggestion et je laisse naturellement à ton bon jugement le soin de décider du tour que devront prendre les événements.

Peter

Mémo

De : Herbert Berkshire
À : Peter Maxwell
Sujet : Saumon/Yémen
Date : 14 octobre

Peter,

Merci pour tes suggestions de ce jour. Il est sage, je pense, que le projet Saumon du Yémen soit perçu comme une initiative qui relève entièrement du secteur privé et je glisserai au moment opportun les mots adéquats dans les oreilles appropriées.

Herbert

De : Herbert.Berkshire@fcome.gov.uk
Date : 14 octobre
À : David.Sugden@ncfe.gov.uk
Sujet : Projet Saumon du Yémen

David,

Les questions relatives à la gouvernance actuelle du NCFE causent quelque inquiétude dans les cercles gouvernementaux (au sommet). On commence à penser au niveau ministériel que le NCFE a peut-être épousé le projet Saumon du Yémen avec un peu trop d'enthousiasme. Il faut que vous sachiez, je crois, que les Affaires étrangères ont pour politique de maintenir une attitude de neutralité vis-à-vis du Yémen, qui se trouve dans une région politiquement sensible. Cette politique vise à ne pas faire, ou à ne pas donner l'impression de faire, quoi que ce soit qui puisse passer pour une ingérence religieuse, politique ou culturelle du gouvernement britannique dans ce pays.

Je me rappelle avoir évoqué avec vous la possibilité que le NFCE fournisse un soutien technique limité au projet Saumon du Yémen, à titre de geste de bon vouloir, mais je ne peux imaginer que votre département ou le mien aient jamais envisagé à l'époque le niveau d'engagement actuel du NCFE. Il faut cependant, je crois, que vous sachiez quel conseil mon service a donné et continuera de donner au gouvernement : rien ne doit pouvoir conduire les médias ou quiconque à se forger l'impression

que ce projet aurait le moindre soutien officiel. Certains ministres, je le sais, craignent que le NFCE n'ait pris une indépendance excessive grâce à l'afflux de revenus procuré par le projet Saumon du Yémen, et que des observateurs mal informés puissent l'accuser d'être plus ou moins dans la poche d'un particulier yéménite.
Personne (autant que je sache) ne souhaite l'arrêt du projet, mais ce serait peut-être une démarche créative et responsable de votre part que d'introduire davantage de distance entre votre agence d'une part, et le projet et son soutien financier de l'autre.
Herbert

De : David.Sugden@ncfe.gov.uk
Date : 14 octobre
À : Fred.jones@ncfe.gov.uk
Sujet : (pas de sujet)

Fred, voulez-vous bien passer à mon bureau dès que possible ?

De : Fred.jones@ncfe.gov.uk
Date : 14 octobre
À : Mary.jones@interfinance.org
Sujet : Nouveau boulot

Chère Mary,
J'ai perdu mon boulot.
Il semble que des questions dérangeantes aient été posées à la Chambre des Communes la semaine dernière, au

sujet du projet Saumon du Yémen. Suite à cela, un dénommé Herbert Berkshire des Affaires étrangères a appelé mon patron pour lui dire qu'il vaudrait mieux que je cesse d'apparaître sur la liste des salariés du service public. Peter Maxwell cherche apparemment à mettre « une distance d'eau bleue[1] » entre le gouvernement et le projet Saumon du Yémen. Alors, voilà la mauvaise nouvelle : on a résilié mon contrat de travail au NFCE. David m'a convoqué dans son bureau et m'a expliqué que « compte tenu de l'ensemble des circonstances, il n'était plus approprié » que je poursuive mes travaux. « Il y a des inquiétudes dans le service à propos des déséquilibres que suscitent les besoins croissants du projet, concernant la charge de travail et les priorités. » J'ai reçu une indemnité de licenciement consternante et un mois de salaire en guise de préavis. David Sugden m'a remis les deux chèques hier en expliquant que j'avais le droit d'aller aux prud'hommes si je n'appréciais pas la façon dont on avait résilié mon contrat de travail.
Inutile de préciser qu'il y a autre chose derrière. À peu près au même moment, la personne qui gère la plupart des affaires du cheik au Royaume-Uni (une dénommée Ms Chetwode-Talbot, je ne me rappelle pas si je t'en ai déjà parlé) m'a envoyé une offre de travail. Le contrat est conclu pour une période initiale de trois ans et avec un salaire de – tu es bien assise ? – 120 000 livres par an !!! Et par-dessus le marché, j'aurai droit à des indemnités de

1. Terme d'aviron de compétition du XIXe siècle pour désigner une nette distance entre le canot en tête de la course et les concurrents suivants, employé figurativement en Grande-Bretagne au début des années 1990 pour désigner la distance séparant les idéologies des deux grands partis britanniques.

déplacement, à un fonds de pension, à une mutuelle de santé et à des indemnités pour compenser les difficultés des voyages et des séjours de travail au Yémen. Résultat des courses : le projet continue mais je travaille maintenant chez Fitzharris & Price, la société qui gère les affaires du cheik en Grande-Bretagne, et le gouvernement peut déclarer l'absence de toute participation officielle de la Grande-Bretagne dans ce projet.

Je ne sais quoi penser de tout ça. D'un côté, je suis triste de quitter le NCFE où j'ai passé le plus clair de ma vie professionnelle, d'autant qu'une fois parti, je suis sûr de ne pas être réintégré, du moins pas au même poste. D'un autre côté, maintenant que je travaille pour le cheik, je ne suis plus prisonnier de toutes les procédures du service : je peux juste me consacrer au projet et, franchement, c'est ce que j'ai le plus envie de faire.

Alors Mary, me voilà devenu un scientifique des pêches grassement payé et indépendant. Suffisamment bien payé pour que tu puisses te permettre de laisser tomber ton boulot de Genève et rentrer à la maison auprès de moi. Je sais que ce n'est pas qu'une question d'argent, mais peut-être pourrais-tu y réfléchir un peu ?

Tu me manques.

Rentre à la maison.

Avec beaucoup de tendresse,

Ton Fred.

XXX

De : Mary.jones@interfinance.org
Date : 16 octobre
À : Fred.jones@ncfe.gov.uk
Sujet : Nouvel emploi

Fred,
Je ne sais que dire. Tu as apparemment été délogé d'un poste respectable, même s'il n'était pas excessivement rémunéré, auquel tu étais parvenu par ton dur labeur – tout cela pour rendre la vie plus facile à un quelconque politicien. Qu'adviendra-t-il de ta retraite ? C'était un fonds basé sur le niveau du salaire de fin de carrière, non ? Quelles sont les dispositions de ton nouveau fonds de pension ? Je doute que le secteur privé t'octroie une retraite aussi généreuse que celle qui te revenait en tant que fonctionnaire. Tu m'apprends donc que tu travailles pour Fitzharris & Price. Je suis allée visiter leur site sur Internet : il s'agit apparemment d'une agence immobilière. Qu'est-ce qu'un (ex) éminent scientifique des pêches fiche chez des employeurs dont la gestion et la vente d'immobilier sont, semble-t-il, l'activité principale ?
Je suis vraiment désolée pour toi, je suppose que l'argent compense un peu… enfin, tant que ça durera… et pour combien de temps ? Que t'arrivera-t-il quand le projet s'achèvera ou, plus vraisemblablement, quand il s'arrêtera ? Quant à l'idée de mon retour, je suis sidérée que tu te soucies si peu de ma carrière ou de ce que je peux souhaiter. Je crains de ne pas être aussi inconséquente en matière de changement professionnel que tu l'es devenu. Mes propres plans de carrière nécessitent actuellement que je passe au moins deux ans à la succursale de Genève, et je suis au

regret de te dire que je ne compte pas rentrer à la maison juste pour te faire la lessive, le repassage et la cuisine. La vie ne fonctionne pas comme ça, pas dans un couple moderne, entre professionnels. De toute façon, ne vas-tu pas passer la moitié de ton temps au Yémen ? Ton projet ne peut pas se gérer entièrement à partir d'un bureau, non ?
Alors, je suis désolée, mais ton brusque changement de boulot, loin de me sécuriser sur l'état de nos finances communes, me donne à penser qu'il importe plus que jamais que je consolide ma position de principal soutien de famille, nonobstant l'augmentation actuelle (mais sans doute temporaire, je le crains) de ton salaire.
Non, tu ne m'avais pas encore parlé de « Ms Chetwode-Talbot ». Qui est-ce ? Ton nouveau patron ? J'ai cherché son nom quand j'ai visité le site et j'ai vu sa photo. Elle n'a pas vraiment l'air d'une femme d'affaires, non ? A-t-elle des qualifications quelconques ?
Affections,
Mary
PS : Je me rends compte que j'ai été un peu brève sur le chapitre personnel. J'ai apprécié que tu me dises que je te manque. J'ai été trop occupée ces derniers temps pour réfléchir aux questions personnelles aussi à fond que je le devrais. Je reconnais qu'il importe de ménager un équilibre dans sa vie de travail et qu'on peut se faire du mal à subordonner sa vie personnelle entièrement à sa carrière, tout comme on peut nuire à son progrès professionnel si les priorités sont inversées.
Par conséquent, tu voudras peut-être bien noter dans ton agenda que j'aurai des congés en juin prochain, c'est-à-dire dans huit mois seulement. Ce serait peut-être une

bonne chose de passer quelques jours ensemble pour faire un bilan de nos vies, commune et individuelles.

De : Fred.jones@ncfe.gov.uk
Date : 16 octobre
À : Mary.jones@interfinance.org
Sujet : Re : Nouvel emploi

Mary,
Sommes-nous mariés ou pas ?
Fred
PS : Qu'as-tu insinué au sujet d'Harriet Chetwode-Talbot ? C'est un gestionnaire extrêmement compétent, à la tête d'un projet dont le budget se chiffre en millions.

De : Mary.jones@interfinance.org
Date : 17 octobre
À : Fred.jones@ncfe.gov.uk
Sujet : Re : Re : Nouvel emploi

Fred,
Je suggère que nous reprenions les contacts quand tu seras dans de plus aimables dispositions.
Mary.
PS : Je n'ai rien insinué à propos de Ms Chetwode-Talbot. Ou Harriet, comme tu viens d'écrire. Je sais que ma vie privée est sans tache ni complication. J'ai espoir que tu peux en dire autant.

Article du Daily Telegraph, *1er novembre*

Le Premier ministre a d'autres poissons-chats à fouetter

Suite à la tentative d'assassinat sur la personne d'un cheik yéménite dans les Highlands d'Écosse qu'a rapportée la presse, le porte-parole du Premier ministre a fait une déclaration dans laquelle le cabinet prenait ses distances par rapport au projet Saumon du Yémen. Le porte-parole a nié l'existence des dits incidents, citant pour preuve l'absence de toute intervention des forces de police locales.

Le projet Saumon du Yémen a officiellement démarré en juin de cette année, bénéficiant initialement du soutien technique du Centre national pour l'excellence des pêches. Or, le NCFE vient d'annoncer qu'il avait cessé ses activités de conseiller de l'équipe du projet Saumon. David Sugden, directeur du NCFE, a déclaré :

– Ce n'est pas une priorité pour le Centre. Nous avons en effet prodigué quelques conseils aux premiers stades du projet, mais la mission du Centre a toujours été, et restera, d'effectuer le travail scientifique nécessaire pour soutenir l'Agence pour l'environnement et les autres organismes dans leur tâche de sauvegarde des pêches dans les rivières anglaises et galloises.

» La montaison des saumons dans les rivières du Yémen n'a jamais été un de nos objectifs prioritaires et le projet sort nettement du cadre habituel de nos travaux, même si nous avons été ravis d'y apporter une contribution technique au stade initial.

En juillet dernier, le Premier ministre, Jay Vent, a indiqué son soutien au projet Saumon du Yémen, bien que ledit projet n'ait jamais eu de statut officiel inter-gouvernemental. Cependant, d'autres initiatives britanniques et américaines dans la région ayant heurté les sensibilités, le cabinet du Premier ministre a été amené à renoncer à une plus proche association avec la pêche au saumon au Yémen.

Le porte-parole du 10, Downing Street a ajouté : « Le Premier ministre reste favorable aux initiatives sportives et culturelles telles que celle-ci, mais il a en ce moment bien d'autres poissons-chats à fouetter. »

Éditorial du Rannoch & Tulloch Reporter, *3 novembre*

Le Premier ministre émet des doutes sur la véracité des dires de notre reporter

Nous avons publié la semaine dernière un récit détaillé de la tentative présumée d'assassinat d'un éminent résident de la localité, le *Laird* of Glen Tulloch, Cheik Muhammad.

Les récits de témoins oculaires qui nous sont parvenus indiquaient que l'auteur de la tentative était vêtu d'un tartan du clan Campbell qu'il n'avait sûrement pas le droit de porter mais qui, nul doute, était censé lui éviter de se faire remarquer avant d'arriver assez près du but pour pouvoir accomplir son geste. Il semblerait que l'individu en question pourrait être d'origine arabe et que sa tentative de passer pour un natif de ce *glen* n'aurait pas été une réussite notable. On nous a laissé entendre que l'assassin présumé n'avait pu être neutralisé qu'au dernier moment, grâce à l'intervention d'un des employés du cheik, Colin McPherson, homme respecté et entreprenant.

D'après ce que nous savons, Mr McPherson a immobilisé l'individu avec un triple hameçon *Ally Shrimp* taille 8, monté sur une ligne de 15 livres, et il lui a fallu moins de cinq minutes pour le ferrer. Nous n'avons pas de lumières sur le sort qui attendait l'individu après cet exploit. Sans nous hasarder à des allégations, nous nous bornons à supposer qu'il n'est plus à Glen Tulloch et se trouve donc ailleurs, dans un endroit peut-être plus sablonneux que Glen Tulloch.

À notre époque, les événements qui surviennent dans de lointains *glens* écossais n'intéressent guère la presse de Londres ou même d'Édimbourg, nous n'en doutons pas, pourtant nous avons été surpris qu'aucun journal n'ait jugé bon de reprendre notre scoop. De fait, la première personne à remarquer l'incident, en dehors de notre lectorat habituel, a été un officiel du cabinet du Premier ministre qui nous a téléphoné pour nous interroger sur nos sources. Or, notre journal n'a pas – et n'a jamais eu – pour politique de révéler une source d'information sans le consentement de son auteur. Consentement que nous n'avions pas, en l'occurrence. Nous avons aussi relevé dans la presse nationale qu'au lendemain de notre révélation, celle-ci avait été qualifiée de « canular » par un porte-parole du gouvernement. Nous n'avons pas l'habitude de publier des canulars dans notre journal. Nous sommes là pour rapporter des faits, et nous sommes scandalisés et alarmés de voir que le porte-parole du gouvernement a pu aussi cavalièrement semer le doute sur l'intégrité et la compétence du *Rannoch and Tulloch Reporter* qui, depuis cent ans, s'emploie à relater fidèlement les événements qui surviennent jusque dans les moindres coins et recoins de Glen Tulloch.

Éditorial du Trout & Salmon

Le traditionnel bon sens britannique

Nous sommes heureux et même ravis de noter une rare victoire du bon sens dans le monde de la science britannique des pêches. Les lecteurs se rappelleront la consternation qui fut la nôtre au début de l'année en apprenant que le Centre national pour l'excellence des pêches avait été poussé à soutenir le projet Saumon du Yémen. Nous avions alors souligné qu'il y avait déjà suffisamment de problèmes non résolus dans nos propres rivières, sans qu'on aille détourner des ressources déjà rares au profit d'un projet scientifiquement impossible, visant à introduire des saumons dans d'inexistantes rivières du Moyen-Orient.

C'est donc avec un certain plaisir que nous avons vu David Sugden (directeur du NCFE) cité dans la presse nationale, pour avoir déclaré que le NCFE ne participait plus à ce projet. Chacun est libre de ses hypothèses quant aux raisons de cet apparent revirement du gouvernement, dont l'intérêt initial pour l'entreprise avait dû, nous le suspectons, entraîner la participation du NCFE.

À présent que le NCFE a retrouvé l'usage des considérables ressources qu'il avait mobilisées pour le projet Saumon du Yémen, pourrions-nous ici exhorter son directeur, David Sugden, à consacrer du temps aux questions scientifiques du vrai monde ? Nous avons désespérément besoin de recherches supplémentaires sur l'effet de la rapide élévation de la température de l'eau sur l'éclosion des œufs de vandoise.

Article du Yemen Daily News
Traduit de l'arabe par tarjim.ajeeb.com (site Internet de traduction de l'arabe)

Le projet POISSON pond de nouvelles initiatives

L'initiative ichtyologique du Cheik Muhammad ibn Zaidi bani Tihama atteint de nouveaux sommets aujourd'hui. Les travaux ont maintenant commencé pour la construction de lacs artificiels dans lesquels les saumons du Royaume-Uni nageront jusqu'à la venue des pluies d'été. Quand les pluies arriveront, les saumons quitteront les lacs et remonteront le Wadi Aleyn.

Un intérêt sportif considérable s'éveille déjà parmi les habitants de Wilayat Aleyn. L'homme d'affaires local bien connu et réputé, Ali Hussein, importe déjà par l'intermédiaire de son excellente société extrêmement notoire, Global Import Export LLP, les meilleures cannes à pêche fabriquées par ses intérêts familiaux à Mumbai, en Inde.

Aussi, d'intéressantes possibilités de tourisme se présentent avec l'ouverture promise après le Ramadan de deux nouvelles chambres d'hôtes à l'*Aleyin Rest House*, avec les commodités de bains à l'intérieur dans le style européen.

Bientôt une équipe de scientifiques et d'ingénieurs de haut niveau va venir avec le cheik s'installer dans son palais et faire des observations et des déductions scientifiques, afin d'avoir la meilleure possibilité de survie future et de valeur sportive des poissons introduits.

Le *Yemen Daily News* annonce heureusement une telle initiative du Cheik Muhammad, qui est aussi un ami personnel du Premier ministre britannique, Jay Ven

19.

Correspondance entre le capitaine Robert Matthews et Ms Chetwode-Talbot

Capitaine Robert Matthews
c/o BFPO Basra Palace
Basra
Irak

1er novembre

Robert chéri,

Je continue de t'écrire et ils continuent de me renvoyer mes lettres avec la mention « Destinataire inconnu ». J'ai demandé à mon père d'appeler un de ses vieux amis du régiment, celui-ci a voulu s'informer mais « ils » ont noyé le poisson ; le commandant en chef même n'a rien pu savoir de l'endroit où tu te trouves ni de ce que tu fais.

Alors maintenant, j'ai cette nouvelle marotte. Je reste assise à fixer cette pile de lettres qui me sont revenues et je songe à tous ces mots que je voulais te dire – que je t'ai dits, en fait – mais que tu n'as jamais lus. Et que tu ne liras d'ailleurs pas à ton retour – je serais bien trop gênée de te les montrer. Mais pour l'instant, je les garde. Ça tient plutôt du monologue, comme quand on parle à quelqu'un qui dort. Mais c'est mieux que de ne pas parler du tout. On aura d'autres sujets de conversation quand tu reviendras.

Je visite sans cesse le site Internet du ministère de la Défense où ils affichent les listes des victimes de l'Opération Telic 2 – c'est bien ainsi que le ministère appelle ce que vous êtes tous en train de faire en Irak, non ? Ton nom n'y figure jamais, mais chaque matin je vais voir et j'ai la nausée quand je fais défiler la liste et que je découvre les nouveaux noms. La liste s'allonge.

Qu'on peut être hypocrite ! Je ne vais pas à l'église, je n'y ai pas mis les pieds depuis que j'ai quitté l'école, sauf pour les mariages de mes amis ou pour les enterrements de ceux de mes parents. Pourtant, je me surprends maintenant à murmurer des prières pour toi. Je prie un Dieu en l'existence duquel je ne crois pas, mais je le prie malgré tout.

Et la seule réponse est un silence assourdissant – de Dieu et de toi. Ça a fini par devenir si pesant qu'il y a quelques jours, j'ai fait une chose que j'avais juré éviter, sachant que tu serais furieux quand tu l'apprendrais. J'ai appelé le 41e commando des Royal Marines la semaine dernière, en demandant si l'on pouvait m'indiquer où tu étais. On me passait une personne après l'autre et aucune ne semblait en avoir la moindre idée. C'est à peine s'ils voulaient même reconnaître ton existence. Mais j'ai continué à téléphoner de plus belle et j'ai dû finir par franchir le barrage extérieur, car une voix gaie, bien différente de celle de mes interlocuteurs précédents, m'a répondu : « Seigneur Dieu ! Comment avez-vous fait pour qu'on me passe votre appel ? Bob Matthews ? Aux dernières nouvelles, il travaillait du côté d'As Sulimaniyah. Région de brigands. Proche de la frontière iranienne. » Mais avant même que j'aie pu lui soutirer de vraies nouvelles, quelqu'un l'a fait taire et j'ai entendu une nouvelle voix, une voix onctueuse qui ronronnait dans l'appareil : « Je regrette, madame, mais nous ne donnons pas d'informations de ce genre pour raisons opérationnelles. » J'ai bien dû réessayer une douzaine de fois depuis – le numéro de ton régiment, celui du ministère de la Défense. Et même celui du Groupe de soutien des familles.

J'ai eu ta mère au téléphone une fois ou deux. Tes parents prennent tout ça avec le fameux flegme britannique. Je sais que ton père a servi sous les drapeaux en Irlande du Nord et sans doute aussi dans d'autres endroits dangereux, alors ils sont peut-être plus habitués à l'idée de ne pas pouvoir joindre les gens pendant des semaines. Ta mère ne cesse de répéter : « Ne vous en faites pas, cocotte. Il finit toujours par rentrer. Je suppose qu'il est juste un peu trop occupé pour écrire en ce moment. » De fait, je la crois inquiète. Je l'entends à sa voix. Robert, je continue de vivre ma vie et j'ai du pain sur la planche. Mais autant te l'avouer, même si tu ne dois jamais lire ces lignes : l'inquiétude me ronge comme une douleur sourde. Parfois, ce serait plutôt comme la souffrance qu'on doit ressentir (j'imagine) quand on a un ulcère malin au plus profond de soi. D'autres fois encore, pas souvent, c'est une violente douleur. La plupart du temps, c'est juste un mal lointain, mais qui vous tenaille sans relâche.

Pourtant, ce n'est pas l'ouvrage qui manque pour m'empêcher de penser à tout cela. Le projet – c'est ainsi qu'on appelle maintenant les plans de pêche au saumon du cheik – m'absorbe complètement. Tu ne te souviens sans doute pas de quoi je parle – je ne sais plus ce que je t'en ai dit avant que les lettres commencent à me revenir. J'ai une telle envie de tout te raconter par le menu ! Cette histoire est tellement absurde : l'idée folle d'introduire la pêche au saumon dans un pays désertique. Et pourtant, c'est en train de se réaliser !

La semaine prochaine, je pars pour le Yémen. Nous allons y passer plusieurs jours à l'invitation du cheik, pour terminer nos études de terrain et procéder aux dernières vérifications avant que le projet devienne une réalité. Alors, chéri, comme toi, je serai au Moyen-Orient ! Je vais là-bas avec le cheik et Fred Jones, le scientifique des pêches ; nous devons inspecter les travaux de construction qui ont démarré et aller voir de près le Wadi Aleyn. Le cheik est convaincu que les saumons le remonteront un jour. Fred commence à être très excité par la perspective du voyage. Il travaille à présent comme consultant chez Fitzharris & Price. Le NCFE l'a viré pour des raisons politiques qu'on ne comprend ni l'un ni l'autre, à la différence du cheik qui, lui, je crois, sait pourquoi. C'est maintenant lui qui emploie Fred. Alors, nous allons partir à Sanaa dans l'avion du cheik, et puis nous monterons en voiture dans les montagnes du Heraz. Heraz – un nom si mystérieux, on le croirait sorti de l'Ancien Testament.

C'est si frustrant de penser que tu ne seras qu'à quelques centaines de kilomètres de moi mais que tu pourrais aussi bien être à l'autre bout de la planète… En fait, j'ai regardé une carte et je sais que tu te trouves à près de deux mille cinq cents kilomètres de l'endroit où je vais. Si seulement je savais exactement où tu es, à la minute précise où j'écris ces mots !

Ça m'est insupportable.

Des tonnes d'amour,

Harriet

Capitaine Robert Matthews
c/o BFPO Basra Palace
Basra
Irak

4 novembre

Robert chéri,

Je t'écris déjà une autre lettre, parce que nous allons partir dans trois jours et je ne sais pas dans combien de temps je pourrai le faire. Et je veux te raconter ce qui est arrivé ce soir.

On s'envole pour le Yémen demain, ensuite on passera deux jours à Sanaa, la capitale, avant de monter chez le cheik à al-Shisr, près du Wadi Aleyn. J'ai eu tellement de travail cette semaine que je n'ai pratiquement pas eu le temps de penser à autre chose qu'à la préparation de ce voyage. Fred (Dr Jones) a été formidable. La première fois que je l'ai vu, je l'ai trouvé très pédant. Il m'a déclaré que le projet était une plaisanterie et ne valait pas la peine qu'il consacre ne serait-ce que cinq minutes à y réfléchir. Depuis, il a fait des progrès extraordinaires, il est méconnaissable. C'est un type vraiment bien, un peu à l'ancienne mode, très collet-monté, j'imagine, et totalement dévoué à son travail. En plus, son couple a beau traverser une mauvaise passe en ce moment, il ne se laisse pas aller à négliger son travail pour autant.

Le cheik l'inspire. Comme il nous inspire tous. À force d'être toujours plongée dans les détails du projet, je n'ai même pas le temps de réfléchir à ce que nous entreprenons. C'est une façon de me protéger, en réalité, parce que le concept de base est totalement bizarre. Et si jamais j'essayais de songer sérieusement à ce que nous tentons, je serais sans doute incapable de continuer. Je n'ai pas eu besoin de Fred (du temps où je l'appelais encore Dr Jones) pour m'apprendre que les saumons doivent vivre dans une eau fraîche et riche en oxygène et que les conditions climatiques du Yémen sont moins qu'idéales ! Je l'avais déjà compris toute seule.

Le cheik croit pourtant pouvoir réaliser son projet. Il est convaincu que c'est la volonté d'Allah et que, par conséquent, il doit accomplir sa tâche et la mener à bien. Il n'envisage pas un seul instant d'échouer. Il ne manifeste jamais ni crainte ni doute. Et il réussit à nous y faire croire, comme il y croit. Nous nous concentrons sur le moindre détail de chaque étape en pensant : « Si ce truc-là peut fonctionner, eh bien, on réussira peut-être à passer à l'étape suivante. Si l'on peut amener les saumons vivants et en bonne santé dans les réservoirs-vivicrs cn montagnc... Si on peut les garder dans les viviers à température raisonnable jusqu'à l'arrivée des pluies... Si les pluies arrivent et le débit des eaux est suffisant dans le *wadi*, on pourra ouvrir les vannes pour les lâcher dans la rivière. S'ils se retournent vers l'amont et se mettent à remonter... Si, si, si... » Mais comme Fred ne cesse de le répéter, nous disposons de la technologie nécessaire. Le reste dépend des saumons.

J'essaie de songer à d'autres projets fous dans lesquels la conviction l'a emporté sur la raison et le jugement : les pyramides, Stonehenge, la grande muraille de Chine – et le dôme du Millénaire, quand on y pense. C'est peut-être un acte d'une monumentale folie. J'en suis même persuadée. Nous serons la cible des rires et des moqueries pour le restant de nos jours, j'en suis sûre. Tu ne pourras pas m'épouser parce que je resterai toujours celle qui a jadis travaillé au projet Saumon du Yémen.

Nous sommes restés au bureau tard hier soir, le cheik et moi, à vérifier les inventaires d'équipement, le cash-flow et les « événements-jalons » du projet. Le cheik conserve une maîtrise sans faille des détails de l'ensemble ; si nous échouons, ce ne sera pas à cause d'un oubli de sa part. Pendant que je rangeais les papiers et j'éteignais les ordinateurs, il m'a confié : « Harriet Chetwode-Talbot, j'aurai toujours une dette envers vous. Vous avez travaillé pour moi avec assiduité et un soin attentif. » D'ordinaire, il m'appelle presque toujours par mon nom de famille, je ne sais pourquoi. En tout cas, j'ai rougi. Il est normalement plus enclin à donner des instructions qu'à faire des compliments.

– Vous pensez que notre projet va échouer.

Ce n'était pas une question. J'ai bredouillé une vague réponse mais il a balayé mes paroles d'un geste.

– Considérez-le sous un jour différent. Le même Dieu qui m'a créé a créé le saumon et, dans sa sagesse, il m'a rapproché de cette créature et m'a offert les moments les plus heureux de ma vie. Maintenant, je veux rendre la pareille à Dieu et apporter du bonheur à mes concitoyens. Et même s'il n'y avait que cent saumons qui remontent le *wadi* et un seul poisson pêché, pensez à ce que nous aurions accompli ! Certains hommes qui ont, comme moi, une grosse fortune et la liberté d'en disposer à leur guise, ont bâti des mosquées. D'autres ont construit des hôpitaux ou des écoles. J'ai moi-même aussi édifié des hôpitaux, des écoles et des mosquées. Que changerait une mosquée ou un hôpital de plus ? Je peux adorer Dieu aussi bien devant ma tente plantée au milieu des sables que dans une mosquée. Je veux offrir à Dieu l'occasion de faire un miracle. Un miracle qu'il accomplira si telle est sa volonté. Que vous n'accomplirez pas, vous, ni Dr Alfred, ni tous ces ingénieurs et ces scientifiques intelligents que nous avons embauchés. Eux et vous, vous avez ouvert la voie, mais la suite dépendra de la volonté de Dieu. Vous aurez été présents lors de la survenue d'un miracle et vous m'aurez été d'une grande aide, mais le miracle appartiendra à Dieu seul. Les gens pourront-ils encore douter de l'existence de Dieu, le jour où ils verront un saumon remonter les eaux du Wadi Aleyn ? Ce sera mon testament, ce poisson étincelant remontant des eaux gonflées par les pluies dans un pays désertique.

Impossible d'exprimer la force de la personnalité du cheik par mes pauvres tentatives d'écriture et mon souvenir imparfait de ses propos. Quand il parle ainsi, je peux imaginer l'effet que les prophètes de l'Ancien Testament ont dû avoir sur leurs auditeurs. Ses paroles, ses mots même, pénètrent dans ma tête et résonnent longuement dans ma mémoire et dans mes rêves.

J'en viens maintenant à un sinistre événement – j'aurais bien aimé qu'il n'ait pas eu lieu, mais il faut que je t'en parle.

Quand nous sommes sortis du bureau, le cheik et moi, sa voiture est apparue, s'est arrêtée près de lui et, comme il le fait souvent, il m'a proposé de me raccompagner chez moi. Généralement, j'accepte ; le chauffeur le dépose d'abord à sa maison d'Eaton Square et me ramène ensuite. Mais ce soir, j'avais mal à la tête après avoir trop longtemps fixé des chiffres minuscules sur des écrans d'ordinateur et j'ai répondu que je préférais d'abord marcher un peu, je prendrais un taxi ensuite.

Je descendais St James's Street en direction de Piccadilly quand un homme de haute taille, en long pardessus bleu marine, s'est mis à marcher à côté de moi, au même pas que moi. Je ne l'avais pas vu ni entendu venir et il m'a fait une sacrée frousse. Mon instinct naturel a été de lui fausser compagnie et de traverser, mais il a parlé avant que j'aie eu le temps de m'éloigner.

– Ne vous inquiétez pas, je suis un ami de Bob Matthews.

Il s'est arrêté pour me laisser le regarder comme il faut à la lumière d'un réverbère. Mon cœur a ralenti un peu pour retrouver un rythme plus ou moins normal : c'était un militaire, ça sautait aux yeux. Ce n'est pas sorcier de repérer un soldat quand on a comme moi un père, un fiancé, le père de son fiancé et une bonne partie de ses amis et de sa parenté qui sont dans l'armée ou qui y ont été. Il était grand, le visage maigre, le teint plutôt mat avec des cheveux noirs, un début de calvitie et des sourcils noirs arqués au-dessus d'une paire d'yeux noirs. J'ignore si tu pourras le reconnaître à partir de ce signalement. Il ne souriait pas.

Je lui ai demandé :

– Qui êtes-vous ? Comment vous appelez-vous ?

Je crois que j'avais la voix tremblante. Il m'avait effrayée en surgissant si soudainement et sans bruit, comme de nulle part.

Il ne m'a pas dit son nom, se bornant à déclarer qu'il était un de tes amis, du même régiment que toi, et qu'il avait quelque chose à me raconter. Il a alors ajouté, et ses paroles m'ont glacée :

– Il vaut beaucoup mieux pour nous deux que vous ne sachiez pas mon nom. J'ai à vous parler, mais pas là, dans la rue. Me faites-vous suffisamment confiance pour me laisser vous offrir un verre ? Je connais un endroit pas loin.

Je n'étais déjà plus si alarmée à ce moment-là. Au contraire, je brûlais d'envie de savoir ce qu'il avait à m'apprendre. Je sentais qu'il ne m'aurait pas fait plus de mal qu'à sa propre sœur, s'il en avait une. J'ai acquiescé du chef, pas encore très sûre d'être capable de parler sans un tremblement dans la voix, mais il a réveillé ma peur en ajoutant qu'on ferait peut-être mieux de ne pas marcher ensemble. Je n'aurais qu'à le suivre dans quelques instants. Ça m'a donné l'impression d'être surveillée – une sensation que je n'aurais jamais imaginé connaître un jour –, le sentiment d'une menace tapie dans la pénombre qui régnait au-delà de la lumière des réverbères et des devantures. Il a tourné les talons et s'est mis à marcher à grandes enjambées sans attendre de réponse.

Il a traversé Piccadilly et pris Dover Street. Je l'ai suivi dans une ruelle latérale où il a poussé la porte d'un petit pub. C'était bourré, bruyant et très animé à l'intérieur mais il y avait un coin tranquille où j'ai trouvé ton ami qui m'attendait, assis à une table. Avant même que j'aie pu poser la moindre question, il a suggéré qu'on prenne un verre de vin. J'ai hoché la tête en marmonnant une réponse et, quelques instants plus tard, il revenait à la table avec deux grands verres de blanc.

– Je ne suis pas censé vous parler, a-t-il annoncé sans entrée en matière. Je serais sans doute dans de beaux draps si on apprenait que j'ai renseigné un civil sur des « questions opérationnelles ». Alors, je vous prie d'oublier notre rencontre dès que je serai sorti d'ici.

Oui, lui ai-je promis. Je l'ai regardé, espérant qu'il allait commencer et m'apprendre les horreurs qui restaient encore non dites. Nous n'aurions pas été assis là s'il n'avait pas des nouvelles importantes à m'annoncer, des informations que j'avais envie de connaître. J'ai pensé : « Mon Dieu, j'espère que tu n'es pas mort ! » Je crois qu'il a compris, parce qu'il a tendu la main vers moi et tapoté la mienne brièvement. Et puis il m'a raconté : il était l'officier à qui j'avais parlé quand j'avais appelé le régiment. Je n'avais pas reconnu sa voix. L'homme au téléphone avait eu un ton gai qui était absent des propos de celui-ci.

Je lui ai expliqué ce que tout le monde ne cessait de me répéter : on ne pouvait pas m'informer de l'endroit où tu te trouvais « pour raisons opérationnelles », alors que tu m'avais dit avant de partir en Irak que tu allais juste faire une tournée rapide dans la province de Basra.

– On vous a raconté n'importe quoi.

– Que voulez-vous dire ?

Il a marqué une pause, bu lentement une gorgée de vin. Il a relevé un sourcil et regardé mon verre : j'ai compris qu'il m'invitait à boire un peu avant qu'il poursuive. J'ai pris une gorgée de vin qui n'était ni frais ni bon, mais c'est à peine si je l'ai senti. Il a coulé en moi et l'alcool m'a réchauffée un instant.

– Je veux dire que Bob a atterri quelque part où il ne devrait pas être. Il est dans une équipe qui se trouve en Iran et ils sont coincés. La mauvaise nouvelle, c'est que le IIGF sait où ils sont.

– Et qui est le IIGF ?

– L'armée à laquelle ils appartiennent. Les forces du commandement opérationnel occidental. C'est ça la mauvaise nouvelle.

Je n'ai pas demandé quelle était la bonne, ne voyant pas comment il pourrait y en avoir une. J'ai pris une deuxième gorgée de vin. Je tremblais si fort que je devais tenir le verre à deux mains pour le porter à ma bouche.

– La bonne nouvelle, c'est la même : le IIGF sait en gros où ils se trouvent, mais pas avec précision. Il y a des tas de coins où se cacher dans cette région du monde : Bob pourrait être tranquille pendant un moment. Un moment.

– Bon, que va-t-il lui arriver ?

– Il faut les héliporter, lui et son équipe. Et vite.

J'ai demandé pourquoi on ne vous évacuait pas immédiatement quand vous couriez un tel danger.

– Nous n'avons pas le droit de survoler l'espace aérien de l'Iran. Pas plus que de reconnaître que nous avons des équipes en Iran, même si nous en avons qui entrent et qui sortent du pays depuis des années. Il s'agit d'une opération clandestine. Les Iraniens feraient un foin de tous les diables si on envoyait des hélicoptères et que ceux-ci se fassent repérer. Et on serait obligés d'avouer qu'on avait aussi envoyé des hommes dans le coin. Il y aurait des questions au Parlement. Ça ferait un sacré scandale ! L'envoi d'hélicoptères n'est, hélas, pas exactement le genre de chose que le IIGF attend de nous actuellement.

Je lui ai demandé qui t'avait envoyé en Iran, si nous n'étions pas censés être là-bas.

– Nous ne savons jamais qui pond des plans pareils, mais la chaîne remonte jusqu'à Downing Street, naturellement. Bob et son équipe étaient censés s'infiltrer dans le pays, faire sauter un truc que quelqu'un avait décidé de dégommer, et ficher le camp. Bob est bien entré, mais on les a vus venir.

– Qu'est-ce que je peux faire ? lui ai-je demandé.

J'avais dû parler très fort parce que ton ami a survolé le bar des yeux. J'avais dû pratiquement crier. Une ou deux têtes se sont retournées un instant vers nous, pour se détourner quand elles ont croisé le regard de ton ami. J'ai pris sur moi pour me calmer.

– Alors, qu'est-ce que je peux faire ? ai-je répété. Pourquoi me racontez-vous ça à moi ?

Il s'est penché vers moi par-dessus la table et a parlé avec une grande force :

– Il faut que quelqu'un tire la sonnette d'alarme. Votre père, le général Chetwode-Talbot, est bien connu et respecté. Le père de Bob a encore quelques amis et admirateurs dans l'armée. Vous devez les mettre au courant tous les deux. Demandez-leur d'en parler à leurs députés. Faites poser une question au Parlement pour que le sujet éclate au grand jour. Là, ils seront bien obligés de faire quelque chose pour Bob.

– Mais qu'est-ce que je dois dire ?

– Demandez à votre père d'appeler son député pour lui annoncer qu'il a reçu des renseignements détaillés et précis l'informant que le capitaine Robert Matthews du 41ᵉ commando et son unité sont coincés en Iran, après avoir accidentellement traversé la frontière, alors qu'ils étaient poursuivis par l'ennemi, à la suite d'une opération menée contre les insurgés autour du lac Qal al' Dizah. Notez-le.

Il m'a donné un instant pour trouver un stylo et un bout de papier dans mon sac et m'a dicté le texte :

– Dites-lui que Bob avait un groupe d'insurgés aux trousses et que, maintenant, lui et son groupe de six hommes sont coincés en Iran – du mauvais côté de la frontière.

– Mais ce n'est pas ce que vous m'avez expliqué initialement.

– Peu importe. Si tout le monde croit qu'ils sont arrivés là par accident, on pourra peut-être proposer un marché aux Iraniens et les sortir de là. Tout autre plan serait trop risqué actuellement. (Il a marqué une pause et vidé son verre avant d'ajouter :) L'important, c'est que vous disiez que vous agissez sur la base de renseignements que vous avez reçus, que vous êtes absolument convaincue de leur authenticité et que le gouvernement britannique doit intervenir d'urgence auprès de son homologue iranien pour obtenir un sauf-conduit pour ces hommes, et l'autorisation de les évacuer par hélicoptère et de les ramener de l'autre côté de la frontière, en Irak.

– Ils le feront ?

– Ils seront obligés de tenter quelque chose si vous pouvez vous arranger pour que votre député pose une question au Parlement. En un mot comme en cent : je n'aime pas dire les choses si crûment, mais Bob est dans un sacré pétrin et il le sera diablement plus encore si personne ne bouge.

Il s'est levé :

– Ne partez pas ! l'ai-je supplié.

– Pour votre bien, pour celui de Bob, faites tout ce que vous pourrez, et agissez dès ce soir. Demain au plus tard.

Et il est parti.

Et maintenant me voilà chez moi, j'ai appelé mon père qui s'est chargé de prévenir mon député, car j'étais dans un tel état que j'arrivais à peine à enchaîner deux mots. Je suis vraiment nulle dans les situations de véritable urgence !

J'ai tout noté, tel que c'est arrivé. Je ne t'enverrai pas cette lettre, car elle ne te parviendrait jamais et tomberait entre les mains des mauvais destinataires, mais il fallait garder une trace écrite de ce qui s'est passé ce soir. Je ne parviens pas à croire à ce qu'ils t'ont fait, Robert. Je n'arrive pas à croire qu'on a pu te trahir de la sorte. Mais on va te tirer de là. Mon père a des amis qui ont eux-mêmes des amis que le gouvernement ne peut pas ignorer ou faire taire. Si seulement tu pouvais m'entendre te dire ces mots en même temps que je te les écris, m'entendre où que tu sois : « On va te tirer de là ! »

Affectueusement,

Harriet

20.

Échanges de courriels d'Al-Qaida interceptés par l'Agence d'intelligence inter-services du Pakistan

De : Tariq Anwar
Date : 21 octobre
À : Essad
Dossier : Courrier sortant, Yémen

Je t'envoie mes salutations et des messages de notre frère Abu Abdullah.
Nous apprenons que le chevrier n'a pas réussi à attraper sa chèvre. Nous apprenons que des gens irréfléchis ou ignorants lui avaient donné des robes tribales qui n'étaient pas celles qui se portent dans ces régions d'Écosse. Il a donc été repéré et pris, et maintenant il est de retour dans votre pays et il parle aux autorités – qui ne doutent pas de sa parole –, il parle aussi vite que sa maudite langue peut former les mots.
Abu Abdullah sait que tu vas beaucoup tenir à racheter cet échec, ou pire qu'un échec, et il demande que tu fasses trois choses pour lui.

D'abord, trouve le chevrier. Tu connais le bâtiment dans lequel ils le gardent à Sanaa. Introduis-toi-z'y. Tu sais qui sont les gardes qui ont vu la lumière et ceux qui ne l'ont pas vue. Entre en contact avec les gardes éclairés et donne-leur l'argent nécessaire pour parfaire leur illumination. Entre en contact avec le chevrier et emmène-le rejoindre ses chèvres. Sors-le de l'endroit où il est, enlève-lui sa tête, et enterre-le sur le même flanc de colline que ses infects animaux malades.

Ensuite, va chercher sa famille. Tu les connais, tu sais où les trouver. Trouve-les et enlève-leur aussi leurs têtes. Étends-les et enterre-les à côté de leur fils, mari et frère. Alors, ensemble ils seront un témoignage de la colère d'Abu Abdullah, la juste colère qu'il ressent envers ceux qui lui ont fait faux bond, mon frère Essad.

Ensuite, trouve le cheik. Nous apprenons que demain il vient au Yémen. Il sera dans son propre pays et le tien. Plus besoin d'erreurs concernant le vêtement tribal écossais. Tu connais sa tribu. Il y a des frères vivant parmi eux qui nous connaissent et qui nous aiment et qui sont fidèles à Abu Abdullah. Trouve le cheik et fais ce qui avait été ordonné. Et fais-le vite.

Nous demandons à Dieu de te mener au bien de cette vie. Nous demandons à Dieu de te guider vers le bien de l'au-delà, et nous espérons que ce ne sera pas avant l'heure originellement prévue.

La paix soit avec toi, et la miséricorde et les bénédictions de Dieu.

Tariq Anwar

De : Essad
Date : 28 octobre
À : Tariq Anwar
Dossier : Courrier entrant, Yémen

Cher Frère,
La paix soit avec toi et les bénédictions de Dieu. Nous avons cherché le chevrier : il n'est plus là et sa famille non plus. Nous croyons que le cheik les a cachés dans le *djebel**. Nous avons commencé notre opération contre le cheik et nous avons un proche de sa maisonnée qui nous aime, et qui aime et respecte Abu Abdullah. Il va nous trouver le chevrier et nous aider à faire le nécessaire pour le cheik. Demande à Abu Abdullah d'être patient. Nous devons agir sans hâte mais sans tarder. Nous devons préparer notre coup avec un grand soin. Le cheik est un dangereux ennemi, mais pas aussi dangereux, pas aussi puissant, pas aussi rusé *ni aussi miséricordieux* qu'Abu Abdullah.
Nous prions pour votre compréhension et votre patience dans cette affaire.
Essad

De : Tariq Anwar
Date : 28 octobre
À : Essad
Dossier : Courrier sortant, Yémen

Essad,
Décris ton plan.
Tariq Anwar

De : Essad
Date : 28 octobre
À : Tariq Anwar
Dossier : Courrier entrant, Yémen

Je t'envoie mes salutations respectueuses.
Un des gardes du corps du cheik a été envoyé en Écosse pour apprendre à pêcher le saumon. Cela il ne considère pas approprié à son rang ou à sa famille, ayant toujours cru que la pêche était pratiquée par des paysans qui vivent dans des huttes au bord de la mer, et il croit en outre que la pêche n'est pas une occupation digne d'une famille descendant des guerriers qui sont allés à La Mecque à cheval avec Mahomet, il y a près de mille cinq cents ans.
Il considère en outre qu'il a été profondément insulté par le serviteur-de-corps écossais du cheik, le principal professeur de pêche qui s'appelle Colin. Colin a dit à cet homme que nous connaissons qu'il tenait sa canne à pêche « comme une fifille ». Cette insulte n'est peut-être pas une raison de tuer en Écosse mais elle l'est certainement ici. Alors, cet homme tuera le cheik pour nous.
Nous discutons actuellement de la *diyah* que nous devrons payer à sa famille quand il sera mort. Merci d'indiquer quel budget opérationnel est disponible pour la *diyah*.
Davantage de révélations nous ferons le moment venu, quand le plan avancera.
La paix soit avec toi et la bénédiction de Dieu.
Essad

21.

Extraits du *Hansard*

Chambre des Communes
Jeudi 10 novembre
(Sous la présidence de Mr le Président de la Chambre)
Questions orales ou écrites
Réponses écrites

Mr Charles Capet *(Circonscription de Ruthland South) (Conservateur)* :
Nous demandons au ministre de la Défense : pour quelle raison a-t-il donné instruction d'envoyer dans l'ouest de l'Iran une équipe de six hommes commandée par le capitaine R. Matthews du 41e Commando (Royal Marines) ?

Le ministre de la Défense (Mr John Davison) *[tenant la réponse écrite]* **:** Aucun élément du groupe offensif auquel participe le 41e Commando n'est actuellement déployé ailleurs que dans les limites territoriales de l'Irak, à l'exception des hommes ramenés au Royaume-Uni en permission post-opérationnelle.

Mr Charles Capet : Nous demandons au ministre : de préciser où se trouve actuellement le capitaine R. Matthews du 41e Commando (RM), s'il n'est pas en Iran. Nous demandons en outre : si le capitaine Matthews est effectivement en Iran, comme l'indiquent clairement les informations dont nous disposons, quels plans existent pour l'évacuer, lui et son groupe ?

Le ministre de la Défense : Ce gouvernement, pas plus qu'aucun autre, n'a jamais eu pour politique de s'exprimer sur les détails opérationnels du déploiement d'unités susceptibles de compromettre – aujourd'hui ou demain – la sécurité des dites unités. Par conséquent, nous ne pouvons faire aucun commentaire sur la localisation actuelle ou future de la personne sus-nommée. Il est bien certain que ce gouvernement applique une stricte politique de non-ingérence dans les affaires d'États souverains tels que l'Iran et, par conséquent, une unité du 41e Commando (RM) n'aurait en aucune circonstance été déployée hors des limites territoriales de l'Irak, où toutes les unités des forces armées actuellement déployées agissent dans le cadre autorisé par les résolutions des Nations-Unies s'y rapportant. Il s'ensuit donc que la personne sus-désignée ne peut pas se trouver en Iran, puisqu'aucune unité n'a l'autorisation légale d'être présente dans ce pays.

Mr Charles Capet : Nous demandons au ministre : s'il est possible que le capitaine Robert Matthews et son unité aient pu s'égarer en territoire iranien de manière non intentionnelle, dans l'accomplissement de missions légitimes en Irak près de la frontière, dans la région du lac Qal al' Dizah ? Si c'était le cas, quelles procédures s'appliquent en de telles circonstances pour assurer le retour indemne des unités ?

Le ministre de la Défense *[tenant la réponse écrite]* **:** Nous n'avons pas été alertés d'éventuelles incursions accidentelles, mais nous poursuivrons l'examen de la question, comme on nous l'a demandé, et nous informerons la Chambre dès que de nouveaux renseignements seront disponibles à ce sujet.

22.

Extraits du journal de Dr Jones : son voyage au Yémen

Vendredi 18 novembre

Nous voilà enfin au Yémen !

Les paysages sont à couper le souffle. De très hautes falaises ocre au soleil et pourpre à l'ombre, des *wadis* qui donnent l'impression qu'un poignard géant a tranché des gorges sur des kilomètres entre des parois rocheuses verticales, avec parfois au fond un filet d'eau entouré de palmiers-dattiers. Des plaines de gravier qui forment une interminable étendue brun grisâtre, tachée de clair çà et là par la croûte blanche des *sebkhas**, aux endroits où l'humidité présente sous le sable remonte à la surface sous forme de sel. Ce sont des points dangereux pour les véhicules qui risquent de s'y enliser. Lors d'un de nos trajets, nous avons eu de fascinantes visions fugitives d'une mer de sable : l'orée du « Quart vide », plus d'un quart de million de kilomètres carrés de désert inhabité.

Et les villes sont aussi superbes que le désert. Quand on émerge des sables et qu'on roule vers une cité à travers la brume de chaleur et la poussière, on a l'impression d'approcher de Manhattan : des maisons-tours blanchies au gypse qui ressemblent à des gratte-ciel de loin, avec tous leurs étages, pointent leur silhouette au-dessus des murs d'anciennes fortifications ou semblent vaciller au bord de falaises brunes. Elles sont magnifiques et ne ressemblent à rien que j'aie jamais vu ou entendu décrire. Une fois qu'on entre en ville, on est frappé par le vacarme des voix, la débauche des couleurs, les inimaginables odeurs d'égouts et d'épices ; et puis, au détour d'une rue, on découvre un jardin caché derrière les maisons.

Nous avons passé les premiers jours de notre séjour ici dans une des demeures du cheik, en dehors de Sanaa, ou à visiter le pays dans ses énormes Land Cruisers Toyota climatisés, roulant en convoi. Il tient à ce que nous nous familiarisions un peu avec son pays avant de partir pour les montagnes. Dans le Quart vide, nous avons vu l'amorce des dunes, un interminable paysage de sable sculpté – des dunes aux allures de petites collines, d'autres pareilles à de longs doigts, et toutes changeantes, constamment en mouvement, si bien qu'aucune trace ne reste plus de quelques minutes avant d'être effacée par le vent nerveux qui vous pique la peau avec des grains de sable.

Nous avons roulé dans les montagnes sur des chemins de gravier qui s'éboulent, toujours flanqués d'un côté d'un abrupt vertigineux. On grimpait par à-coups sur des routes raides et sinueuses qui, vues d'en bas, semblaient impraticables par des véhicules. Nous avons découvert des petits hameaux perchés au pied d'immenses falaises et perpétuellement dans l'ombre, où quelques bergers vivent avec leurs troupeaux de chèvres. Nous avons aperçu des fosses profondes aux eaux d'un bleu-vert d'un autre monde, des oasis avec des palmiers-dattiers autour d'une mare dans laquelle sautaient et s'ébattaient des gamins basanés en *futahs* colorés – sorte de jupe dans laquelle on s'enveloppe comme dans un sarong.

À un moment donné, nous arrivions aux abords d'un campement de Bédouins* quand des membres de la tribu, armés, nous ont fait signe avec leurs armes de nous arrêter. Le chauffeur en tête de notre convoi de trois voitures a stoppé à quelque distance d'eux et il est sorti. Il s'est baissé pour ramasser du sable, s'est redressé et l'a laissé couler entre ses doigts avant de tourner sa main vide, paume ouverte, vers le Bédouin.

– Il leur montre qu'il n'est pas armé, a expliqué notre conducteur à l'intention d'Harriet et moi.

– Mais n'a-t-il pas d'arme ? ai-je demandé en pensant aux fusils que j'avais vus sur le plancher d'un des véhicules.

– Si, bien sûr. Tout le monde en a par ici. Mais il ne montre pas son fusil, il dit qu'il vient pacifiquement.

Le Bédouin nous a laissés approcher de leurs tentes et nous avons commencé à respirer un peu, Harriet et moi. Je me rappelle que nous sommes descendus de voiture et que nous avons bu du café parfumé à la cardamome dans ces minuscules tasses qu'ils ont, assis sur un tapis sous le toit d'une tente à trois côtés.

Ce pays me bouleverse. Il est si beau, si sauvage, particulièrement dans les montagnes du Heraz, où le cheik passe le plus clair de son temps quand il n'est pas à Glen Tulloch. Les gens sont comme le pays, ils se pressent autour de vous dans les souks ou même juste dans la rue.

« *Britani* ? Vous *anglaisi* ? Je parle petit peu *anglaisi*. Manchester United ? Bien ? Oui ? » Alors on sourit et on répond par un mot ou deux, telle cette formule que le cheik nous a apprise : « *Al-Yemen balad jameel* » (Le Yémen est un beau pays.)

Ils opinent du bonnet et sourient, ravis d'entendre des paroles dans leur langue, même s'ils ne nous comprennent pas, et aimables comme tout. On a pourtant en même temps le sentiment que cette amabilité pourrait tourner à la violence en un instant, s'ils pensaient que vous étiez un ennemi.

Je m'inquiète pour Harriet. Elle est la plupart du temps aussi calme et gaie qu'à l'accoutumée, sauf que parfois, ses traits se tirent soudainement, elle pâlit et se tait. Elle doit se faire du mauvais sang pour son militaire. Peut-être est-il arrivé quelque chose ? Je devrais lui poser la question. Je ne l'ai pas encore fait.

Nous avons séjourné dix jours dans la demeure du cheik aux alentours de Sanaa. C'est une maison dotée de tout le confort moderne, vaste, aérée et fraîche. Mais sans grand caractère. Le cheik nous a expliqué que c'est sa résidence « officielle », qu'il occupe lors de ses rares visites à Sanaa pour raisons d'affaires ou de politique. Il a été occupé tout le temps de notre séjour en ville, et nous avons ainsi pu avoir un bref aperçu du pays en compagnie de ses chauffeurs.

Un jour, Harriet et moi avons emprunté une voiture et nous sommes partis faire un tour. Nous sommes allés à Sanaa et nous avons visité la vieille ville qui offre l'extraordinaire spectacle de ses maisons grises et blanches, avec leurs curieuses fenêtres cintrées. Nous avons déambulé dans le souk aux épices où s'étalaient de grandes jattes de safran, de cumin, d'oliban et de tous les autres aromates possibles et imaginables. Nous avons aperçu à travers une porte un *diwan** où des hommes allongés sur des coussins mâchaient du *khat* en échangeant des cancans ou en rêvant au Paradis. Mais nous n'avons pas eu le courage de pénétrer dans un restaurant du cru – j'ignorais si Harriet serait autorisée à pénétrer dans ces lieux qui semblent exclusivement peuplés d'hommes. Nous avons fini dans un de ces hôtels à l'occidentale qui se trouvent sur le boulevard périphérique. Là, le XXIe siècle s'est imposé à nous avec sa musique en conserve, la bière que buvaient au bar les ingénieurs revenant des champs de pétrole et quelques touristes. Nous avons pris un déjeuner tardif – une salade César au goût de plastique – et commandé un verre de vin blanc chacun, ne sachant pas quand nous aurions de nouveau droit à l'alcool. Si le cheik pouvait autoriser la boisson chez lui en Écosse, et même y boire du whisky, il n'était pas question qu'il en fasse autant ici.

J'ai eu beau m'efforcer de sortir Harriet de son humeur absente en évoquant les lieux et les gens que nous avions découverts depuis notre arrivée, je me suis rendu compte que, malgré ses efforts, elle avait du mal à converser.

Nous sommes ensuite revenus chez le cheik. Nous traversions les villages qui bordent la ville quand l'appel à la prière a fusé de centaines de minarets : les fidèles se sont alignés pour faire leurs ablutions dans les bassins publics devant les mosquées, puis ils ont laissé leurs sandales ou leurs chaussures dehors avant d'entrer pour la prière. Il y avait partout des mosquées avec des dômes d'un bleu ou d'un vert vif, surmontées du croissant symbolique qui se détachait sur le ciel d'un bleu de plus en plus foncé. Il m'a semblé que tout le monde était à la prière, un peuple entier qui priait cinq fois par jour aussi naturellement qu'il respirait.

La foi est une chose absolue et universelle dans ce pays. Le choix, si tant est qu'il y en ait un, est fait à la naissance.

Tout le monde croit. Dieu est le voisin d'à côté pour ces gens-là.

J'ai songé aux dimanches de mon enfance où j'étais obligé d'assister au Culte, engoncé dans une veste de tweed inconfortable. Je me revois remuant les lèvres pour mimer les hymnes sans vraiment chanter, épiant l'assemblée entre les doigts de mes mains jointes quand j'étais censé prier, me tortillant sur ma chaise pendant le sermon, brûlant d'impatience qu'enfin s'achève ce rite rasoir.

Je ne me rappelle pas la dernière fois que je suis allé à l'église. Ça date sans doute d'après mon mariage avec Mary, mais je ne me souviens pas de l'occasion.

Je ne connais plus personne qui aille à l'église actuellement. C'est extraordinaire, n'est-ce pas ? Je sais que je vis dans un milieu de scientifiques et de fonctionnaires, et que les amis de Mary sont tous des banquiers ou des économistes, alors nous ne sommes peut-être pas typiques. Le dimanche matin, quand on passe en voiture pour aller chercher les journaux, on voit encore des fidèles sortir de l'église, bavarder sur le parvis et serrer la main du prêtre, et on se sent soulagé d'être trop grand pour qu'on vous oblige à y assister. Toujours est-il que plus personne n'y va, parmi les gens que je connais. D'ailleurs, on n'en parle jamais. On n'y pense pas non plus. J'aurais du mal à me remémorer le Notre Père.

Nous avons laissé la religion pour passer à autre chose.

Au lieu d'aller à l'église, ce qui ne nous viendrait jamais à l'esprit, Mary et moi allons ensemble chez Tesco. Enfin, c'était notre habitude quand elle était encore à Londres. Nous n'avions jamais le temps de faire des courses en semaine et nos samedis étaient trop remplis. Le dimanche, en revanche, le Tesco du coin était assez tranquille pour qu'on puisse le parcourir sans se faire emboutir les chevilles à tout bout de champ par les caddies des autres.

Nous prenions notre temps pour pousser le caddy partout dans la vaste caverne, ouvrant de grands yeux devant les télés à écran plat qu'on ne pouvait pas s'acheter, et jetant parfois dans le chariot quelque modeste luxe qu'on pouvait s'offrir, à défaut de pouvoir le justifier.

Je suppose que le shopping chez Tesco le dimanche matin constitue en soi une sorte d'expérience méditative : un moment partagé avec les centaines d'autres clients qui poussent leur caddy. Un moment partagé avec Mary aussi, quand j'y pense. La plupart des gens que je vois faire les courses le dimanche matin affichent cette expression paisible et rêveuse que nous avions aussi, je le sais. C'était notre rituel dominical.

Me voilà aujourd'hui dans un autre pays, avec une autre femme à mon côté. J'ai cependant moins l'impression d'être dans un autre pays que dans un autre monde. Un monde où la foi et la prière sont instinctives et universelles, où le fait de ne pas prier, d'être incapable de prier, est un mal pire que la cécité ; où l'absence de contact avec Dieu est pire que d'avoir perdu un de ses membres.

Le soleil est descendu plus bas dans le ciel et le dôme d'une mosquée a paru sombre contre sa brillance éblouissante.

Samedi 19 novembre

Ce pays n'a pas été fait pour les saumons.

Aujourd'hui, nous avons roulé dans les montagnes du Heraz en direction du Wadi Aleyn.

Les montagnes du Heraz forment d'immenses remparts qui dominent des coteaux en terrasses, d'où les paysans s'escriment à tirer une maigre pitance en cultivant le millet et le maïs. Vues d'en bas, ces montagnes semblent inaccessibles à pied, et à plus forte raison avec un véhicule. Mais, il existe des pistes ingénieuses, comme nous l'avions déjà remarqué : ici elles contournent le flanc d'un énorme épaulement, là elles serpentent entre des rochers aussi massifs que des églises, ailleurs elles dévalent des pentes d'éboulis pour remonter de l'autre côté. Harriet a gardé les yeux fermés pendant la majeure partie du trajet et, pour ma part, je supportais difficilement de regarder par la vitre. Il aurait suffi d'une erreur de moins de vingt centimètres de la part du conducteur pour sortir du bord de la piste et débouler sur le toit de la voiture jusqu'au fond de la vallée. Mais notre chauffeur, Ibrahim, un grand barbu en turban grenat, chemise à petits carreaux et jeans, pilotait d'une main tout en fumant des cigarettes à la chaîne, et les roues de la Toyota égratignaient les bords de la route sans jamais tout à fait rouler par-dessus.

Soudain, nous sommes passés d'un brillant soleil à une épaisse brume, les vitres et le pare-brise étaient couverts de gouttelettes d'eau. On y voyait à peine à vingt mètres, mais la brume n'a pas tardé à se dissiper. Et nous avons commencé à apercevoir un village fortifié campé sur une proue de roche.

– Al-Shisr ! a annoncé notre chauffeur.

Al-Shisr est la terre ancestrale du cheik.

La voiture a grimpé le chemin jusqu'au village. Une centaine de maisons-tours se dressait au sommet d'une falaise et une autre paroi rocheuse s'élevait derrière le village jusque dans les brumes. J'ai songé à quelque monde oublié et caché, sorti d'un conte pour enfants. Nous avons franchi une porte ouverte dans la muraille d'enceinte du village et traversé de longues ruelles étroites de sable et de gravier. On avait l'impression d'avoir voyagé dans le temps pour se retrouver des centaines d'années en arrière. Les rues étaient vides mais un enfant, parfois, nous guettait de sous un porche sombre. Des poules s'éparpillaient devant les roues de notre Land Cruiser. Nous avons pris un raidillon et nous sommes arrivés devant de superbes portes de bois sculpté dans un haut mur, qui se sont ouvertes vers l'intérieur à notre approche.

Derrière les murs blanchis à la chaux se cachait un jardin paradisiaque, mystérieux et frais. De l'eau jaillissait d'un jet dans un bassin et ruisselait par-dessus les bords pour tomber en cascade dans les rigoles de marbre qui quadrillaient le jardin, de sorte que l'eau courait partout. Des palmiers et des amandiers ombrageaient les lieux, il poussait une herbe drue, des bougainvillées escaladaient les murs blancs ; des lauriers-roses, des euphorbes bordaient les canaux d'eau vive, et bien d'autres arbustes dont j'ignore les noms.

C'était un lieu magique.

Derrière le jardin, des colonnades arquées menaient à l'intérieur de la maison d'où sont sortis des hommes en robe blanche pour nous accueillir et prendre les bagages. Au-delà des colonnades, nous avons découvert un hall de marbre d'une fraîcheur et d'une grâce infinies, habillé de céramiques ornées de motifs géométriques compliqués. Le cheik nous y attendait.

Plus tard dans la journée, quand la chaleur de midi s'est dissipée et que le soleil a commencé à décliner, j'ai laissé Harriet à la villa du cheik et je suis parti avec Ibrahim. Nous sommes sortis du village pour descendre vers le Wadi

Aleyn. On pouvait rejoindre le *wadi* par un autre chemin que les pistes périlleuses empruntées pour venir. Un chemin de sable rouge, nivelé par des pelleteuses, courait le long du *wadi* ; d'énormes camions Tata et des tombereaux y roulaient avec des grondements de moteurs et en soulevant des nuages de poussière qui s'abattaient sur notre véhicule. Des groupes d'ouvriers indiens étaient disséminés sur tout le chantier où l'on était en train de couler un revêtement de béton sur les trois grands bassins qui avaient été creusés dans le flanc de la montagne. Deux de ces réservoirs seront remplis d'eau douce, le troisième d'eau salée. Un déversoir a déjà été installé entre le premier bassin d'eau douce et le bord du *wadi*. Quand les pluies d'été se mettront à tomber, les vannes du réservoir-vivier s'ouvriront et les saumons s'engageront dans le déversoir pour aller nager dans les eaux du *wadi*. Enfin, c'est ce qui est prévu.

Ibrahim s'est arrêté devant une rangée de Portakabins. Je suis sorti de voiture et j'ai été accueilli par un grand type en combinaison orange et en casque.

– Salut ! m'a-t-il lancé avec l'accent texan et en me tendant la main. Dr Jones ? Tom Roper : je suis l'ingénieur du projet. Vous voulez visiter le chantier ?

Nous sommes entrés dans le Portakabin et Tom m'a montré un immense diagramme au mur, représentant le planning complet du projet. Il m'a détaillé le calendrier et j'ai eu l'impression que nous étions dans les temps.

– Seize semaines pour terminer les viviers. Quatre semaines ensuite pour poser des canalisations les reliant à l'aquifère et commencer le remplissage, afin de vérifier l'étanchéité du revêtement, le bon fonctionnement des vannes et de notre kit d'oxygénation. Après, on attend l'arrivée des saumons, et ensuite, les pluies arrivent.

Nous avons tout revu par le menu, et puis j'ai observé l'activité du chantier par la fenêtre. Il devait y avoir plusieurs centaines de personnes réparties sur le flanc de colline, occupées qui à creuser, qui à couler du béton sur du treillis métallique, qui à dérouler d'énormes rouleaux de tuyau d'Alkathene.

– Les gars bossent bien, a relevé Tom. Nous n'avons pas eu de problèmes majeurs sur le chantier. Sinon qu'il fait très chaud et qu'il y a beaucoup de poussière. Je travaille un mois, suivi d'une semaine de congé.

– Où allez-vous pour votre congé ?

– À Dubai, si je peux trouver moyen de monter jusque-là mais les correspondances d'avion ne sont pas formidables. Sinon, je traîne au Sheraton de Sanaa, je sirote des bières et je me repose au bord de la piscine. Il n'y a rien à faire ici, rien à voir que des rochers et du sable.

Son manque de curiosité m'a surpris : je songeais au superbe village d'Al-Shisr, aux vieilles mosquées, aux constructions et aux tombes pré-islamiques plus anciennes encore que nous avions vues pendant le trajet dans les montagnes, mais je me suis abstenu de tout commentaire.

Je lui ai dit que je voulais descendre à pied au lit du *wadi*, pour examiner de plus près ce qui attendait les saumons.

– Oui, allez-y ! a répondu Tom qui a ri avant d'ajouter : Je suppose que ces poissons vont tout simplement griller sur place et crever. Vous le savez, n'est-ce pas ?

– Bon, peut-être. Mais nous allons nous efforcer de l'éviter, si possible.

Tom Roper a hoché la tête et ri encore :

– Ce n'est pas mon affaire ce que vous faites de votre argent, vous autres. Moi, je suis ingénieur de projet, j'exécute le boulot pour lequel je suis payé. J'ai bâti des trucs dans les champs pétroliers, j'ai bâti des barrages, des pistes d'aéroport. Mais je vous garantis que je n'avais encore jamais construit de réservoirs à poissons dans le désert ! Vous pourriez aussi bien prendre un gros tas de dollars et les brûler tout de suite ! Parce que vos poissons, ils vont tout bonnement griller et crever. N'empêche que je ferai le boulot pour lequel vous me payez, s'pas ?

J'ai laissé Tom dans la hutte. C'était peut-être un excellent ingénieur mais je n'étais pas particulièrement intéressé par ses idées sur les saumons. C'est moi, le scientifique des pêches, et j'en suis venu à penser, après mûre réflexion, que nous allons réussir quelque chose ici. Il ferait mieux de se contenter de creuser des trous et de les bétonner.

J'ai marché quelques centaines de mètres jusqu'au lit du *wadi*. Le temps d'y arriver et je dégoulinais de sueur, malgré la fin d'après-midi et la chaleur sèche.

Le lit du *wadi* était un amas de rochers, petits et grands. Un mince filet d'eau y coulait et j'ai remarqué en avançant malaisément qu'on avait évidé la pierre par endroits pour faciliter l'écoulement de l'eau. Le débit actuel du *wadi* aurait presque suffi aux ébats d'une paire de vairons. En amont, la rivière traversait une plantation de palmiers-dattiers arrosée, je le savais, par des gouttières d'irrigation creusées dans le roc. Je pouvais distinguer l'endroit où le *wadi* arrivait de la montagne, au-delà de la plantation : la pente n'était pas aussi raide que je l'avais craint et je ne voyais pas d'obstacle évident à la montaison des saumons quand le *wadi* serait plein d'eau.

Me tournant de l'autre côté, j'ai remarqué plusieurs fosses bleues au pied de falaises si hautes et si abruptes que l'eau était à l'ombre du matin au soir. Cette ombre permanente évitait l'évaporation de l'eau du *wadi*, laquelle devait provenir de l'aquifère, car il n'avait pas plu ici depuis douze semaines. La rivière s'assèche carrément au moment des chaleurs de printemps et du début de l'été, pour se remplir lors des fortes pluies estivales.

Je me suis adossé contre un rocher, j'ai fermé les yeux et j'ai essayé de m'abstraire du fracas des camions et des bulldozers, des voix des hommes plus haut sur le flanc de colline. J'ai tenté d'imaginer les cieux qui s'obscurcissent, la pluie qui tombe. Les premières grosses gouttes s'écrasant dans la poussière et creusant de minuscules cratères. La pluie qui redouble, les ruisselets qui se forment et qui coulent vers le *wadi*. Des trombes d'eau dévalant les ravins des environs, le filet d'eau du *wadi* se changeant en ruisseau, en rivière, puis en torrent brun bouillonnant.

Avec un peu de mal, je suis plus ou moins parvenu à créer cette image dans ma tête, au point d'oublier le soleil qui avait commencé à me rougir le visage et le cou, et à me brûler les avant-bras. La chaleur d'ici, même en novembre, dépasse tout ce que j'ai pu connaître.

Ensuite, j'ai tenté d'imaginer les vannes des viviers qui s'ouvrent, une vague d'étrave qui déferle sur plusieurs centaines de mètres dans le nouveau canal de béton, le ressac qui se forme à l'endroit où la vague rencontre les eaux du *wadi*. J'ai tenté d'imaginer les saumons qui glissent dans le déversoir, trouvent les eaux de la rivière et se mettent à remonter vers l'amont pour frayer, obéissant à des instincts vieux de dizaines de milliers d'années.

Mais je n'y suis pas parvenu.

Ce soir-là, j'étais attablé à côté d'Harriet dans la salle à manger de la villa du cheik. La peau me cuisait encore malgré une tartine de crème après-soleil sur le visage et les bras. J'ai bu de copieuses rasades d'eau fraîche qu'un domestique versait d'une cruche de cuivre dans des timbales du même métal. Nous avons mangé un *selta**, sorte de bouillon de légumes avec du mouton ; du pain arabe sortant du four ; et de *l'hummus*, mélange épicé d'ail, de tomates et d'autres légumes que je n'ai pas su identifier. Le cheik était d'humeur enjouée.

– Alors, vous êtes allé marcher au bord du Wadi Aleyn, Dr Alfred. Que pensez-vous maintenant de notre projet ?

J'ai eu un hochement de tête dubitatif.

– Ça va être très difficile. Je suis très découragé, je dois l'avouer, Cheik Muhammad. C'est une chose de concevoir un tel projet à des milliers de kilomètres d'ici, mais c'en est une tout autre de voir les rochers et le sable du *wadi*.

– Et une autre encore de sentir la chaleur, a ajouté Harriet en posant un regard insistant sur le coup de soleil que j'avais sur le nez et les joues.

Elle a retrouvé un peu plus belle humeur depuis notre arrivée ici, grâce au cheik. Elle est plus gaie, même si un air de tristesse et d'introspection s'inscrit par moments sur son visage.

– Qui n'a pas vu la saison humide ne peut l'imaginer : on ne peut pas savoir ce que c'est, ni à quelle allure la pluie dégringole. De même que si l'on n'a pas assisté à la saison sèche ici, on ne peut se figurer la chaleur et la poussière qu'elle apporte. Vous verrez. Le Yémen n'est pas qu'un simple désert : il y a de vertes pâtures et des prairies dans le Hadramawt, ainsi qu'à Ibb et à Hudaydah. Ayez foi, Dr Alfred, ayez foi !

Le cheik a souri et hoché la tête, puis il a ri tout seul, comme s'il s'amusait d'un mot d'enfant.

On nous a installés, Harriet et moi, dans l'aile réservée aux invités, tout au fond de la maison, loin de l'endroit où dorment le cheik et ses gens. L'aile comprend une demi-douzaine de chambres vastes et luxueuses, avec de grands lits confortables et du marbre par terre, des tapis de prière sur le sol où une flèche de mosaïque verte indique la direction de La Mecque. Les salles de bains sont équipées d'énormes baignoires enterrées, avec robinetterie en or (il me semble). Outre des coupes de fruits et des vases de fleurs, de l'eau glacée est à disposition dans un Thermos géant. On brûle parfois de l'oliban dans la cour intérieure de la villa et l'étrange parfum exotique de cet encens flotte dans la maison, me rappelant une fois encore l'église de ma lointaine enfance.

Il y a quelques instants, je marchais dans le couloir pour rejoindre ma chambre quand j'ai entendu des pleurs en passant devant une porte entrouverte.

Je me suis arrêté. C'était Harriet, bien sûr. Doucement, j'ai poussé la porte. Elle était assise au bord du lit. Le clair de lune qui filtrait à travers les rideaux diaphanes était juste suffisant pour faire luire les larmes coulant sur ses joues. Hésitant à la porte, la main sur la poignée, j'ai demandé :

– Harriet ? Quelque chose ne va pas ?

Évidemment que quelque chose n'allait pas ! Quelle question idiote ! D'une voix étranglée, elle a bredouillé des paroles que je n'ai pas comprises. Je suis resté planté là un moment encore, un peu gêné, et puis l'instinct a pris le dessus : je suis allé m'asseoir à côté d'elle sur le lit et je l'ai enlacée de mon bras. Elle s'est retournée et s'est blottie contre mon épaule – j'ai senti l'eau de ses pleurs sur ma peau.

– Harriet, qu'y a-t-il ? Dites-le-moi, je vous en prie.

Elle a sangloté encore un moment, j'ai senti mon col de chemise se mouiller. C'était une curieuse sensation de la tenir ainsi dans mes bras. Je n'avais pas l'impression que c'était mal. Au contraire.

– Excusez-moi, je suis lamentable, a-t-elle soufflé.

– Non. Dites-moi ce qui vous a bouleversée.

– C'est à propos de Robert, a-t-elle confié d'une voix tremblante. Je n'arrête pas de penser qu'il lui est arrivé quelque chose de terrible.

Harriet m'avait raconté qu'elle était fiancée à Robert Matthews, un capitaine des Royal Marines. Elle n'en parle jamais beaucoup, si bien que je ne pense guère à lui, quoiqu'il m'arrive de le faire, avec ce qui ressemble – c'est curieux et irrationnel – à une pointe de jalousie.

– Je n'ai plus de nouvelles de lui depuis des semaines et des semaines, a-t-elle lâché. Je suis si inquiète. C'est comme une douleur sourde et incessante.

– Il est peut-être quelque part où il ne peut pas recevoir de courrier, ai-je suggéré. J'imagine que les communications sont difficiles en Irak.

– C'est pire que ça, a-t-elle répondu, le nez enfoui dans mon épaule. Promettez-moi de ne le répéter à personne si je vous en parle.

J'ai promis. À qui l'aurais-je dit ?

Elle m'a raconté : les lettres qu'elle recevait de Robert au début étaient presque entièrement barrées par la censure, mais elles avaient ensuite cessé de lui parvenir. Le pire, c'est qu'elle avait été contactée par un machin du nom de Groupe de soutien des familles et toutes les lettres qu'elle lui avait écrites s'étaient mises à lui revenir. Elle m'a ensuite laissé entendre qu'elle avait reçu une information – sans dire comment –, selon laquelle Robert courait un grave danger en un lieu non précisé. J'ai essayé de trouver des mots pour la réconforter et elle est restée agrippée à moi encore un petit moment. Elle a fini par se calmer, elle s'est redressée et j'ai retiré mon bras.

– Mon Dieu ! s'est-elle exclamée. Je dois être dans un bel état ! Heureusement qu'il fait si sombre. Je suis désolée de vous avoir infligé un pareil spectacle. J'ai juste craqué un peu.

– Ce doit être un énorme souci pour vous, je comprends parfaitement. Je ne sais pas comment vous avez réussi à rester si calme tout ce temps-là. Il ne faut pas refouler ça en vous, nous devons nous soutenir mutuellement. Vous auriez dû m'en parler plus tôt.

– Vous avez vos propres soucis, je le sais. Je n'avais aucun droit de vous faire endosser les miens.

– Harriet, je sais qu'au début de ce projet, nous avons – ou plutôt non, j'ai pris un mauvais départ avec vous. Depuis, j'ai acquis un grand respect pour vous et je vous apprécie beaucoup. J'aimerais que vous me parliez comme à n'importe lequel de vos amis, quand vous voulez.

Elle m'a regardé avec un sourire triste :

– C'est vraiment très gentil de votre part.

Tout d'un coup, elle s'est penchée en avant et a déposé sur mes lèvres un petit baiser léger. Et puis elle s'est levée et s'est dirigée vers la salle de bains en lançant par-dessus son épaule :

– Il faut que je me débarbouille un peu la figure. Merci, Fred. Bonne nuit, et dormez bien.

J'ai rejoint ma chambre où j'achève d'écrire ce journal et je sens encore le contact de ses lèvres sur les miennes.

Dimanche 20 novembre

Ce matin, nous sommes allés nous promener au bord du *wadi*, Harriet et moi, avant que le soleil ne brûle trop. Nous avons quitté la maison du cheik très tôt, Ibrahim nous a conduits jusqu'au lit du Wadi Aleyn et a longé la rivière en remontant aussi loin qu'il le pouvait avec le Land Cruiser – beaucoup plus loin que je n'aurais pu aller à pied. Après quoi il est allé s'asseoir par terre à l'ombre de la voiture, adossé à la carrosserie, et il nous a laissés continuer seuls.

J'avais craint qu'il plane une gêne entre nous à cause d'hier soir, qu'Harriet soit embarrassée que je l'aie trouvée en larmes. On a commencé à marcher le long du *wadi* et elle m'a au contraire déclaré :

– Merci pour hier soir. Ça m'a fait du bien de parler de tout ça.

J'ai répondu que j'étais content d'avoir pu lui être utile.

Tandis que nous avancions sur le chemin qui court au bord du *wadi*, j'ai éprouvé un sentiment de satisfaction tel que je n'en avais pas connu depuis très longtemps. D'abruptes parois rocheuses formaient les flancs d'un canyon par-dessus lesquels j'apercevais les crêtes de montagnes plus hautes encore. Dans le ciel d'un bleu profond, là-haut très loin, des buses volaient en cercles avec des cris stridents, d'étranges cris dont l'écho résonnait entre les murailles de pierre. La végétation était rare : quelques buissons épineux, des touffes d'herbe dont le vert tournait au brun en même temps que pâlissait le souvenir des pluies de l'été. Le *wadi* commençait à grimper davantage par ici et je pouvais l'imaginer plein, animé par des quantités de ruisselets et de cascatelles. Les saumons pourraient remonter jusqu'ici. J'ai été ravi de constater, au détour d'une courbe du canyon, que le terrain s'élargissait pour devenir un plateau de gravier que sillonnaient les lits asséchés de plus modestes cours d'eau, affluents du *wadi* principal.

La vue de ces lits de gravier m'a enthousiasmé et j'ai expliqué à Harriet :

– Des frayères ! Si les saumons arrivent jamais jusqu'ici, ils vont adorer ça. (Je me suis baissé et j'ai ramassé une poignée de gravier que j'ai laissé s'écouler entre mes doigts.) Le gravier est suffisamment fin pour que les saumons y creusent des tranchées avec leurs ailerons et y pondent leurs œufs. Jamais je n'aurais pu l'imaginer ! Parfait !

Harriet m'a souri :

– On dirait un gamin à qui on vient de faire cadeau d'une petite voiture.

Mais son sourire s'est figé : nous nous regardions et ce doit être mon visage qui m'a trahi, qui a trahi le fait qu'à cette minute précise, à cette seconde exacte, je suis tombé amoureux d'elle. Je n'en avais même pas eu conscience avant de découvrir son expression.

– Fred..., a-t-elle commencé d'un ton incertain.

Mais j'ai vu bouger quelque chose derrière elle : quelqu'un venait. Harriet s'est retournée et nous avons vu une petite fille se diriger vers nous. Mince et basanée, elle ne portait pas de voile mais une *sitara**, une robe de teintes vives – des verts et des roses – et un foulard d'un rose profond. L'aridité du cadre rendait les couleurs de sa tenue plus éclatantes encore. Elle avait une cruche en équilibre sur la tête et quelque chose dans la main. J'ai vu, tout en la regardant approcher, qu'elle venait d'une maisonnette à peine plus grande qu'une grotte, adossée à la muraille de la montagne qui borne le plateau de gravier où nous nous trouvions. Je me suis alors aperçu qu'il y avait des terrasses aménagées par endroits sur le flanc de montagne et qu'il y poussait des cultures. Des petites chèvres noir et brun sautaient parmi les rochers avec une grâce d'acrobate et broutaient la cime des buissons épineux.

Arrivant près de nous, la fillette nous a souri timidement en nous adressant un « *Salaam aleikoum* », à quoi nous avons répondu : « *Wa aleikoum as salaam* », comme le cheik nous l'avait appris. Elle a pris la cruche perchée sur sa tête, s'est agenouillée par terre et nous a fait signe de nous asseoir. Elle a alors versé de l'eau dans deux petites tasses de métal blanc qu'elle nous a tendues. Et puis elle a plongé la main dans sa robe et en a tiré un paquet plat enveloppé d'un papier sulfurisé, d'où elle a sorti un pain rond et mince rappelant un gros biscuit plat. Elle l'a rompu en deux morceaux et nous en a tendu un chacun, en nous faisant signe de manger et de boire. L'eau et le pain étaient également délicieux. Nous avons souri et mimé des remerciements, et puis le mot arabe m'est revenu : « *Shukran.* »

Nous avons ensuite passé un moment ensemble, entre étrangers qui ne parlent pas la langue l'un de l'autre, et la simplicité de son geste m'a émerveillé : elle avait vu deux personnes marcher en pleine chaleur et elle avait suspendu la tâche qui l'occupait pour venir nous rendre service. Parce que c'était la coutume, parce que sa foi lui avait appris que c'était une bonne chose, parce que son acte coulait de source tout autant que l'eau qu'elle nous versait. Quand, après une deuxième tasse d'eau, nous avons décliné son offre d'en boire davantage, elle s'est levée et, après avoir murmuré des paroles d'adieu, elle a tourné les talons et elle est repartie vers la maison d'où elle était venue.

– C'était si… biblique ! a commenté Harriet.

– Pouvez-vous imaginer une chose pareille dans notre pays ? ai-je demandé, et elle a fait non de la tête. C'était de la charité. Offrir de l'eau à des étrangers dans le désert où l'eau est si rare. C'était de la vraie charité, celle des pauvres qui donnent aux riches.

En Grande-Bretagne, on verrait avec suspicion un étranger offrant à boire à un homme qui a soif dans un endroit isolé. Si on nous avait abordés ainsi dans notre pays, nous aurions sans doute cru avoir affaire à un quidam un peu dérangé ou s'apprêtant à quémander de l'argent. On se serait peut-être protégés en se raidissant et en se montrant peu aimables, évasifs, voire grossiers.

Mes pensées sont revenues à l'eau que nous venions de boire et j'ai demandé à Harriet :

– Vous avez remarqué comme cette eau était fraîche ?

– Oui, elle était délicieuse.

– Cela signifie qu'il y a un puits quelque part dans les parages, qui plonge dans les profondeurs de l'aquifère. Sans doute loin de la surface, pour que l'eau soit si froide. Si nous pouvons pomper de l'eau à cette température pour la déverser dans le *wadi*, mes saumons auront une bien meilleure chance de survie.

– Nos saumons, a rectifié Harriet.

Nous avons fait demi-tour et nous avons descendu le canyon jusqu'à l'endroit où attendait Ibrahim.

Ce soir, le cheik a remarqué un changement d'humeur chez moi et m'a demandé ce que nous avions découvert lors de notre balade. Je lui ai parlé du plateau de gravier où je pensais que les poissons pourraient frayer et de la petite fille qui nous avait offert de l'eau fraîche provenant de l'aquifère, et il a perçu une note d'enthousiasme et de plaisir dans ma voix.

– Maintenant, vous commencer à croire, Dr Alfred ! Vous commencez à croire que ça pourrait se réaliser. Vous commencez à apprendre à avoir foi.

– De nos propres yeux, nous verrons les saumons nager dans le Wadi Aleyn, lui ai-je déclaré.

– Les saumons nageront dans le *wadi* le moment venu et, si Dieu me garde, je les verrai.

J'ai repensé à l'individu qui s'était glissé entre les arbres à Glen Tulloch et qui avait essayé de tirer sur le cheik, et j'ai compris que Cheik Muhammad s'attendait à ce qu'il en vienne un autre.

Harriet est montée dans sa chambre et je suis resté un moment à converser avec le cheik qui était d'humeur loquace. Nous avons évoqué le pays de jadis devenu le Yémen actuel : les routes du commerce de l'oliban à travers le désert ; l'arrivée des Grecs, des Sabéens, des Romains, tous en quête des fabuleuses richesses d'or et d'épices présentes dans cette pointe reculée de la péninsule arabe. Il m'a parlé de l'arrivée de l'Islam et des *imams* de Zaidi (« avec qui j'ai une lointaine parenté », a-t-il ajouté avec fierté), plus de mille deux cents ans auparavant.

– La construction de cette maison date de l'année 942 de votre calendrier, soit l'an 320 du nôtre, et ma famille a toujours vécu là et à Sanaa. Je ne me lasse jamais de constater que les Européens n'ont pas idée de l'ancienneté de notre civilisation quand ils viennent ici. Vous ne pensez pas que nous avons eu le loisir d'apprendre à vivre et à mener nos vies selon Dieu pendant toutes ces années ? Voilà pourquoi certains de nos concitoyens détestent tant l'Occident et s'interrogent : qu'est-ce que l'Occident a donc à nous offrir de si extraordinaire pour qu'il faille nous l'imposer ? On veut remplacer notre religion de Dieu par celle de l'argent, remplacer notre piété et notre pauvreté par des biens de consommation dont nous n'avons pas besoin, nous forcer à prendre un argent que nous ne pouvons pas dépenser ou pas rembourser ; défaire les liens qui unissent les familles et les tribus, saper notre foi et notre morale.

C'était la première fois que je l'entendais parler si ouvertement, lui habituellement si précautionneux et discret. Et je comprends maintenant que ce devait être parce qu'il commençait à me faire confiance, car j'étais moi-même en train de changer.

Lundi 21 novembre

J'ai écrit mon journal hier soir avant d'aller me coucher. J'y ai consacré un certain temps, parce que je tiens à enregistrer aussi fidèlement que possible tout ce qui se passe pendant ce voyage. Un voyage qui en est d'ailleurs un à plus d'un titre. J'espère que ce journal portera un jour témoignage d'un événement d'une grande importance – s'agit-il de l'arrivée des saumons ou d'autre chose qui concerne ma vie ? Je l'ignore.

J'ai fait un rêve, la nuit dernière. À peine couché, je me suis endormi mais j'ai ensuite rêvé qu'un bruit me réveillait et qu'Harriet était dans ma chambre, nue, debout près du lit. J'ai rêvé qu'elle se glissait dans le lit auprès de moi – quant au reste du rêve, je n'ai pas envie de le noter, même pour moi. C'est en tout cas le rêve le plus merveilleux et le plus réel que j'aie jamais fait. À mon réveil, le souvenir du rêve m'est revenu aussitôt. Mes lèvres me faisaient mal : je me suis demandé si ç'avait pu être davantage qu'un rêve. J'ai essayé de voir si je pouvais sentir son parfum sur l'oreiller, mais on brûlait de l'oliban quelque part et le parfum riche et épicé de l'encens flottait partout. Bon, ce devait être un rêve. Sans doute dû au fait qu'il s'est passé quelque chose entre Harriet et moi. Je l'ai perçu quand nous sommes montés dans la montagne hier, pendant que nous marchions dans le lit asséché de la rivière. Je l'ai senti. J'ignore ce que ressent Harriet ou ce qu'elle pense, mais j'ai tellement envie que mes sentiments soient réciproques que la force de ce souhait a dû envahir mon subconscient et influencer mes rêves.

Je n'ai fait que prendre mes rêves pour des réalités, naturellement.

Je suis marié avec Mary et je l'ai été avec bonheur pendant de nombreuses années. Je sais que nous connaissons actuellement une passe difficile, mais il est impensable que nous nous séparions, il ne pourrait jamais y avoir une autre femme dans ma vie. Je ne suis simplement pas ce genre d'homme.

Vraiment ?

Harriet est fiancée à son militaire qui lui manque terriblement, c'est visible. Il est donc impossible qu'il se passe quelque chose entre Harriet et moi. Par conséquent, ce devait être un rêve.

Et si ce n'était pas le cas ? Alors là ?

Je ne peux pas rester en place. Il m'est arrivé quelque chose, mais quoi ? Les fenêtres sont ouvertes, les rideaux dansent à la douce brise des montagnes. Il est tôt encore. Le soleil levant répand son or sur les contours des falaises et des crêtes qui nous entourent et nous dominent. Entrent par ma fenêtre des fragrances qu'on perçoit à peine, des parfums de fleurs que je n'ai jamais sentis, des odeurs d'épices inconnues. Elles s'accompagnent des menus bruits du village qui s'éveille : le chant du coq, les braiments d'un âne, le cliquetis des récipients de métal blanc où l'on garde l'eau, et des paroles en arabe de temps en temps.

J'ai fait le voyage jusque dans ce lointain pays. L'homme qui s'est embarqué pour ce voyage il y a plusieurs mois, sous les traits d'un scientifique établi et respecté du Centre national pour l'excellence des pêches, n'est pas le même que celui qui se tient à présent à la fenêtre, devant les montagnes sauvages du Yémen. Jusqu'où le mènera ce voyage ? Où finira-t-il et comment ?

23.

Extraits du *Hansard*

Chambre des Communes
Lundi 28 novembre
(Sous la présidence de Mr le Président de la Chambre)
Questions orales ou écrites
Réponses écrites

Mr Charles Capet *(Circonscription de Ruthland South) (Conservateur)* :

Nous demandons au ministre de la Défense : s'il veut bien commenter une nouvelle du *Daily Telegraph* concernant une explosion dans une installation militaire à l'ouest de l'Iran. Pourrait-il parler de l'éventuelle participation à cet événement d'un groupe du 41ᵉ Commando (Royal Marines) que j'ai eu l'occasion de mentionner dans une question que j'ai récemment posée devant cette Chambre ? Voudrait-il bien à nouveau se renseigner sur l'endroit où se trouve le capitaine Robert Matthews, comme je l'en avais déjà prié dans ma précédente question ? Et voudrait-il bien nous indiquer quelles mesures sont prises – si tel est le cas – pour assurer que le capitaine Matthews retrouve son régiment en toute sécurité.

Le ministre de la Défense (Mr John Davison) *[tenant la réponse écrite]* **:** Nous nous sommes renseignés au sujet de l'explosion supposée dans une présumée installation militaire à l'ouest de l'Iran. Les autorités iraniennes nous ont informés d'un accident industriel survenu dans une usine de fil dentaire qui a malheureusement entraîné la mort de 127 employés. Nous avons appris qu'aucune tierce partie n'était concernée par l'incident et, sachant que les produits de cette usine sont aux dires du gouvernement iranien exclusivement en rapport avec l'hygiène dentaire (et non le traitement des déchets nucléaires, comme le rapporte le *Daily Telegraph*), nous estimons que l'événement n'a pas lieu d'intéresser notre gouvernement. En conséquence, nous avons transmis les très vives condoléances du Gouvernement de Sa Majesté au gouvernement iranien et nous n'avons plus d'intérêt officiel en la matière. Quant à l'endroit où se trouve le capitaine Robert Matthews, je renvoie l'honorable gentleman à ma précédente réponse à la question qu'il avait précédemment posée.

Mr Charles Capet : Nous demandons au ministre : s'il est vraiment l'unique citoyen du Royaume-Uni à croire l'explication officielle des Iraniens quant à l'explosion destructrice qui s'est produite en Iran ? Nous demandons en outre s'il persiste à nier la participation de forces britanniques qui, de l'avis général, ont pris part à une opération dans cette région ? Nous demandons, une fois encore, s'il ne voudrait pas soulager l'affliction des amis et de la famille du capitaine Robert Matthews en disant s'il pense que le capitaine Matthews est vivant ou mort et, s'il est en vie, en indiquant où il se trouve.

Le ministre de la Défense : Si l'honorable gentleman veut bien consulter demain le site web du ministère de la Défense à la page « Opération Telic 2 », il pourra constater, hélas, que le capitaine Matthews y figure désormais, ou plutôt y figurera, à la rubrique « Disparu au combat ».

24.

Correspondance entre Ms Chetwode-Talbot et elle-même

Capitaine Robert Matthews
c/o BFPO Basra Palace
Basra
Irak

21 novembre

Robert chéri,

C'est la dernière lettre que je t'écris avant que tu rentres à la maison, après quoi on n'aura plus besoin du courrier. Je ne la posterai pas, car je ne connais pas de moyen de le faire d'ici et parce que, bien sûr, tu ne la recevrais de toute façon jamais. Mais il faut que je couche ces mots sur le papier pour essayer de comprendre les sentiments que je ressens. Je vais d'abord commencer par te raconter ce que nous faisons ici – je retrouverai peut-être mon équilibre en parlant du quotidien.

Je t'écris d'un endroit qui s'appelle al-Shisr, dans les montagnes du Heraz, à l'ouest du Yémen. C'est un désert de montagnes et de villages fortifiés bâtis sur des hauteurs, reliés entre eux par des pistes sur lesquelles même toi, tu hésiterais à rouler (je suis obligée de garder les yeux fermés la plupart du temps). Sur le chantier du Wadi Aleyn, ils ont un téléphone-satellite et des ordinateurs, mais il n'y a rien de tel ici, dans ce hameau de montagne. Mon portable ne trouve plus de réseau depuis longtemps. Je suis dans la maison ancestrale du cheik et il aime que les choses restent exactement telles qu'au IXe siècle, époque de sa construction. Naturellement, c'est climatisé, on a de l'eau chaude au robinet et un chef fantastique en cuisine, mais tout le reste pourrait aussi bien dater de n'importe quel autre siècle que le nôtre.

Il y a un énorme déploiement d'activité au Wadi Aleyn : des masses de camions et de pelleteuses, des centaines d'ouvriers indiens et des livraisons de matériaux qui continuent d'arriver tous les jours. C'est fascinant de voir les bassins de béton prendre forme, les gens font un boulot fantastique. Quand les bassins seront finis, ils seront remplis d'eau et, une fois les tests effectués, nous pourrons faire expédier les saumons par avion. De Fort William à Londres, et de là au Yémen.

Nous avons parcouru le Wadi Aleyn presque mètre par mètre, Fred et moi. Fred et l'ingénieur du projet ont préparé un profil du lit du *wadi*, montrant les points où il faudra prévoir des aménagements supplémentaires pour aider les saumons à franchir les obstacles naturels. C'est juste l'affaire de quelques marches ou déversoirs de béton par-ci par-là, pour faciliter le passage des poissons aux endroits qui seront des cascades quand la rivière sera pleine. Nous avons passé pas mal de temps avec les ingénieurs pour intégrer ces ajouts aux plans.

Fred dit que c'est la première fois qu'il croit vraiment que nous pouvons réussir. La topographie du *wadi* lui plaît, la qualité de l'eau provenant de l'aquifère aussi. Même la taille du gravier. Il pense que ses poissons – nos poissons – pourront survivre ici, ne serait-ce que pour un temps. En tout cas, il se passera quelque chose, on obtiendra un résultat. Le cheik y croit si fort qu'il a fini par nous contaminer. Difficile de ne pas croire aux mythes, à la magie et aux miracles dans cette terre de l'Ancien Testament !

J'ai encore une semaine à passer ici avant de rentrer mais Fred va rester plus longtemps pour attendre la fin de la construction des viviers et la remise des travaux par les ingénieurs. Il devra en effet vérifier que les bassins ne fuient pas, que le générateur d'oxygène fonctionne, que les vannes s'ouvrent et ainsi de suite. Après quoi il rentrera pour préparer la phase finale du projet : le transport des saumons.

Ma mission touche presque à sa fin. Bien sûr, j'ai toujours l'administration et la comptabilité du projet à gérer, mais la partie difficile – la conception et l'ingénierie, les études de faisabilité, les plans et la construction – est presque terminée. Maintenant, tout ce qu'il nous reste à faire, c'est achever cette phase du projet et attendre les pluies de l'été prochain qui rempliront les bassins-viviers. Et à l'approche de la saison des pluies, nous entamerons la tâche cruciale : transporter des saumons vivants d'Écosse jusqu'aux montagnes du Yémen. Cette étape-là sera la minute de vérité pour Fred, le point culminant de notre entreprise. Je suppose qu'il va devoir faire de nombreux allers-retours au Yémen ces prochains mois, et je le verrai beaucoup moins.

Excuse-moi, je me rends compte que je parle pas mal de Fred mais c'est devenu un bon ami.

Maintenant, il faut bien parler de moi. Je me fais un sang d'encre : aucune nouvelle de toi, juste des rumeurs dont certaines, entendues la semaine dernière, n'ont fait qu'aggraver l'angoisse. Comment se peut-il qu'on n'ait pas encore de réponse, depuis le temps que ça traîne et après toutes les questions posées pour savoir où tu es, ce que tu fais ? Comment les gens peuvent-ils être si cruels et me laisser ainsi dans l'ignorance ? Je redoute les mots que je vais écrire mais, même si les nouvelles de toi étaient les pires possibles, celles que je crains sans cesse de recevoir depuis ton départ, ne vaudraient-elles pas mieux que cette interminable incertitude ?

J'ai maigri. Pas une mauvaise chose, tu me diras. Pourtant, il manque une partie de moi quand je me regarde dans la glace. Je me suis évaporée à force d'inquiétude. Bon, j'en arrive à ce que je tiens à mettre par écrit, même si tu ne dois jamais le lire. Aujourd'hui, pour la première fois, j'éprouve un profond sentiment de soulagement. Ou serait-ce de libération ? Quel que soit le terme qui convient, j'ai l'étrange certitude que tu es maintenant hors de danger. J'ignore où tu te trouves, mais je suis persuadée que tu te trouves quelque part où personne ne peut te faire de mal. J'espère que c'est vrai. Je crois que c'est vrai. Je suis sûre qu'il y aura des nouvelles de toi à mon retour en Grande-Bretagne dans quelques jours, après tant de mois et de semaines de silence.

J'ai rêvé de toi la nuit dernière. J'ai rêvé que tu étais ici avec nous, dans la villa du cheik ; que tu avais, je ne sais comment, obtenu une permission de ton régiment, appris où je me trouvais et pris l'avion pour venir me rejoindre.

C'était très confus, quant à la façon dont tu étais arrivé ici. Les rêves ne riment pas à grand-chose, mais celui-ci était merveilleux et nous étions ensemble. Aussi proches que deux personnes peuvent l'être, plus même que je ne l'ai jamais été de toi ou de quiconque. Quand je me suis réveillée, j'ai éclaté en sanglots. Le rêve avait été si merveilleux, je voulais retourner dedans, j'avais envie qu'il continue pour toujours. J'ai essayé de sentir ton odeur sur moi, j'ai reniflé ma peau pour voir si jamais, par magie, ç'avait été réel. Parce que j'avais le sentiment que ça l'avait été. Mais quelqu'un brûlait de l'oliban et il flottait partout une odeur d'encens. C'était un rêve, évidemment, comment aurait-il pu en être autrement ? Mais il avait eu une si forte réalité que le monde diurne m'a semblé bien irréel pendant un moment.

Mais – si ce n'était pas un rêve ? Comment serait-il possible que tu aies pu être avec moi ?

Un brillant soleil se lève maintenant par-dessus les crêtes tout là-haut, au-dessus de nous. Debout à la fenêtre, je respire l'air de la montagne et je sens des odeurs d'épices, de fleurs et de café. Comme c'est étrange d'être ici et, pourtant, tout me semble si tranquille et si naturel à présent. Le désespoir que j'ai parfois connu ces dernières semaines m'a, pour l'instant, pratiquement quittée.

Au village, le muezzin appelle les fidèles à la prière.

Je vais clore ici et ranger cette lettre. Je ne la relirai pas avant que tu me reviennes et, là, je la parcourrai une fois avant de la jeter dans le feu.

Affectueusement,
Harriet

25.

Extraits de l'autobiographie non publiée de Peter Maxwell, *Un skipper à la barre du navire de l'État*

L'image du navire de l'État, d'après mon assistante, fut créée à l'origine par Tenniel ou un de ses collègues illustrateurs victoriens, dans un dessin humoristique publié par le magazine *Punch*. C'était une métaphore du gouvernement, le capitaine du navire étant, bien entendu, le Premier ministre de ce temps-là qui avait pour préoccupation de veiller à la satisfaction des passagers tout en gardant la haute main sur l'équipage. Les analogies sont trop évidentes pour qu'on les rabâche, mais c'est la figure du skipper qui, souvent, retient notre attention.

Au cours de ma longue association avec le Premier ministre Jay Vent – en qualité d'employé, de collègue et surtout d'ami –, je crois avoir été son skipper. L'illustration de l'époque victorienne montre la silhouette d'un homme en ciré sur le pont avant d'un bateau, attaché à la barre pour éviter d'être balayé par-dessus bord. Trempé par l'écume de gigantesques vagues, ballotté en tous sens par la mer déchaînée, il garde l'œil sur le firmament. Au-dessus de lui, à travers l'amoncellement de nuages, luit l'étoile polaire. Tout son être est tendu vers la tâche de garder le cap, guidé par la lumière stellaire et sans penser à sa propre sécurité. Il est concentré, sans souci de lui-même : son seul but est de mener à bon port son capitaine, l'équipage et les passagers.

Loin de moi, bien sûr, l'idée d'exagérer mon rôle dans le gouvernement de Jay Vent. Je n'étais qu'un des nombreux rouages de la machine de l'exécutif, mais j'ai été celui qui, souvent, posait les mains sur la barre et qui, poussant un peu d'un côté, tirant un brin de l'autre, a contribué à définir notre cap.

Cet hiver-là, nous avons renvoyé des troupes en Irak à l'invitation du gouvernement irakien, pour régler des problèmes d'instabilité qui compromettaient, une fois de plus, la reconstruction des champs pétroliers. Hélas, d'autres questions nous ont également mobilisés à ce moment-là. Outre la reprise de nos interventions en Irak, il y a eu la malheureuse explosion de l'usine de fil dentaire en Iran, en qui tout le monde a semblé voir un bien plus sinistre événement, conséquence d'une opération clandestine de nos soldats. Aussi, le gouvernement américain nous a demandé de contribuer à la Force de défense de Saudi Aramco qui avait été déployée pour prévenir d'autres attaques terroristes contre les puits de pétrole du royaume saoudien.

Et pour couronner le tout, nous avons connu un hiver froid. Or, notre gouvernement et ses prédécesseurs ne s'étaient pas précipités pour relancer la construction de centrales nucléaires dans le pays, cela se comprend. C'est certes la bonne direction à prendre, je l'ai souvent déclaré, mais pas avant que nous ayons eu l'occasion de procéder à des débats mesurés et à une révision des règlements d'urbanisme et d'aménagement rural. En attendant, le déficit temporaire de notre approvisionnement en énergie avait été aimablement comblé par le gouvernement ukrainien, d'accord pour accroître les quantités de gaz naturel fournies au Royaume-Uni. Malheureusement, suite à des négociations de prix trop prolongées, que notre ministre de l'Énergie de l'époque n'avait peut-être pas menées de la meilleure façon, malgré les conseils que je lui avais prodigués, les robinets ont été fermés pendant la plus grande partie de décembre et de janvier. Quelques retraités sont morts, hélas, quand les livraisons de gaz ont cessé, ce qui a suscité un grand nombre de réactions négatives dans la presse, difficiles à gérer, et ce n'est un secret pour personne que le sort du gouvernement s'est retrouvé pour une large mesure entre mes mains. Des jours difficiles nous attendaient à la Chambre des Communes, si je ne parvenais pas à expliquer clairement comment nous avions fait notre compte pour arriver à la fois à annuler le programme de construction de centrales nucléaires et à nous brouiller avec notre principal fournisseur de gaz naturel.

Je subissais de fortes pressions de la part du patron, comme j'appelais mon ami Jay. Pendant tout l'automne et l'hiver de cette année-là, je travaillais quatorze heures par jour, sept jours sur sept. Avec le plus souvent l'impression de marcher à contre-courant. Qu'on parvienne à publier une histoire positive dans la presse, à lancer une nouvelle politique ou à faire adopter rapidement une nouvelle législation au Parlement, et aussitôt on perdait une roue ailleurs. La photo parue en première page de l'*Independent* pendant la crise de l'énergie, montrant le corps d'une vieille dame avec la main sur un radiateur froid et des stalactites au bout du nez, n'a guère été une bonne publicité pour nous. Le public trouvait que Jay était un chic type, et le public avait raison. Jay Vent était en effet un merveilleux Premier ministre et il avait pour plus grand talent de choisir les collaborateurs qui convenaient pour le soutenir et le guider dans les moments difficiles tels que celui-là. Mais que la pression monte, et Jay devenait très exigeant avec ses plus proches lieutenants. Il s'en remettait particulièrement à moi, « M. Bonne-nouvelle », comme il m'appelait parfois. Et Jay pouvait se montrer très dur quand on n'était pas à la hauteur de ses attentes – les faits l'ont prouvé.

Mon boulot consistait à veiller à ce que les nouvelles soient aussi bonnes que possible, le plus souvent possible. J'étais payé pour et bien payé, je n'ai pas le droit de me plaindre. Mais j'avais aussi un ou deux problèmes dans ma vie personnelle : ça peut vous coûter cher de travailler si dur. Ma santé en a pâti et certains collègues ont eu le sentiment que j'en faisais de trop. Certains membres importants du gouvernement m'ont pressé de prendre de longues vacances, tristement ignorants du grand besoin qu'ils avaient de moi pour surveiller leurs arrières.

Généralement, je réagis bien au stress. Mes meilleures idées ont souvent surgi quand la pression était à son comble. Les lecteurs se souviendront du jour où le Premier ministre a participé à un match de cricket à l'Orphelinat St Helen pour enfants mal-voyants. Nous traversions alors une période particulièrement difficile, pendant laquelle nous peinions pour faire accepter par la Chambre des Lords une législation habilitant le nouveau corps d'inspecteurs de santé et de sécurité à fournir un soutien logistique aux opérations d'Irak et ailleurs au Moyen-Orient. L'opposition et, je le crains, une partie du public le moins bien informé, ignorait à quel point nos forces armées étaient déjà débordées de travail à ce moment-là, sinon nous n'aurions pas eu à subir des discussions qui étaient une pure perte de temps. Nous avions donc besoin d'une diversion et ce match de cricket à l'orphelinat fut une occasion rêvée. C'était une de mes idées, conçue en cinq minutes et mise en application dix minutes plus tard. Je sens encore un picotement d'excitation en y repensant, c'était très fort.

Je me suis alors mis à réfléchir à des moyens de soulager le gouvernement de la pression qui s'exerçait sur son programme. J'ai pensé à des initiatives concernant le Service de santé national, l'éducation, la criminalité, pour constater en y regardant de plus près que les trois derniers gouvernements en avaient déjà pris tellement dans ces domaines-là, qu'il n'y avait tout simplement plus place pour de nouvelles. J'ai alors tourné mon attention vers des initiatives à l'étranger. C'est toujours plus facile de lancer des réalisations à l'étranger : on n'a pas besoin de permis de construire, d'enquête publique ni de Livret blanc. Il suffit de se rendre dans le pays concerné – on peut venir en mission d'information, en visite amicale (ce qui signifie d'ordinaire armé de son chéquier) ou simplement envahir. Voilà quelles sont généralement les options possibles, et nous faisions malheureusement déjà usage des trois méthodes dans un certain nombre de régions du monde.

Mais Jay Vent ne m'avait pas embauché pour s'entendre dire que telle ou telle chose était impossible. Mon boulot, c'était de trouver des solutions. Il y a toujours un moyen d'aller de l'avant, même très radical, et Jay le reconnaissait. Il m'appelait son « éclaireur », bien que je préfère l'image du skipper, comme je l'ai mentionné. J'ai donc commencé à envisager d'autres possibilités et à m'interroger : y avait-il d'autres options au Moyen-Orient ? Car, soyons absolument francs, le Moyen-Orient est une sorte de cimetière où gît la réputation de nombre de gouvernements et de partis d'opposition. Je me suis surpris à réfléchir à ce que nous pourrions tenter dans ce domaine.

J'ai décidé de procéder comme je le fais souvent en pareil cas – c'était d'ailleurs une des raisons pour lesquelles j'excellais dans ce boulot. J'ai une grande capacité à me mettre à la place de l'électeur moyen assis devant sa télévision, comme moi. Quelles images voyait-il ? Quelles étaient celles qu'il trouvait représentatives de ce qui se passait dans le monde ? Lesquelles allaient se graver dans sa mémoire et servir de fondement à ses opinions ?

Une des conséquences de la situation au Moyen-Orient était le fossé qui se creusait de plus en plus entre les tenants d'un gouvernement théocratique – le système légal de la *charia*, les femmes à la maison, pas au volant d'une voiture ni au restaurant – et les partisans d'un gouvernement démocratique, du vote des femmes, d'un pouvoir judiciaire séparé de l'Église et de l'État, et ainsi de suite. Ce sont naturellement des débats fondamentaux qui durent depuis des décennies et le Moyen-Orient s'est en quelque sorte polarisé autour de ces choix. J'ai vu une image de Damas à la télévision l'autre jour : une ville hérissée de tours, avec une antenne parabolique sur le balcon de chaque appartement et, au milieu de ces immeubles, les flèches et les dômes de mille mosquées. Ça m'a semblé un bon résumé du conflit et des choix qui sont au cœur de l'islam moderne. Comme je l'ai signalé dans un chapitre précédent, je regardais énormément la télévision pour mon boulot. J'avais en permanence dans mon bureau une télé à écran plat branchée sur CNN, une autre sur la BBC24 et une autre sur Sky News.

Je mettais le plus souvent les images sans le son, sauf quand il y avait manifestement des nouvelles fracassantes, auquel cas je donnais un petit coup de télécommande. Mais la plupart du temps, je regardais juste les images. Elles effleuraient la surface de mon esprit pour s'évanouir aussitôt, mais il arrivait qu'une d'elles s'accroche. Je la gardais en mémoire. Et elle façonnait ma pensée.

Je fixais les images sur l'écran en réfléchissant à ce qu'elles signifiaient. Je voyais de jeunes Kazakhs et Ossètes en jogging et casquettes de baseball jeter des pierres à la police anti-émeutes, qui essayait de les empêcher de traîner dans la rue le soir, de se servir de téléphones mobiles et de porter des vêtements à l'Occidentale. Ceux qui n'avaient pas réussi à éviter les balles gisaient par terre dans de grandes mares sombres. Cependant, d'autres images aussi me frappaient : des hommes, jeunes et vieux, en costume traditionnel de leur peuple, qui se soulevaient contre les Occidentaux. Et je voyais une société près de basculer. L'islam a conquis le désert d'Arabie il y a quatorze cents ans ; un siècle plus tard, il contrôlait une aire qui s'étendait de l'Espagne à l'Asie centrale. L'histoire était peut-être sur le point de se répéter, mais elle pouvait aussi bien basculer dans l'autre sens.

Des images de Moyen-Orientaux habillés comme des Occidentaux et dépensant leur argent comme eux : voilà ce que les électeurs assis devant leur télévision ont envie de voir. Voilà un signe visible du fait que nous sommes vraiment en train de gagner la guerre des idées : le combat entre la consommation et la croissance économique d'une part, la tradition religieuse et la stagnation économique d'autre part.

Je me suis demandé pourquoi ces jeunes ont de plus en plus tendance à descendre dans la rue. Ce n'est pas à cause de ce que nous avons fait, non? Ni à cause de nos discours, des pays que nous avons envahis, des nouvelles constitutions que nous avons rédigées, des bonbons que nous avons donnés aux enfants, des matches de football entre nos soldats et les gens du coin. Non, c'est parce qu'ils regardent la télévision, eux aussi.

Ils regardent la télé et ils voient comment nous vivons ici, en Occident.

Ils voient des jeunes de leur âge au volant de voitures de sport. Ils voient des ados comme eux sortir avec des tas de filles ou de garçons, au lieu de vivre dans la frustration monastique jusqu'à ce qu'on leur arrange un mariage. Ils les voient coucher avec des filles ou des garçons différents. Ils les voient dans des bars bruyants avaler de la bière au goulot, s'amuser et goûter le privilège de s'enivrer. Ils les voient hurler aux matches de football pour soutenir ou insulter les joueurs. Ils les voient sauter dans des avions pour un oui ou pour un non, aller ici ou là sans restriction et sans crainte, partir en vacances à tout bout de champ, faire du shopping, se bronzer au soleil. Surtout, surtout, ils les voient faire du shopping : s'acheter des vêtements et des PlayStations, s'acheter des Ipods, des téléphones mobiles avec vidéo, des ordinateurs portables, des montres, des appareils photo digitaux, des chaussures, des joggeurs, des casquettes de baseball. Et dépenser de l'argent – toujours en quantité illimitée, semble-t-il – dans les bars et les restaurants, les hôtels, les cinémas. Les jeunes de l'Ouest ne cessent de dépenser de l'argent. Ils ne tiennent pas en place, ils sont heureux et ils ont un accès illimité à l'argent.

J'ai réalisé dans un éclair d'intuition que c'était cela qui faisait descendre les jeunes du Moyen-Orient dans la rue. J'ai compris qu'ils voulaient tout simplement être comme nous. Ces jeunes n'ont pas envie d'être obligés d'aller à la mosquée cinq fois par jour, alors qu'ils pourraient retrouver leurs amis près d'un abribus ou d'une cabine téléphonique, ou dans un bar. Ils n'ont pas envie que leurs familles leur dictent qui ils peuvent ou ne peuvent pas épouser. D'ailleurs, ils pourraient très bien ne pas vouloir se marier du tout et avoir des partenaires en série. Je veux dire, c'est ce que font beaucoup de gens. Ce n'est un secret pour personne, après la série publiée dans le *Daily Mail*, que c'est d'ailleurs ainsi que je vis. Je n'ai pas nécessairement besoin d'engagement. Alors, pourquoi n'ont-ils pas les mêmes possibilités de choix que moi ? Ils veulent la liberté de partir en vacances avec Easyjet. Je sais, certains objecteront que dans l'ensemble, ils n'attendent qu'un repas correct par jour et un verre d'eau saine, mais ce ne sont généralement pas les pauvres qui descendent dans la rue et ce n'est pas l'auditoire que je cible. Ils ne vont rien changer, eux, sinon pourquoi seraient-ils si pauvres ? Ceux qui descendent dans la rue sont ceux qui ont la télé. Ils ont vu notre mode de vie et ils veulent dépenser.

Et c'est alors que l'inspiration m'est venue.

J'ai compris soudain qu'il existait une meilleure façon de dépenser les deniers du contribuable. Sans connaître les dernières estimations du coût de nos diverses opérations militaires par les Finances, je le savais énormes et en croissance constante. Au moment où j'écris ces lignes, nous avons des opérations en cours dans quinze pays différents, dont cinq officiellement. Triste constatation : les raisons de nos interventions à l'étranger sont parfois complexes et politiquement assez sophistiquées, si bien que le grand public n'apprécie pas toujours la valeur de telles opérations. Mais qui pourrait le lui reprocher ? Certains de ces engagements à l'étranger durent depuis terriblement longtemps.

Pourtant, ai-je raisonné, nous avons d'autres institutions auxquelles nous consacrons traditionnellement des budgets sans nous interroger outre mesure sur la valeur de l'investissement. Comme le BBC World Service, par exemple. À quoi sert-il ? Il est protégé par ses statuts et je savais que je ne pouvais pas y toucher, même si ça m'avait démangé d'y faire des coupes sombres durant nos premières années au gouvernement. D'un autre côté, j'étais obligé de reconnaître que des tas de gens l'écoutaient ; n'était-ce pas la preuve d'une énorme soif d'information sur le mode de vie européen et, plus particulièrement, britannique ? Pour ma part, je n'ai jamais écouté le World Service. En jetant un coup d'œil sur les programmes, j'ai eu l'impression qu'on y diffusait surtout des rééditions de *Farming Today*[1], les derniers discours prononcés au Parlement européen, des émissions-magazines sur les rituels tribaux du Congo. Cela m'a fait prendre conscience qu'il existait des auditeurs dans le monde arabe et ailleurs, désespérément avides d'un petit écho d'un monde autre que le leur. Alors que feraient-ils s'ils avaient accès à une télévision vraiment « super-branchée », financée et dirigée par des Britanniques ?

Le concept auquel j'ai travaillé cet hiver-là consistait à créer une station de télévision qui s'appellerait, disons, *Voice of Britain*. J'ai été d'emblée enthousiasmé par les pos-

1. Très ancienne émission de la BBC destinée aux agriculteurs et traitant de sujets qui vont de l'anecdotique au très technique. Objet de risée traditionnel de ses détracteurs qui, tel P. Maxwell, y voient le comble de l'émission « rasoir » et démodée, elle bénéficie d'un renouveau grâce à l'image positive que lui confère la vague écologiste.

sibilités que ça offrait et j'ai décidé de produire le pilote d'une émission pour le présenter au patron. Nous avons établi le script en pensant à Noel Edmonds comme présentateur, mais l'idée n'a pas trop plu à son agent. Finalement, on a pris un sosie du présentateur d'Aljezira pour le pilote. L'autre problème était que les concurrents parlaient le farsi, le pachto, l'arabe ou l'ourdou et qu'il fallait diffuser l'émission en anglais, on avait donc besoin de traduction simultanée. Mais dans l'ensemble, ça fonctionnait formidablement bien, je crois.

26.

Script du pilote de l'émission de télévision *Prizes for the People*

Épisode Un **(Durée 30 minutes)**	***Prizes for the People***
Séquence générique *00.30* *Musique du générique*	
Salutations du présentateur et introduction *00.30* Le présentateur est debout dans les ruines d'un village	Muhammad Jaballah (à l'image) Bonsoir, je m'appelle Muhammad Jaballah et je me trouve ici au cœur du village de Dugan, dans le District de la frontière nord du Pakistan. Les habitants de Dugan ont connu des moments difficiles ces derniers temps, puisque leur gouvernement se bat contre les Talibans et Al-Qaida pour le contrôle de la région. Mais aujourd'hui, les choses vont changer pour eux : ils vont me

	rejoindre pour participer à ma nouvelle émission qui mettra à l'épreuve l'intelligence de concurrents de tous les coins du Moyen-Orient et d'Asie. Et s'ils trouvent les bonnes réponses, leurs vies connaîtront la plus incroyable transformation. Ils gagneront des prix qui seront au-delà de leurs rêves les plus fous.
Musique générique Photo d'un Pakistanais d'une vingtaine d'années	Soyez les bienvenus dans notre formidable nouvelle émission : *Prizes for the People!* Voix d'homme/en voix off Farrukh de Dugan sera notre premier concurrent. Mais avant cela, familiarisons-nous avec Dugan, le merveilleux village d'où vient Farrukh.
Présentateur, sur place *00.60* Dugan, district de la frontière nord Le présentateur marche parmi les ruines des maisons de pierre sèche, entourées de ce qui reste d'un champ d'amandiers en fleur. Des troncs noircis indiquent un incendie récent. Le présentateur s'arrête face aux décombres d'une maison qui se distingue par un cratère de bombe devant la ruine.	Muhammad Jaballah (à l'image) Voici Dugan, jadis un village animé du nord du Pakistan, situé au milieu de magnifiques plantations d'amandiers, avec un arrière-plan de cimes enneigées. Un endroit superbe et, dans un instant, nous allons faire connaissance avec les charmantes personnes qui vivent là. Comme vous pouvez le voir, un missile Tomahawk est, hélas, tombé ici il y a plusieurs mois et a causé des dégâts. La maison que vous voyez derrière moi appartenait à Farrukh mais l'explosion l'a malheureusement presque

	entièrement détruite et une partie de la famille de Farrukh compte parmi les victimes. Mais, dites donc, c'est pour ça que nous sommes ici – pour essayer de ramener un sourire sur le visage de Farrukh et de ses amis !
Présentateur en studio *00.40* Muhammad Jaballah est maintenant à l'image, sur le plateau du studio. Il porte une robe noire à liseré d'or. À l'arrière-plan des silhouettes de carton représentant des dunes de sable. Un chameau gonflable pointe la tête par-dessus les dunes pendant que Muhammad parle. Panoramique sur deux chaises installées face à face au centre du plateau, sur le devant. *Musique générique* Le premier concurrent, Farrukh, entre par la gauche du plateau et vient s'asseoir en face de Muhammad. *Applaudissements*	Muhammad Jaballah (à l'image) Ce soir, Farrukh et ses amis du village, Imran et Hassan, s'affrontent dans la toute première émission de *Prizes for the People.* Je suis ravi d'avoir cette occasion de transformer leurs vies. Car ceci est plus qu'une simple émission de questions-réponses, nous allons faire du bien. Voix masculine en voix off : Et maintenant, faites un accueil chaleureux à… Farrukh de Dugan !
Présentateur en studio *1.00*	Muhammad Jaballah Parlez-nous de vous, Farrukh. D'où venez-vous ? Concurrent (panoramique jusqu'à ce que l'image se pose sur lui)

	Je viens de Dugan, dans les zones tribales. Muhammad Jaballah (à l'image) Farrukh, dans un petit moment nous allons vous poser une question. Pas très difficile, mais il faudra donner la bonne réponse. Mais d'abord, parlez-nous de Dugan. Concurrent (à l'image avec le présentateur) Dugan est un village magnifique mais il a été un peu explosé. Le générateur a sauté, le puits est plein de sable et de pierre, et quelques-unes des maisons sont tombées. Muhammad Jaballah (à l'image) Farrukh, c'est bien triste et j'espère qu'aujourd'hui vous pourrez gagner des prix. Alors, maintenant, voyons si vous pouvez répondre à la première question.
Musique générique	Fondu au noir, puis retour à l'image.
Présentateur en studio *1.20* *Musique d'ambiance dramatique*	Muhammad Jaballah (à l'image avec le concurrent) Okay, Farrukh, voilà la première question : « Quel animal peut marcher dans le désert pendant dix jours sans nourriture et sans eau ? »

Plans de spectateurs criant « Non! » *et* « Vas-y, Farrukh! »	Concurrent (gros plan) : On dirait un... Muhammad Jaballah (gros plan) Ne devinez pas, Farrukh. Ne lancez pas la première chose qui vous passe par la tête, sinon vous repartirez à Dugan les mains vides et ce n'est pas ce que nous voulons, n'est-ce pas? Concurrent (à l'image avec le présentateur) C'est un... Muhammad Jaballah (gros plan) Avant de répondre, Farrukh, regardez donc ces trois réponses possibles et dites-moi laquelle est la bonne.
Question à choix multiples *00.30*	Voix masculine en voix off Okay, Farrukh, si vous pouvez répondre correctement et nous dire lequel de ces trois animaux peut marcher dix jours dans le désert sans nourriture et sans eau, vous aurez gagné le premier des grands prix de ce soir.
Illustrations	A. Éléphant B. Bœuf C. Chameau Découvrez après la pause la réponse que Farrukh juge bonne.

PAUSE PUBLICITAIRE	
Présentateur en studio *Musique dramatique* *Applaudissements des spectateurs* *Rires des spectateurs* *Le chameau gonflable court sur les dunes* *Applaudissements des spectateurs*	Muhammad Jaballah (à l'image) Farrukh, la réponse est-elle A, B ou C ? Bon, prenez votre temps. Concurrent (gros plan) C'est un… Muhammad Jaballah (gros plan) Prenez votre temps, Farrukh, vous ne voulez pas vous tromper pour la première question. Mais donnez-moi la bonne réponse et le premier des fabuleux prix de la soirée est à vous. Concurrent (gros plan) ... Un chameau, non ? Muhammad Jaballah (gros plan) Bravo, Farrukh ! C'est la bonne réponse. C'est un chameau. Muhammad Jaballah (à l'image) Et voilà le premier grand prix de ce soir, Farrukh, vous pourrez l'emporter avec vous à Dugan ce soir, après l'émission.
Image d'un lave-vaisselle à l'écran	Concurrent (à l'image avec le présentateur, se serrant la main) Merci beaucoup, Mr Muhammad, quelle est cette machine ?

	Voix masculine en voix off Farrukh, ce soir vous avez gagné un lave-vaisselle de quatorze couverts, avec six programmes de lavage, cuve inox qualité supérieure, double système d'étanchéité et verrouillage de sûreté pour les enfants. Vous pouvez y mettre de la porcelaine, des verres en cristal, des couteaux à manches de corne, rien ne sera abîmé. Et vous bénéficiez d'une garantie de trois ans, pièces et main-d'œuvre.
Applaudissements en studio	Muhammad Jaballah (à l'image) Un grand bravo à Farrukh. Et accueillons à présent notre deuxième concurrent !

27.

Extrait de l'autobiographie non publiée de Peter Maxwell, *Un skipper à la barre du navire de l'État*

J'ai compris qu'avec mon idée de jeu télévisé, j'avais eu la grâce d'une intuition absolument géniale pour nous doter des moyens de conquérir les cœurs et les esprits des Moyen-Orientaux. Je l'ai donc présentée au gouvernement. Quand je dis « gouvernement », je veux parler des trois ou quatre ministres qui venaient passer leurs vendredis soir dans le Salon Terracotta de Number 10, quand ils n'étaient pas coincés à la Chambre pour une raison ou pour une autre.

Assis autour de Jay, ils débouchaient quelques bouteilles de chardonnay et décidaient de la marche du pays. Il y avait là les habitués : Reginald Brown, le ministre de l'Intérieur ; Davison, qui s'occupait de la Défense à ce moment-là, et le ministre des Affaires étrangères de l'époque, qui n'était pas encore Premier ministre. James Burden, le chancelier de l'Échiquier, était généralement présent aussi.

J'avais déjà dit à Jay que je travaillais sur une idée excitante qui pourrait nous aider à repartir du bon pied. Je voulais la tester sur lui et sur eux, afin d'avoir leurs avis avant de passer à l'élaboration d'un plan détaillé. Jay m'a donc convié à la prochaine séance du vendredi soir. Je savais qu'à vingt heures, ils seraient tous arrivés, ils auraient déjà avalé au moins un verre mais resteraient capables de s'intéresser au sujet que je leur présenterais, comme il m'arrivait de le faire. C'était le meilleur moment pour captiver leur attention. Je suis monté, j'ai frappé à la porte et Jay m'a invité à entrer.

Ils étaient cinq, vautrés sur des fauteuils et des canapés, avec deux bouteilles de vin blanc à moitié vides sur une table basse, entre eux. Jay m'a offert un verre que j'ai accepté mais que je n'ai pas touché. Je boirais plus tard, quand ils me taperaient sur l'épaule en me félicitant pour mon idée.

– Messieurs, ai-je commencé, je vais vous dire comment gagner les cœurs et les esprits des travailleurs ordinaires du Moyen-Orient, sans tirer un seul coup de feu.

Je n'avais pas prévenu Jay de l'objet de mon intervention. Il me faisait confiance : il savait que si j'avais des propositions, elles valaient la peine qu'on les écoute. D'ailleurs, j'assistais souvent à ces séances, même si Jay aimait aussi montrer que je n'y venais qu'à son invitation. Enfin, ils étaient tous assis là, autour de la table ; un peu rouges sous l'effet du vin, ils avaient tombé la veste et desserré les cravates. Ils discutaient déjà du Moyen-Orient quand je suis entré – je tombais plus ou moins à pic.

Commencez par annoncer ce que vous allez dire, dites-le et puis répétez ce que vous venez de dire. Ça a toujours été mon système et ça ne rate jamais. Alors, je leur ai annoncé en gros de quoi j'allais leur parler, je leur ai ensuite résumé ma proposition de création d'une chaîne *Voice of Britain*, et puis j'ai exposé certaines idées que j'avais commencé à développer sur le contenu des programmes. J'ai aussi évoqué le concept d'une nouvelle carte de crédit à usage simplifié, destinée au Moyen-Orient – crédit accordé instantanément à quiconque peut signer un formulaire, avec le soutien de toutes les grandes banques commerciales britanniques et l'aval des Finances, grâce aux capitaux désormais inutilisés pour la Défense. J'ai remarqué que le chancelier et le ministre de la Défense levaient le nez tous les deux et j'ai compris que mon message passait.

Je leur ai parlé des télévisions bon marché qu'on distribuerait dans les pays où nous souhaitions le plus étendre notre influence – des postes réglés sur une seule chaîne, *Voice of Britain* – et du réseau de transmetteurs qui diffuseraient les nouveaux programmes vingt-quatre heures sur vingt-quatre, sept jours sur sept, y compris le sabbat. J'ai ensuite expliqué mon jeu de questions-réponses, l'émission-phare de la chaîne.

J'ai fait ma présentation sans ordinateur portable, sans projecteur digital, sans PowerPoint, sans tableaux ni notes. On m'a souvent dit que je suis au meilleur de ma forme quand je parle sans aucun support et que ça sort droit du cœur. Et ce jour-là, j'ai fait une de mes meilleures prestations. J'ai conclu en ajoutant :

– Le financement d'une campagne de ce type doit être chiffré avec précision et cela reste à déterminer, naturellement. Mais je suis convaincu que ça ne coûterait qu'une fraction de ce que nous dépensons quotidiennement pour les opérations militaires. Et ça rapporterait dix fois, cent fois plus, sur le plan de la communication de nos messages et nos valeurs.

Il y a eu un assez long silence quand j'ai fini. Jay a pris un crayon et en a contemplé la pointe avant de le reposer. Le ministre des Affaires étrangères s'est étiré dans son fauteuil et a examiné le plafond. Le chancelier s'est mis à jouer avec son Blackberry. Et puis Davison a lâché :

– Tu devrais sortir un peu plus, Peter.

Je l'ai regardé fixement. Je n'arrivais pas à croire qu'un homme occupant un tel poste puisse tenir des propos aussi infantiles, même si ce que je savais de Davison avait pu me préparer à une telle éventualité. On aurait dit que les quinze dernières minutes avaient compté pour du beurre.

J'étais à deux doigts de lui lancer une réplique que j'aurais pu regretter quand Jay a relevé les yeux et commenté gentiment :

– Peter, c'est carrément visionnaire, ton truc. Je te reconnais bien là. Mais le concept aurait besoin d'être soigneusement pesé : il soulève des questions religieuses et politiques qui nécessitent un traitement délicat. Et tu as déjà pas mal de pain sur la planche en ce moment, tu n'as pas cessé de bosser dur. Tu devrais lever un peu le pied. Prends peut-être un petit congé. Et puis nous en reparlerons – peut-être. Laisse donc mijoter ces idées un moment. Le ministre de la Culture, des Médias et du Sport devrait être partie prenante du débat. L'Éducation aussi, peut-être. Je leur demanderai à tous deux d'y songer. Pour l'instant cependant, aussi formidable que soit ton idée, nous devons la mettre de côté. Nous nous sommes déjà pas mal engagés dans une voie au Moyen-Orient et il serait difficile de la modifier beaucoup sans que les gens commencent à s'interroger sur notre choix initial.

Je me suis aperçu que j'avais les yeux humides quand Jay a cessé de parler, j'ignore pourquoi. Je me suis levé, je suis allé vers le coin des bouteilles et je me suis versé un verre d'eau, le dos tourné à la table, après quoi j'ai profité qu'on ne me voyait pas de face pour essuyer mes larmes. Je me sentais rejeté. J'avais le sentiment que ma vision avait été si claire, si parfaite, si créative. Pourquoi personne ne se rendait compte que c'était la route à suivre ? Le ministre des Affaires étrangères a pris la parole :

– Peter n'a cependant pas tort, Patron. Nous avons peut-être un ensemble d'excellentes politiques au Moyen-Orient, que j'ai d'ailleurs toujours appuyées et soutenues au maximum, tu le sais bien. D'autant qu'à terme nous réussirons, c'est sûr. D'un autre côté, on sait aussi que l'islam militant perd du terrain et que des sociétés de consommation démocratiques commencent à remplacer les vieilles théocraties. Les prix de l'immobilier ont recommencé à grimper à Fallujah. Et à Gaza. Ce sont des trucs terriblement intéressants qui confirment certains aspects de l'exposé de Peter.

Je lui ai adressé un sourire reconnaissant. Une larme a roulé sur ma joue. Personne n'a paru le remarquer.

– Nous devons reconnaître que certains de nos électeurs ont le sentiment que nous ne réussissons pas assez vite, a-t-il enchaîné. Ces images du crash de l'hélicoptère à Dharhan la semaine dernière… Les incendies criminels au centre commercial du Bull Ring à Birmingham. Les récentes explosions en Iran, dont tout le monde semble savoir que c'était nous…

– Les fuites ne sont pas venues de mon ministère ! a protesté Davison.

– N'empêche ! Il y a eu un beau paquet d'événements négatifs. Sans compter ces missionnaires baptistes américains à Basra, qui essayaient de convertir les gens en leur offrant cent dollars par tête. Ça n'a pas été bien perçu ici, et je ne parle pas des dégâts qu'ils auraient pu faire côté relations publiques, s'ils n'avaient pas été kidnappés et exécutés. C'est vrai, on a besoin d'une autre approche. Pas pour remplacer ce que nous faisons, mais en parallèle. Il faut changer cette impression, de plus en plus répandue dans notre propre public, que nous traitons le monde musulman avec mépris et indifférence.

Le patron avait l'air songeur. Un silence a plané pendant que nous attendions tous qu'il réagisse. Il m'a alors regardé :

– Peter, et cette histoire de projet Saumon ? Au Yémen ?

J'ai hoché la tête. Je ne me sentais pas encore capable de parler. Et puis j'ai dégluti et j'ai répondu :

– Nous avons un peu fait marche arrière sur cette affaire-là, souviens-toi.

– Bon, a enchaîné le patron, tu vas devoir reconsidérer cette décision. Là, je ne suis pas sûr que tu aies choisi la bonne option, Peter. Je tenais à ce projet, j'aimerais bien qu'il aboutisse.

Il était inutile de lui rappeler qu'à peine quelques semaines plus tôt, dans cette même pièce, il m'avait passé un savon devant plus ou moins le même auditoire, parce que j'avais dîné avec le cheik et que je m'étais associé de trop près au projet. Le patron avait eu raison ce jour-là, comme il avait encore raison aujourd'hui. C'est bien pour cela qu'il était le patron...

– Oui, patron. Je m'en occupe illico. Je vais nous remettre en selle.

28.

Signes de crise matrimoniale entre Dr Jones et Madame

De : Fred.jones@fitzharris.com
Date : 12 décembre
À : Mary.jones@interfinance.org
Sujet : Absence

Ma très chère Mary,
Comment vas-tu ? Excuse-moi de ne pas avoir été en contact avec toi, mais je viens de passer plusieurs semaines dans un endroit reculé du Yémen, où il n'y avait le plus souvent pas d'accès à Internet.
Depuis mon retour, j'ai été très occupé à me remettre dans le bain. Aussi, il est arrivé quelque chose d'épouvantable à une collègue, ce qui a plutôt perturbé l'ordinaire, c'est le moins qu'on puisse dire. Tu comprendras pourquoi tu es restée sans nouvelles de moi depuis un moment, je le sais. J'espère que tu vas bien, le moral aussi, et que le boulot marche bien.

Fais-moi signe et dis-moi comment tu vas.
Affectueusement,
Fred

De : Mary.jones@interfinance.org
Date : 12 décembre
À : Fred.jones@fitzharris.com
Sujet : Re : Absence

Eh bien ! Je croyais que tu m'avais oubliée.
Ne me raconte pas que, même au Yémen, on ne peut pas faire un saut dans un café Internet et envoyer un petit courriel. Je ne peux tout simplement pas croire que, de nos jours, on puisse encore aller quelque part et être coupé de tout.
Puisque tu me le demandes, je vais bien. J'ai un peu maigri car j'ai tendance à oublier de manger, du fait de vivre seule. As-tu remarqué ça, toi aussi ? Ou bien peut-être es-tu tout le temps avec Ms Chetwode-Talbot et ton ami le cheik. J'imagine que tu dois mener la grande vie en si éminente compagnie et faire des repas gastronomiques deux fois par jour.
Mon boulot marche très bien, merci de te souvenir de me poser la question. On apprécie ce que j'apporte à la succursale de Genève, et le travail que j'ai abattu ces derniers mois a commencé à payer. C'est gratifiant de voir le résultat de ses efforts et l'estime qu'ils vous valent. Je dois monter à Londres dans un assez proche avenir pour une réunion de synthèse au siège social européen, et il y a de la promotion dans l'air. Je ne doute pas que ma visite nous donnera l'occasion de nous voir et de passer un peu

de temps ensemble. Je pense qu'il est important que nous discutions sérieusement de notre vie commune et de notre avenir.
Je te tiendrai au courant de mes projets, dès que j'aurai des dates sûres pour ma visite.
Mary
PS : Tu ne parles pas du tout du projet Saumon. As-tu finalement compris à quel point cette idée était irrationnelle ? Je me suis toujours demandé comment tu avais pu te laisser embarquer là-dedans. J'aurais cru que ta formation scientifique t'interdirait de te laisser entraîner dans une aventure pareille. L'élasticité des principes des uns et des autres ne cesse de me surprendre, mais je m'étonne que toi, tu aies été si prompt à accepter le compromis. Quand on me demande ce que tu fais, ce qui arrive parfois, parce que je suis encore relativement nouvelle ici, je ne sais pas quoi répondre. J'ai un jour avoué à quelqu'un (heureusement pas une personne de la maison !) que tu étais payé pour introduire des saumons au Yémen et elle a hurlé de rire pendant cinq minutes. Elle n'a jamais voulu croire que je ne plaisantais pas.
Comme tu le sais, je trouve les blagues et les facéties puériles et je n'ai pas pour habitude de me laisser aller à les pratiquer. Alors, si des collègues m'interrogent sur ton travail ou si je dois fournir l'information au service des Ressources humaines, je me contente de répondre que tu es un scientifique des pêches, un point c'est tout. Et comment je fais pour expliquer que tu travailles pour un agent immobilier ?

De : Fred.jones@fitzharris.com
Date : 13 décembre
À : Mary.jones@interfinance.org
Sujet : Projet Saumon

Mary,
Merci de t'être enquise de mon travail au Yémen, même si j'ai trouvé certaines de tes remarques un peu négatives. On dirait presque que tu mets mon intégrité scientifique en question, même si telle n'était pas ton intention, j'en suis sûr.
Enfin, puisque tu m'interroges à ce sujet, permets-moi de te rassurer : le projet Saumon du Yémen va marcher. Nous ne verrons peut-être pas le jour où des pêcheurs yéménites attraperont des saumons à la mouche au moment de la montaison dans le Wadi Aleyn, bien que cela même soit loin d'être impossible, mais nous verrons en tout cas des saumons remonter le Wadi Aleyn. Et je crois qu'il y a un maximum de chances pour qu'ils le remontent sur toute sa longueur et que certains réussissent à frayer dans le cours supérieur de la rivière, avant que les eaux baissent. Mais qu'adviendra-t-il ensuite ? Impossible de le prédire.
Des alevins seront-ils effectivement produits dans les lits de gravier qui se trouvent à l'amont du *wadi*, et certains survivront-ils assez longtemps pour descendre vers l'aval avant l'évaporation des eaux ? Probablement pas. Nous parviendrons à attraper des poissons femelles pour prélever leurs œufs et élever des alevins de saumon dans des conditions plus maîtrisables dans le petit incubateur expérimental que nous avons construit le long du Vivier numéro 1. Oui, je crois que nous pourrions y parvenir.
Si des saumons vivants redescendent vers l'aval du *wadi*,

pourrons-nous en capturer suffisamment pour renouveler la population du Vivier numéro 2 (dans lequel on aura mis du sel pour imiter la salinité de l'eau de mer) ? Le temps seul le dira.

Si nous parvenons à leurrer le saumon, de façon à lui donner envie de remonter vers l'amont pour suivre l'odeur de l'eau douce ; et si nous pouvons ensuite le leurrer encore, de telle sorte qu'il descende vers l'aval pour humer l'eau salée du Vivier numéro 2 et entrer dans le piège à saumons, nous aurons accompli un miracle scientifique. Et j'utilise le mot « miracle », car c'est ainsi que l'envisage le cheik : une réussite scientifique qui se matérialisera grâce à l'inspiration et à l'intervention divines. Je ne suis pas si sûr que j'aurai envie de le contredire, le jour où, finalement, ça arrivera.

Je me réjouis à la pensée de t'en dire davantage quand nous nous verrons et je suis ravi que tu puisses trouver du temps pour venir voir ton mari, malgré ton emploi du temps très serré. Merci de me prévenir aussi à l'avance que possible, car je voyage énormément en ce moment, entre Londres, l'Écosse et le Yémen.

Fred.

PS : Tes remarques à propos de mon mode de vie prétendument extravagant m'incitent à expliquer que le cheik vit bien mais simplement. Chez lui, nous dînions ensemble tous les soirs, le cheik, Harriet Chetwode-Talbot et moi. On mangeait bien, le genre de cuisine arabe saine qui ne vous engraisse pas. Pendant la journée, on se débrouillait, Harriet et moi, avec de copieuses rasades d'eau et des fruits pour tenir le rythme de nos nombreuses activités.

De : Mary.jones@interfinance.org
Date : 14 décembre
À : Fred.jones@fitzharris.com
Sujet : (pas de sujet)

Fred,
As-tu une liaison avec Harriet Chetwode-Talbot ? J'aimerais savoir où j'en suis.
Mary

De : Fred.jones@fitzharris.com
Date : 14 décembre
À : Mary.jones@interfinance.org
Sujet : Harriet

Mary,
Tu ne poserais pas une question aussi indélicate si tu étais au courant de la situation. Harriet Chetwode-Talbot est fiancée, ou plutôt elle l'était, à un militaire du nom de Robert Matthews. Tu as peut-être lu des articles de presse sur lui. Pour résumer une longue histoire, quand Harriet a quitté les montagnes du Heraz (où, comme moi, elle n'avait eu pratiquement aucun accès à Internet ou à toute autre forme de communication avec le Royaume-Uni), elle a trouvé de terribles nouvelles qui l'attendaient à Sanaa, la capitale du Yémen. Un paquet de messages qui n'avaient pas suivi jusqu'à al-Shisr, le village où nous avons séjourné ces dernières semaines. L'épouvantable nouvelle étant que son fiancé avait « disparu au combat » et était présumé mort. Elle a évidemment pris le premier avion pour la Grande-Bretagne pour voir les parents de

Robert et, de là, elle a rejoint la maison de ses parents où elle se trouve actuellement. La pauvre fille est, paraît-il, malade de chagrin et à peine capable d'articuler une parole. Sans parler d'autre chose.
Cela répond à ta question ?

De : Mary.jones@interfinance.org
Date : 14 décembre
À : Fred.jones@fitzharris.com
Sujet : Re : Harriet

Non.

De : Fred.jones@fitzharris.com
Date : 14 décembre
À : Harriet.ct@fitzharris.com
Sujet : Condoléances

Je tiens juste à vous redire à quel point je suis navré, et toute la peine que j'ai eue pour vous quand vous avez appris la nouvelle pour Robert. Je sais que vous étiez malade d'inquiétude et puis, juste avant de quitter al-Shirs pour descendre à Sanaa, vous m'avez confié votre impression que, vous ne saviez comment, Robert était hors de danger.
Quel coup amer cela a donc dû être pour vous de recevoir de telles nouvelles. C'est presque pire qu'il soit « disparu » et que vous ne sachiez pas avec certitude quel est son sort. Mais, comme vous le dites, le pire est presque certain et

je suppose que le ministère de la Défense ou son régiment ne le confirmeront que trop tôt. Il faudra être courageuse le moment venu. Et vous ne devez pas hésiter à vous tourner vers vos amis pour trouver le réconfort et l'aide qu'ils vous offriront, dans la modeste mesure de leurs moyens. J'espère que vous relevez votre courrier électronique à la maison, et que la semaine de repos et la présence de vos parents vous apportent du réconfort et une force renouvelée. Je tiens seulement à ce que vous sachiez que, s'il y a quoi que ce soit que je puisse faire pour vous aider, maintenant ou plus tard, il suffit de le dire. J'ai une très haute opinion de vous, Harriet. Vous n'êtes pas seulement une collègue précieuse mais aussi maintenant une amie chère. Plus qu'une amie, quelqu'un qui compte beaucoup pour moi. Mes pensées vous accompagnent.
Avec mes souhaits les plus chaleureux,
Fred

De : Harriet.ct@fitzharris.com
Date : 16 décembre
À : Fred.jones@fitzharris.com
Sujet : Re : Condoléances

Fred,
Merci de votre gentil courriel. Ça fait tant de bien d'avoir des nouvelles de mes amis, mais rien ne peut ramener Robert. J'avais toujours cru qu'avoir le cœur brisé, c'était bon pour les personnages de roman, que ce n'était qu'une formule. Mais c'est exactement ce que je ressens : une douleur dans le cœur qui me ronge jour et nuit.

Je ne peux ni dormir ni manger. Je pleure sans arrêt. Je sais que je suis lamentable, mais je n'y peux rien. Je sais que des milliers d'autres gens subissent, ou ont subi, ce que j'endure aujourd'hui, mais ça ne change pas grand-chose à mon deuil personnel.

Je vous avais parlé, vous vous en souvenez, de ce sentiment que j'avais que Robert était hors de danger, de cette sensation de soulagement ou de libération que j'avais éprouvée le lendemain du jour où nous avons remonté le Wadi Aleyn ensemble pour la première fois. Robert était bel et bien hors de danger à ce moment-là, à jamais hors de danger, en sécurité pour toujours, puisque c'est ce même jour qu'il est mort !

Les gens du ministère de la Défense m'ont contactée hier. Ils confirment l'heure de sa mort et se bornent à déclarer que c'est arrivé pendant « des opérations anti-insurgés en Irak oriental. Tué par un feu ennemi, dans l'exercice de son devoir et en même temps que le reste de son unité ». Rien de plus. C'est tout ce que je saurai jamais des circonstances de la mort de Robert. Une vingtaine de mots, voilà tout le commentaire du ministère de la Défense sur la vie de Robert, ses dix ans de service dans les Marines et sa mort.

Je vais me ressaisir et reprendre le travail la semaine prochaine. C'est ma meilleure chance de m'en remettre. Même si, pour le moment, je ne sois pas sûre de m'en remettre jamais. Mais je sais que vous et mes amis m'aiderez à essayer.

Affections,

Harriet

De : Harriet.ct@fitzharris.com
Date : 14 décembre
À : Familysupportgroup@gov.uk
Sujet : Captain Robert Matthews

Pourrait-on m'indiquer comment obtenir davantage d'informations de la part du ministère de la Défense ? J'étais fiancée au capitaine Robert Matthews qui a été déclaré « disparu au combat » lors de l'Opération Telic 2, comme il est indiqué sur le site web du 21 novembre. Le ministère a refusé de me donner davantage de renseignements. J'aimerais en savoir plus sur les circonstances de sa mort – où est-il mort, dans le cadre de quelle mission ? Je ne crois pas qu'on me dise toute la vérité là-dessus et j'estime que nous avons le droit de savoir, la famille de Robert et moi-même.
Harriet Chetwode-Talbot

De : Familysupportgroup@gov.uk
Date : 21 décembre
À : Harriet.ct@fitzharris.com
Sujet : Re : Capitaine Robert Matthews

Chère Ms Chetwode-Talbot,
Nous ne sommes pas en mesure de vous aider à trouver la réponse à vos questions, car nous dépendons du ministère de la Défense qui nous fournit les informations du genre de celles que vous recherchez. Comme le capitaine Matthews était en service opérationnel dans une zone classée danger maximum, le ministère s'est réservé le droit de décider des informations qu'il juge bon ou inopportun

de transmettre, sur la base de considérations de sécurité. Nous ne pouvons vous aider davantage sur ce plan. Néanmoins, conscients du stress que cela vous occasionne, nous vous suggérons de prendre contact avec un nouveau service que le ministère a récemment créé à Grimsby, en complément du nôtre.
Les coordonnées sont les suivantes :
Centre de gestion du deuil, tél : 0800 400 8000
Deuil@Grimsby.com

De : Harriet.ct@fitzharris.com
Date : 21 décembre
À : Deuil@Grimsby.com
Sujet : Capitaine Robert Matthews

Je m'appelle Harriet Chetwode-Talbot et j'étais fiancée à un officier d'active, le capitaine Robert Matthews, qui a récemment été mis sur la liste « Disparu au combat » du site Internet d'Opération Telic 2. Pouvez-vous m'aider, s'il vous plaît. J'ai désespérément besoin de savoir :

- comment il est mort
- où il est mort
- pourquoi il est mort

Peut-on me contacter aussi vite que possible ?

De : Deuil@Grimsby.com
Date : 3 janvier
À : Harriet.ct@fitzharris.com
Sujet : Capitaine Robert Matthews

Vu l'importance du volume des questions et les contraintes budgétaires actuelles du ministère de la

Défense, cette opération a récemment été délocalisée à Hyderabad, Inde. Appelez-nous au 0800 400 8000 et vous serez accueilli par un de nos conseillers spécialement formés. Tout notre personnel est titulaire du CAP de Conseiller en gestion du Deuil (homologué norme nationale GB) ou d'un équivalent local de cette qualification. Cette opération ayant été récemment délocalisée, vous constaterez peut-être des difficultés linguistiques chez nos conseillers les plus nouveaux dans le service. Nous vous prions de bien vouloir être patient, ils s'efforcent de faire de leur mieux pour vous aider.

Tous les appels seront enregistrés à des fins de formation et de contrôle de qualité. Ce service de conseil est entièrement gratuit, mais les appels coûtent 50 pence la minute.

29.

Entretien avec Dr Jones : le dîner au Ritz

Enquêteur : Quand avez-vous vu le cheik en Grande-Bretagne pour la dernière fois ?

Dr Alfred Jones : Je l'ai vu à Londres dans un hôtel, début juillet. Nous avons dîné ensemble et Harriet s'est jointe à nous.

E : Quel était le but de ce dîner ? Mr Peter Maxwell était-il présent ?

AJ : Non. Peter Maxwell n'était pas là, mais je l'avais vu dans la journée. C'était quelques jours avant que je ne reparte pour le Yémen pour lancer la phase finale du projet. Le cheik avait aussi invité Harriet à dîner. Je n'étais encore jamais allé au Ritz. Une belle salle élégante, avec de grandes tables rondes bien espacées. Je suis arrivé le premier, naturellement – je suis toujours en avance pour le train, l'avion, les dîners. J'ai passé dix minutes à contempler les convives des autres tables, avec leurs costumes hors de prix et leurs robes chic. Avez-vous déjà dîné au Ritz ?

E : Non, jamais.

AJ : Si cela vous arrive un jour, vous comprendrez ce que je ressentais, même dans mon plus beau costume – plutôt miteux ! –, et j'ai été content de voir arriver le cheik en robes blanches comme d'habitude, suivi d'un maître d'hôtel déférent.

– Bonsoir, Dr Alfred ! m'a lancé le cheik et je me suis levé pour le saluer. Vous êtes en avance. Vous devez avoir faim. Bien !

Il s'est assis sur la chaise que le maître d'hôtel avait tirée à son intention et il a commandé un whisky and soda pour lui et une coupe de champagne pour moi. Je me rappelle qu'il s'est tourné vers moi pour m'informer que la cuisine était excellente. J'ai répondu que je n'en doutais pas et le cheik a confirmé d'un hochement de tête avant d'ajouter :

– Elle est bonne, je le sais. Le chef a travaillé chez moi à Londres et à Glen Tulloch avant de venir officier ici ; je crois qu'il s'ennuyait à cuisiner pour une seule personne et, naturellement, il passait des semaines seul quand je repartais au Yémen ou ailleurs. J'ai compris qu'il accepte le poste qu'on lui offrait ici, où je peux continuer à venir savourer sa cuisine, naturellement. Ce que je fais souvent.

Les apéritifs sont arrivés en même temps qu'Harriet. Je ne l'avais pas revue depuis des semaines. Elle était retournée chez Fitzharris & Price mais n'avait pas tardé à sombrer dans un état proche d'une dépression nerveuse. Elle passait maintenant le plus clair de son temps chez ses parents et travaillait sur son ordinateur portable dans le bureau de son père. J'ai tout de suite été frappé de la voir si pâle et amaigrie. Et puis elle nous a souri et son sourire m'a noué la gorge. Elle était toujours aussi jolie, en dépit de son air épuisé. Une grande vague de pitié teintée de désir m'a submergé. Je me rappelle avoir pensé : « Désir ? Mais j'ai quinze ans de plus qu'elle, pour l'amour du ciel ! »

– On dirait que vous avez pris un bon départ, a-t-elle relevé en regardant mon verre. Oui, la même chose pour moi s'il vous plaît, si c'est bien ce que je crois.

– Un Krug '85, a murmuré le sommelier qui nous avait servi nos apéritifs et qui attendait la suite. Son Excellence n'en veut jamais d'autre.

– J'ignorais qu'il en existait d'autres ! a lancé le cheik qui nous a souri.

Et puis, on nous a distribué les menus. Les commandes prises, le cheik a levé son verre et déclaré :

– Un toast ! À mes amis, Dr Alfred et Harriet Chetwode-Talbot qui ont travaillé sans relâche, au mépris de toutes les difficultés, petites ou grandes – certaines ont été immenses pour vous, Harriet Chetwode-Talbot, oh oui ! –, et qui ont réussi contre toute probabilité à mener mon projet au point où il en est aujourd'hui.

Il a levé son verre et bu à notre santé. J'ai vu des convives aux tables voisines regarder le spectacle inhabituel – quoique peut-être pas inconnu en ces lieux – d'un cheik buvant une gorgée de whisky and soda. Ces regards – les a-t-il remarqués ? – n'ont eu aucun effet sur lui.

À mon tour, j'ai levé mon verre et proposé un toast :

– Au projet, Cheik Muhammad, à son lancement réussi, à son bel avenir et à la vision qui l'a inspiré !

Harriet et moi avons bu à la santé du cheik qui a incliné la tête et souri à nouveau :

– Au projet !

C'était notre dîner de fête. Le cheik l'avait suggéré quelques jours plus tôt, après une réunion de synthèse du projet dans le bureau d'Harriet. Maintenant, tout était prêt. J'étais allé faire une dernière tournée d'inspection en juin. Les viviers étaient terminés, ainsi que les canaux les reliant au Wadi Aleyn. On avait pompé de l'eau dans l'aquifère et on en avait rempli les réservoirs pour vérifier l'étanchéité. On avait essayé les vannes. Le matériel d'oxygénation qui devait maintenir les saumons en vie quand la température s'élèverait fonctionnait. Les échangeurs de chaleur conçus pour rafraîchir l'eau des bassins quand le soleil tapait dessus marchaient aussi. L'ensemble de l'équipement avait été amplement vérifié et re-vérifié. Nous avions testé cent fois les modèles numérisés sur ordinateur. Rien n'avait été laissé au hasard, hormis le formidable hasard du projet lui-même.

Le *wadi* aussi avait été remodelé par des travaux d'ingénierie. Des rampes permettaient aux poissons de passer aux endroits où de gros rochers auraient pu les en empêcher. Un chemin nivelé courait le long du *wadi* pour permettre aux spectateurs et aux pêcheurs de s'approcher sans danger quand la rivière serait pleine. On avait construit des plates-formes de béton tous les cinquante mètres, pour permettre aux pêcheurs qui ne voulaient pas entrer dans l'eau de lancer leurs mouches malgré tout.

Le matériel avait été expédié à al-Shisr par caisses entières. Des douzaines de cannes à pêche étaient entassées dans une salle du palais du cheik : des cannes de quatre mètres cinquante, de trois mètres soixante et deux mètres soixante-dix. Des rouleaux de soie flottante et de soie plongeante, des scions plongeants et des empiles en tout genre; des quantités de boîtes de mouches de toutes les couleurs, de toutes les tailles et de toutes les formes. La gamme complète des mouches connues pour être efficaces dans toutes les rivières à saumons possibles et imaginables, de la Spey à la Vistule, de l'Oykel à la Poinoi, car personne ne savait vraiment à quelle mouche mordrait un saumon au Yémen. Le cheik, je le sais, se réjouissait à l'idée de passer de belles heures à expérimenter.

Les hommes de la garde d'honneur du cheik étaient rentrés au Yémen après la formation aux arts de la pêche à la mouche dispensée par Colin McPherson. Ils allaient être équipés de cannes et de tout le matériel de pêche, et encouragés à garder la main jusqu'au grand jour. Ils avaient pour ordre de se trouver un coin de désert plat pour pratiquer le *Spey cast* une heure par jour. Et tous les gardes sans exception rivalisaient de zèle dans l'espoir d'être le premier à pêcher un saumon dans le Wadi Aleyn (et dans le monde islamique, par-dessus le marché!). Le cheik avait déjà annoncé que le premier à prendre un poisson se verrait octroyer des privilèges et des richesses au-delà de ses rêves les plus fous, de quoi satisfaire ses besoins pour le restant de ses jours, les jours de ses enfants et ceux des enfants de ses enfants.

La semaine précédente, l'équipe d'ingénieurs du projet avait annoncé la fin du chantier : on « pouvait y aller », avaient-ils dit. Je comptais maintenant sur le calendrier les jours qui nous séparaient du grand moment. Je devais m'envoler pour le Yémen deux jours après le dîner de ce soir-là, pour procéder aux ultimes vérifications et attendre l'arrivée du cheik, qui serait suivie de celle du Premier ministre et de son entourage.

E : Parlez-nous du rôle qu'a joué le Premier ministre.

AJ : Je vous ai déjà expliqué comment fonctionne ma mémoire : laissez-moi vous raconter les événements tels qu'ils se sont déroulés. Je m'efforce de coopérer. Vous nous faciliteriez la tâche, à vous et à moi, si vous ne m'interrompiez pas à tout bout de champ.

Pause de quelques minutes pendant lesquelles le témoin a refusé de parler. Et puis il a repris.

Je ne doutais plus du tout du succès du projet. J'étais persuadé que ça marcherait. Ce serait un grand moment, porteur d'une mutation dans l'histoire de la science des pêches, dans l'histoire de l'espèce *Salmon salar*, dans l'histoire du Yémen, je le croyais. Mais j'étais avant tout convaincu qu'il allait transformer ma propre vie.

J'étais déjà une tout autre personne que l'Alfred Jones qui s'était attelé à ce projet plus d'un an auparavant. Un homme qui tenait alors pour sa plus grande réussite un article sur les larves de mouches caddis, qu'il espérait voir publier dans *Trout & Salmon* – ce qui n'était pas encore arrivé. Un homme pris au piège d'un couple sans amour – car c'était le cas, je m'en rendais compte à présent –, et qui acceptait docilement son sort, sans se poser de question. Car j'ignorais alors ce qu'était l'amour. Aujourd'hui, je n'en savais peut-être pas beaucoup plus long sur l'amour, mais je comprenais au moins que je ne l'avais jamais connu jusque-là.

Et d'autres changements s'opéraient en moi.

On nous a servi les entrées et j'ai demandé, pendant qu'on les dégustait, comment il se faisait que le cheik avait appris à pêcher. Pour une raison ou pour une autre, je n'avais jamais eu l'occasion de lui poser la question.

– Il y a de nombreuses années, mon ami Cheik Makhtoum, souverain de Dubaï, m'avait invité à l'accompagner à la chasse dans le nord de l'Angleterre. Il possédait là une immense propriété où abondait la grouse, et j'avais déjà chassé la grouse des sables chez moi, au Yémen. Je dois avouer que je suis un excellent tireur, ou du moins le croyais-je. Mais arrivé là-bas, j'ai découvert qu'au lieu de traquer la grouse à pied ou dans des véhicules, nous étions censés rester immobiles et attendre qu'elle vienne à nos fusils. C'était une tout autre affaire. Nous avons attendu, attendu et, juste au moment où j'avais renoncé à l'espoir d'apercevoir un jour une grouse, il en est passé une véritable nuée, juste à côté de nous. Et ces petits oiseaux bruns volaient si vite qu'il m'a fallu longtemps avant d'arriver à en tuer un. J'avais terriblement honte car, au Yémen, je passe pour un excellent fusil.

» Makhtoum m'a alors dit : « Si tu trouves ça si difficile, tu devrais essayer la pêche au saumon ! Comme ça, tu auras goûté à tous ces étranges sports britanniques et tu t'accorderas avec moi à les trouver merveilleux ! » Le lendemain donc, à un moment où nous ne chassions pas, je suis allé au bord d'une rivière voisine avec un homme qui m'a montré où se tenaient les saumons. Il m'a appris les rudiments du lancer et, ensuite, j'ai pêché. Je n'ai rien attrapé ce jour-là mais quand je suis rentré en fin de journée, fourbu, trempé et transi, j'ai compris que plus aucun autre sport ne comptait pour moi. C'était à quoi je voulais occuper chaque minute de loisir que Dieu m'accordait.

» Quand je suis reparti à la fin de mon séjour, l'homme est venu avec moi. Je lui ai proposé une belle somme pour qu'il m'accompagne mais, au bout du compte, il m'a suivi parce qu'il s'est rendu compte que je vouais au poisson un amour aussi grand que le sien. Et cet homme-là s'appelait Colin McPherson.

» Mon ami Makhtoum ne m'a pas réinvité à chasser la grouse, mais j'espère qu'il m'a pardonné de lui avoir pris son *gillie*.

Harriet et moi avons ri. Le garçon a débarrassé et a servi levin, sauf au cheik qui boit toujours de l'eau aux repas.

– Eh bien, à vous de me rendre la pareille, Dr Alfred : dites-moi quand vous avez appris à pêcher et avec qui. Avec l'orgueil qui me caractérise, je me prends maintenant aussi pour un bon pêcheur, Dieu me pardonne, mais quand je vous vois lancer, je pense que vous êtes plus fort que moi.

J'ai rougi et murmuré une protestation.

– Non, non, ne soyez pas embarrassé, a répondu le cheik. Nous sommes tous deux de vrais pêcheurs au saumon et toute autre comparaison est sans importance. Mais racontez-moi comment vous êtes venu à la pêche, et Harriet Chetwode-Talbot l'apprendra du même coup.

Je lui ai alors parlé de mon père qui était professeur dans les Midlands. Il n'y avait pas de saumon dans un rayon de plus de cent cinquante kilomètres de chez nous, mais il m'emmenait en Écosse chaque été. C'était ma tante qui s'occupait de moi la plupart du temps, parce que ma mère était morte quand j'étais jeune et mon père n'avait guère de temps à me consacrer pendant l'année scolaire mais, aux vacances d'été, on montait en Écosse, mon père et moi, et on pêchait dans les petites rivières à crue du Nord, dans le Flow Country[1] ou sur la côte ouest. À l'époque, ça ne coûtait pas trop cher d'acheter un permis de pêche d'une semaine pour deux personnes. Nous allions parfois dans les estuaires des grandes rivières où l'on pouvait acheter un ticket donnant le droit de pêcher pour la journée. On louait un *bothy*, une petite hutte où on dormait, on ramassait du bois pour le feu et, quand on avait pris du poisson, mon père me montrait comment le vider et le cuire. Toute une expérience, et j'ai fini par avoir ça dans le sang. Quand je repense à ces longues soirées d'été tout au Nord, avec juste ce qu'il faut de brise pour éloigner les moucherons piqueurs, elles m'apparaissent comme les moments les plus heureux de ma vie.

J'ai marqué une pause, craignant de trop parler, mais le cheik et Harriet me regardaient avec la plus grande attention. Je me suis rendu compte qu'ils voyaient eux aussi les images que j'avais dans ma tête, aussi clairement qu'on peut jamais entrevoir ce qui se trouve dans l'esprit d'autrui. Un gamin de douze ou treize ans sur la plage de galets d'un large cours d'eau qui vire à l'or et à l'argent sous l'embrasement du couchant, avec derrière lui le *bothy* d'où monte la fumée d'un feu de bois. Il lève sa canne à la verticale et la soie s'envole derrière sa tête. Une pause, une torsion vive du poignet, et la canne envoie la ligne vers la rivière où elle atterrit avec une légèreté de plume sur l'eau, dans l'ombre de la rive opposée.

1. Nom des deux comtés formant la pointe nord de l'Écosse, Sutherland et Caithness, vaste zone marécageuse qui comprend la plus grande couverture tourbeuse d'Europe (près de 4 000 km^2), riche réserve naturelle de plantes et d'insectes, et frayère pour les saumons de l'Atlantique. La région a demandé à l'Unesco son classement au Patrimoine mondial.

J'avais souvenir des collines au loin, du cri éraillé des courlis et des huîtriers-pies venus de l'estuaire voisin. Du sentiment de calme et de plénitude qui m'emplissait le cœur en voyant la mouche se poser parfaitement, et de l'ondoiement du poisson qui marsouinait*.

Le plat suivant est arrivé et a rompu le charme.

– Et c'est votre père qui vous a appris ? a demandé Harriet.

– Oh oui ! Enfant, il avait pêché la truite de mer au Pays de Galles, il savait tout là-dessus. C'était un véritable expert, un bien meilleur pêcheur que je ne le serai jamais. Il m'a aussi appris la « Comptine du pêcheur ».

– Qu'est-ce que la « Comptine du pêcheur » ? s'est enquis le cheik. Je n'en ai jamais entendu parler.

– C'est la petite rengaine que chaque pêcheur se chantonne avant de quitter la maison, pour être sûr de ne rien oublier d'essentiel. Vous voulez l'entendre ?

– Naturellement ! J'y compte bien, répondit le cheik.

J'ai jeté un bref regard d'excuse à Harriet avant de m'exécuter :

– *Rod, reel / Flask, creel / Net, fly book / And lunch* (Canne, moulinet / Thermos, panier / Épuisette, mouches / Et casse-croûte.)

Ils ont éclaté de rire tous les deux et le cheik a voulu que je répète la comptine. Harriet a ensuite demandé :

– Que s'est-il passé lors de la rencontre avec l'odieux Peter Maxwell ? Vous ne me l'avez pas raconté. Pardon, Cheik Muhammad, mais il est vraiment odieux, bien que vous soyez trop poli, je le sais, pour jamais le reconnaître.

E : Eh bien, parlez-nous maintenant de votre rencontre avec Peter Maxwell, voulez-vous ?

AJ : Elle avait eu lieu un peu plus tôt ce même jour, comme je vous l'ai déjà dit. C'était début juillet, je ne me souviens plus de la date. Je suis allé à Downing Street et on m'a introduit dans son bureau après une très brève attente, chose inhabituelle avec lui. À ma grande surprise, il ne portait pas son habituel costume bleu foncé, mais une saharienne sur une chemise à col ouvert, un pantalon de coton kaki et des pataugas. Il s'est levé et m'a serré la main en m'accueillant comme un vieil ami.

– Voilà ma tenue de désert, m'a-t-il expliqué en indiquant sa saharienne. Qu'en pensez-vous ?

– Parfait, l'ai-je assuré.

– Savez-vous, a enchaîné Peter Maxwell en me conduisant vers un fauteuil, qu'il y a quatre millions de pêcheurs dans ce pays ? Quatre millions !

– Non, je l'ignorais, ai-je répondu en m'asseyant et en prenant la tasse de café qu'il me tendait, mais le chiffre ne m'étonne pas particulièrement. Il doit être à peu près juste.

– Vous savez combien de gens ont la carte de notre parti dans ce pays ? a-t-il lancé, levant aussitôt la main pour m'empêcher d'avancer une estimation (de toute façon, je ne m'intéresse pas à la politique et je n'aurais pas su). Moins d'un demi-million ! m'a-t-il informé. Ça fait donc plus de dix pêcheurs à la ligne pour chaque inscrit au parti. Eh bien, voilà qui donne une tout autre coloration au projet, n'est-ce pas ? *N'est-ce pas ?*

– Je ne sais pas, ai-je lâché. Je suis un peu lent à saisir les idées politiques.

Maxwell semblait très excité :

– Vous – lent ? Ah non, pas vous. C'est moi, qui l'ai été ! Vous, Fred, vous avez fait un super boulot. Il y a quelques mois, personne n'aurait misé un penny sur la réussite du projet Saumon du Yémen. Et grâce à vous, je ne pense pas que beaucoup de gens parieraient contre aujourd'hui. C'est pourquoi je suis si enthousiasmé par ce qui arrive. Vous savez, si vous n'êtes pas anobli par la reine après tout ça, j'aimerais savoir à quoi sert le système des nominations à la pairie ! Sans compter que le président du Comité de recommandation des candidatures est un de mes vieux, vieux amis. Non, la seule personne qui n'a pas fait son boulot aussi bien qu'il aurait dû, c'est moi. Moi, Peter Maxwell, qui suis censé saisir les implications politiques de chaque nouvelle. Comment ai-je pu passer à côté de ça jusqu'à maintenant ? Comment ai-je donc pu ? a-t-il répété en se frappant le front avec la paume de la main, le geste assez théâtral.

» Dieu merci, il n'est pas trop tard ! Et moi qui croyais que la véritable cible du projet était tous ces quidams qui ne sont pas d'accord avec nos interventions militaires !

» Vous avez vu les pancartes dans les manifestations : « L'armée hors d'Irak ! », « L'armée hors d'Arabie saoudite », « L'armée hors du Kazakhstan » ! Je veux dire, ça tourne à la mauvaise leçon de géographie. L'idée de départ était de fournir une distraction à ces groupes de contestataires en lançant quelque chose d'un peu différent au Yémen : des poissons, pas des fusils. Vous comprenez ça, n'est-ce pas, Fred ?

– Oui, en gros. Je me suis concentré sur le côté technique du projet, je le crains, sans réfléchir assez aux autres aspects mais, oui, je crois avoir saisi le motif de votre intérêt pour le projet. À moins qu'il n'ait changé ?

– Ah non, c'est toujours le même. Et plus que jamais. Nous tenons à la couverture médiatique et au thème

« Le poisson, pas la guerre ». Nous tenons à la visite du Premier ministre et à la bonne image que nous pensons pouvoir engranger grâce à ça. Mais il y a encore bien davantage à la clé, vous ne voyez donc pas ?

– Je n'en suis pas sûr, ai-je avoué en me sentant bête et lent.

Maxwell s'est relevé et s'est mis à faire les cent pas sur le tapis devant les trois énormes écrans de télévision, où les images défilaient silencieusement.

– Bon, voilà mes calculs : nous estimons qu'il peut y avoir un noyau dur d'un demi-million de gens perturbés par nos guerres au Moyen-Orient, particulièrement en Irak. La moitié d'entre eux appartient sans doute à notre électorat naturel, mais ils risquent à présent de ne pas voter pour nous aux prochaines élections. Alors, en lançant le projet on va reconquérir une partie de ces gens-là. La moitié, peut-être, ce qui donne – si vous me suivez – juste un peu plus de cent mille voix qui pourraient nous revenir. Plus une foule d'avantages, si nous pouvons faire en sorte que les médias nous oublient quelques jours.

» Maintenant, considérons la communauté des pêcheurs. Ils sont quatre millions et nous n'avons aucun document indiquant comment ils votent. On n'a pas ça dans notre banque de données : ce n'est pas incroyable, non ? Nous analysons nos électeurs en fonction de leur catégorie socio-économique, de leur lieu d'habitation, du fait d'être ou non propriétaire de son logement, d'avoir eu ou non une formation universitaire, de leur âge, de leur niveau de revenu, de leur préférence pour le vin ou la bière, de leur couleur de peau, de leurs préférences sexuelles et de leur religion. Ils sont tellement analysés, c'est incroyable. Pourtant, nous ignorons s'ils vont à la pêche ou pas. C'est le sport le plus populaire du pays, qui compte le plus grand nombre de pratiquants, et nous ignorons combien ils sont à voter pour nous ou susceptibles de le faire.

Je commençais à voir où il voulait en venir.

– Mais je vais vous dire une chose, Fred, a repris Maxwell en s'arrêtant net dans sa course pour se retourner et pointer le doigt vers moi, je vais prendre ça en main et, quand j'en aurai fini, on saura tout ce qu'il y a à savoir sur eux. Ce sera le mieux analysé de tous les groupes d'électeurs. Et, encore un point les concernant : ils vont découvrir sur leurs écrans ou dans la presse la véritable passion que le Premier ministre voue à la pêche, comme il l'a d'ailleurs déclaré l'an dernier à la Chambre. On va reprendre cette déclaration, la faire repasser à la télé et dans les journaux. Et nous montrerons aux gens que nous sommes le gouvernement des pêcheurs à la ligne. On allouera davantage de crédits aux pêches, on ouvrira des académies de la pêche, on donnera une canne à pêche à chaque enfant de plus de dix ans. Je n'ai pas encore réfléchi à tous les détails, Fred, mais bon Dieu, s'il y a moins de trois millions de taquineurs de goujon qui votent pour nous aux prochaines élections, c'est que j'ai perdu la main !

J'ai opiné du bonnet et ajouté :

– Eh bien, nous ferons de notre mieux pour la partie qui nous concerne.

Peter Maxwell s'est rassis derrière son bureau.

– Je le sais, Fred. J'ai toute confiance dans le fait que vous ferez aboutir le projet. Mais juste un détail, a-t-il lancé en pointant de nouveau un doigt vers moi : il faut que le patron prenne un poisson. Et l'emploi du temps indique toujours qu'il n'aura que vingt minutes pour y arriver. Pourtant, c'est capital d'avoir une photo. Fred, vous et vous seul devrez garantir qu'il remonte un saumon. Vous pouvez nous arranger ça ?

J'avais anticipé la question et préparé une réponse :

– Oui. Je peux veiller à ce que le Premier ministre ait un poisson au bout de sa ligne avant de partir.

Peter Maxwell a eu l'air soulagé et impressionné. Je crois qu'il s'était attendu à devoir livrer bataille avec moi sur ce point.

– Comment ferez-vous ? s'est-il enquis, curieux. Il paraît que ce n'est pas si facile d'attraper ces bestioles-là.

– Il vaut mieux que vous ne le sachiez pas, ai-je répondu.

Le reste de la conversation a été entièrement consacré à l'emploi du temps du Premier ministre, ses rendez-vous privés à Sanaa et ses points de presse, et je ne l'ai pas rapporté à Harriet et au cheik qui avaient de toute façon participé à l'organisation.

E : Sans autre raison que ma curiosité personnelle, comment vous y seriez-vous pris pour mettre un poisson au bout de la ligne d'un autre ?

AJ : C'est exactement la question que m'a posée Harriet au dîner de ce soir-là :

– Comment diable pouvez-vous garantir que le Premier ministre pêche bien un poisson ?

J'ai souri. Le cheik s'est penché en avant, l'air fort intéressé.

– Une fois, quand j'étais gamin, mon père m'a joué un tour. Il a accroché au bout de ma ligne une mouche trop grande de plusieurs tailles. Il savait qu'elle plongerait trop vite et qu'elle irait forcément s'accrocher à un caillou. Et il savait aussi que, dans mon inexpérience, je prendrais la pierre pour un poisson. Il faut un moment avant d'être capable de reconnaître la différence.

– C'est juste, a confirmé le cheik. J'ai moi-même commis l'erreur une ou deux fois à mes débuts.

– Mon père est alors arrivé avec l'épuisette et a feint d'avoir du mal à récupérer le poisson. En réalité, il s'est placé dos à moi, il a tiré de la poche spéciale de sa veste un saumon qu'il avait pêché plus tôt, l'a sorti du bout de journal dans lequel il l'avait enveloppé, a retiré ma mouche de sous la pierre qui la coinçait, l'a accrochée dans la gueule du saumon, et a secoué la ligne en agitant l'eau et en éclaboussant partout, pour donner l'impression d'un poisson qui se débattait dans l'épuisette.

Le cheik et Harriet ont ri.

– Mais il vous l'a dit ? a interrogé Harriet.

– Oh oui ! J'avais déjà attrapé deux poissons, et le but de la blague était de m'apprendre la différence entre la traction qu'un poisson exerce sur la soie, et celle qui est due au poids de l'eau sur le fil, quand la mouche est simplement coincée sur un rocher ou prise dans des herbes.

– Il faut absolument que votre Premier ministre ne se doute de rien, a déclaré le cheik avec sérieux. Je ne veux pas offenser ou peiner un invité, quoi qu'il arrive.

– Il ne se rendra compte de rien, lui ai-je promis.

Le dîner terminé, le cheik a annoncé qu'il allait s'asseoir dans le hall pour attendre sa voiture. Harriet et moi avions envie de marcher un peu avant de trouver chacun un taxi pour rentrer. La soirée était belle, il faisait encore jour. Nous avons marché lentement dans Piccadilly.

– Quel dîner sympathique ! a commenté Harriet. J'aime vraiment beaucoup le cheik. Il va me manquer.

– Vous ne le verrez pas la prochaine fois qu'il viendra à Glen Tulloch ?

– Il ne compte pas revenir avant un bon moment. Il veut rester là-bas pour veiller au futur succès du projet Saumon ; il sait que le lancement n'est qu'un début, qu'il y aura ensuite des quantités de problèmes et de crises à régler. Et j'espère que vous irez l'aider quand ce sera nécessaire.

– Oui, naturellement, mais pas vous ?

– Je ne sais pas. C'est peut-être le moment de changer d'orientation. J'ai investi énormément dans le projet et, vraiment, il ne me reste plus grand-chose à faire. La mort de Robert a été un coup terrible – vous êtes mieux placé que quiconque pour le savoir. J'ai besoin de faire un bilan. De marquer une pause.

– Bien sûr que vous avez besoin d'une pause, Harriet. Personne n'en mérite une plus que vous.

Absorbés par la conversation, nous nous étions arrêtés près des grilles qui ceinturent Green Park. Il y avait beaucoup de circulation et, profitant que les portes étaient encore ouvertes, nous sommes entrés un moment dans le parc pour éviter le bruit des voitures.

– Mais vous viendrez au Yémen pour le grand jour ? ai-je demandé.

– Non, Fred, je ne viendrai pas. Je serai là avec vous par la pensée, mais pas en personne. La vérité, c'est que si quelque chose clochait, je ne pourrais pas le supporter. Je ne pourrais pas supporter un nouveau désastre. J'aime autant rester ici : si je n'ai pas envie de voir ce qui se passe, je pourrai simplement éteindre la télévision jusqu'à ce que ce soit fini.

– Mais il n'y aura pas de désastre ! ai-je objecté.

– Je le sais. Je sais que nous avons fait tout notre possible pour que ça marche, je sais que si quelqu'un peut réussir, c'est bien vous. N'empêche... ma tête me le rabâche mais mon cœur me souffle autre chose.

Je l'ai regardée fixement. Elle était près de moi, son visage pâle à la lueur du réverbère de la rue était beau, malgré ses traits marqués par les épreuves.

– Mais, Harriet...

– Je pars, a-t-elle annoncé, le lendemain du lancement du projet au Yémen. Fitzharris m'a accordé un congé de six mois, avec la possibilité de reprendre mon poste ensuite. Je n'en ai pas l'intention pour le moment.

– Mais, Harriet..., ai-je répété sans espoir.

Des larmes se sont mises à ruisseler sur ses joues. C'était trop. Je l'ai prise dans mes bras et je l'ai embrassée. Elle m'a d'abord laissé l'étreindre et a répondu brièvement à mon baiser, pour devenir rapidement inerte. Je l'ai lâchée et elle a reculé.

– Non, Fred.

– Mais quand vais-je vous revoir ? Vous connaissez mes sentiments pour vous. Je n'y peux rien et je regrette beaucoup ce geste, si peu de temps après Robert, mais je peux attendre. Je vous attendrai toujours si vous me dites simplement qu'un jour, il pourrait y avoir un espoir pour moi.

– Il n'y a aucun espoir, a-t-elle répondu d'une voix éteinte, ni pour vous, ni pour moi.

– Mais, Harriet, ai-je repris, vous savez bien ce qui s'est passé à al-Shisr. Ça n'a donc pas eu la moindre espèce d'importance pour vous ? Pour moi, ça a été capital. Ça a changé ma vie.

– Je ne peux plus vous revoir, Fred, a soufflé Harriet d'une voix pas encore assurée. Quant à ce qui est censé s'être passé à al-Shisr, vous avez dû le rêver. Je n'ai souvenir que d'un rêve. Et maintenant, vous êtes dans la vraie vie, et la réalité, c'est que vous êtes marié avec Mary, vous avez quinze ou vingt ans de plus que moi et nous venons d'univers complètement différents. Je suis toujours dans le deuil de Robert et je vais devoir reconstruire mon existence sans lui. Et le faire sans vous ni personne d'autre. Il est impossible qu'il y ait jamais autre chose entre nous. Nous avons été amis – vous avez été le meilleur ami que j'aurais pu souhaiter –, mais je ne peux pas vous donner le moindre espoir qu'il y ait jamais davantage.

Je me suis détourné un instant. Les réverbères du parc venaient de s'allumer et j'ai dû être ébloui, parce que j'avais les yeux humides. De dos à Harriet, j'ai lâché :

– Je comprends, Harriet, vous avez raison.

Elle s'est approchée et a posé la main sur mon épaule :

– Je sais que j'ai raison. Je m'en veux, mais c'est la vérité. Venez, Fred, aidez-moi à trouver un taxi.

L'entretien a repris le lendemain matin.

E : Décrivez ce qui s'est passé au Wadi Aleyn.

AJ : Il faut se souvenir qu'il fait très chaud au Wadi Aleyn au mois d'août. La chaleur dépasse l'imagination de ceux qui ne sont jamais allés dans le désert. Le soleil du Wadi Aleyn est plus torride qu'une douzaine de soleils anglais. Haut dans un ciel laiteux, il embrasait la terre et les rochers étaient trop brûlants pour qu'on les touche. Ça paraissait impensable qu'un saumon puisse survivre sans protection dans cette fournaise, sous cette lumière incandescente. Et pourtant il le fallait.

J'étais monté une douzaine de fois voir les bassins-viviers se remplir lentement d'eau de l'aquifère. Les générateurs d'oxygène installés sur les côtés fonctionnaient à un rythme régulier. La température de l'eau était stabilisée autour de 21 degrés centigrades et on pensait pouvoir la réduire de trois degrés quand les pluies viendraient. J'avais tout vérifié et re-vérifié, je n'arrêtais pas de contrôler le moindre détail, ce qui rendait tout le monde fou, l'équipe et moi y compris, je le savais. J'ai fini par filer au bord du *wadi*. J'avais beau porter un chapeau et m'être enduit de crème solaire, j'avais l'impression d'être dans une fournaise.

C'était la période qui précède l'arrivée des pluies. Des tempêtes de sable allaient se lever dans le désert et former de gigantesques courants ascendants thermiques. Dans les villes et les villages, hommes et bêtes bougeaient le moins possible, accablés par la chaleur du jour; ils se trouvaient une place à l'ombre, là où ils pouvaient, et attendaient que le soleil décline.

L'atmosphère torride et le manque d'air qui régnaient dans le *wadi* m'étaient presque insupportables. On avait l'impression que quelque chose se préparait, qu'un orage couvait au loin. Dès que les pluies se mettraient à tomber, nous téléphonerions en Grande-Bretagne et, dans les vingt-quatre heures suivantes, les saumons de McSalmon Aqua Farms seraient sortis de leurs cages et placés dans des « aquariums volants », comme tout le monde avait surnommé les modules d'inox dans lesquels ils allaient voyager jusqu'au Moyen-Orient. Et vingt-quatre autres heures plus tard, ils seraient prêts à intégrer les viviers.

Après quoi on attendrait. On attendrait que les eaux du Wadi Aleyn se mettent à couler : un filet d'eau deviendrait un ruisseau, puis une rivière, et on ouvrirait les vannes. Et alors on verrait.

Je me suis aperçu que je respirais laborieusement et que j'avais un peu le tournis. La chaleur commençait à m'affecter. Il n'y avait pas âme qui vive à quinze cents mètres à la ronde, du moins je ne voyais personne. J'ai trouvé une pierre plate qui n'était pas brûlante, à l'ombre des falaises en surplomb, et je me suis assis pour tâcher de récupérer. J'ai sorti de mon sac à dos un Thermos d'eau froide et j'en ai bu une rasade. J'ai fini par me sentir un peu mieux au bout d'un moment.

Le silence alentour était absolu. Les buses même se taisaient. Les murailles de pierre se dressaient au-dessus de moi. Aucune trace de végétation nulle part. Que broutaient les chèvres de la jeune fille rencontrée plus en amont du *wadi*, celle qui nous avait un jour offert de l'eau ?

J'essayais de ne pas penser à Harriet mais elle ne cessait de faire irruption dans mes pensées, aussi réelle qui si elle se tenait devant moi. Je la voyais presque, tel un fantôme, tantôt se matérialisant, tantôt s'estompant, sa voix fluette et désincarnée murmurant : « Il n'y a pas d'espoir, ni pour moi, ni pour vous. »

Je songeais aux paroles du cheik, même si les mots exacts m'échappaient : « Sans foi, il n'est pas d'espoir. Sans foi, il n'est pas d'amour. »

Dans ce vaste espace sans rien d'autre que des rochers, le ciel et le brûlant soleil, j'ai soudain compris qu'il n'avait pas voulu parler de foi religieuse, enfin pas exactement. Il ne cherchait pas à m'inciter à devenir musulman ou à privilégier une version de Dieu plus qu'une autre. Il me voyait tel que j'étais : un vieux scientifique froid et méfiant. Tel que j'étais alors. Et il se bornait à m'indiquer le premier pas. Il avait dit « foi », mais c'était de « conviction » qu'il avait voulu parler. Le premier pas était simple : croire dans le fait même de croire. Et je venais de franchir ce pas.

Je croyais. J'ignorais en quoi au juste je devais croire, ou bien ça m'était égal pour le moment. Je savais seulement que croire en quelque chose était le premier pas pour sortir du croire en rien, le premier pas pour prendre ses distances avec un monde qui reconnaît seulement ce qu'il peut comptabiliser, mesurer, vendre ou acheter. Ici, au Yémen, les gens avaient encore cet innocent pouvoir de croire, au sens d'une affirmation tranquille, loin de cette négation hargneuse de la croyance d'autrui qui est le propre des fanatiques religieux. C'était ce que je ressentais dans ce pays et dans cet endroit, et voilà ce qui les rendait si différents de mon cadre habituel. Ce n'étaient pas les vêtements, la langue, les coutumes ni l'impression de vivre dans un autre siècle, non. C'était cette omniprésence de la croyance.

Je croyais dans le fait de croire. Je n'avais pas exactement le sentiment de marcher sur le chemin de Damas et j'étais conscient de ne pas avoir les idées très claires à cause des ardeurs du soleil, mais je comprenais à présent à quoi rimait le projet Saumon du Yémen : il avait d'ores et déjà opéré son œuvre de transformation sur ma personne. Il en ferait de même pour d'autres.

30.

Dr Jones ne parvient pas à trouver une date dans son emploi du temps pour voir Mrs Jones

De : Mary.jones@interfinance.org
Date : 15 juillet
À : Fred.jones@fitzharris.com
Sujet : Visite

Fred,
Je reviens à Londres dans la première quinzaine d'août pour une réunion de synthèse. Un peu plus tard que je ne te l'avais laissé entendre à l'origine, je sais, mais j'ai dû attendre d'avoir un créneau dans le planning de notre P-DG de la zone hémisphère occidental, ce qui n'est jamais facile.
J'espère que tu pourras intégrer ce changement à tes propres projets, car j'estime très important qu'on se voie.
Je m'inquiète de constater qu'à cause de mon absence prolongée à Genève (décision essentielle pour ma carrière – nous étions, je crois, d'accord là-dessus à ce moment-

là – et sage décision, me semble-t-il, au vu de l'insécurité de ta situation actuelle), tu t'es cru autorisé à adopter une attitude un peu cavalière vis-à-vis de notre couple. Tu sembles mener une vie de plus en plus déconnectée de la réalité, alors que je travaille à toute heure du jour, sept jours sur sept et la plupart des week-ends, pour assurer notre future sécurité financière. Tu ne me racontes pas grand-chose, naturellement, mais d'après ce que j'ai pu comprendre, tu as passé le printemps à pêcher en Écosse avec ton cheik et cette dame qui est son amie, ou à te dorer la pilule au Yémen avec ladite dame, négligeant pendant ce temps-là notre appartement – et moi, par la même occasion. Oui, j'ai beaucoup de mal à le dire mais tu me négliges.

Alors, s'il te plaît, veille à être disponible à mon arrivée à Londres.

Il faut qu'on parle.

Mary

De : Fred.jones@fitzharris.com
Date : 16 juillet
À : Mary.jones@interfinance.org
Sujet : Re : Visite

Mary,

Si tu dépends du bon vouloir du P-DG d'Interfinance pour la zone hémisphère ouest, sache que mon propre emploi du temps est maintenant entre les mains du cabinet du Premier ministre. Ces messieurs ont décidé que je devrai être au Yémen aux dates que tu indiques pour ton

séjour à Londres et je crains de ne rien pouvoir y faire. Il faut que je sois là-bas.
J'en suis vraiment navré. Je suis d'accord, on a besoin de se voir. Je serai de retour à la mi-août, si tout se passe bien, et je suggère que je fasse un saut à Genève un week-end, ou toi à Londres.
Affections,
Fred

De : Mary.jones@interfinance.org
Date : 16 juillet
À : Fred.jones@fitzharris.com
Sujet : Re : Re : Visite

Fred,
Je ne peux imaginer un seul instant que le Premier ministre ne puisse pas se passer de toi un jour ou deux au Yémen ! Avec un gouvernement entier à sa disposition, il devrait pouvoir se débrouiller deux jours sans la présence d'un scientifique des pêches, non ? Je peux seulement supposer que tu cherches à m'éviter.
Tu peux faire un saut à Genève si tu veux. Je ne peux pas garantir si longtemps à l'avance que je serai libre. J'ai des tas de voyages prévus pour bientôt.
Mary

De : Fred.jones@fitzharris.com
Date : 18 juillet
À : Mary.jones@interfinance.org
Sujet : Voyage au Yémen

Mary,
O.K.
Je sais que tu ne crois pas que le Premier ministre veut que je sois avec lui au Yémen, mais sache qu'il y a des semaines que ce voyage et les dates ont été inscrits à son programme, raison pour laquelle j'avais justement pris soin de te les annoncer. Je n'y peux rien si ton patron modifie ses projets.
J'ai essayé d'être compréhensif mais si c'est comme ça, eh bien, c'est comme ça. À la prochaine, donc – je serai toujours content de te revoir –, mais il faut être deux pour prévoir une rencontre.
Affections,
Fred

De : Mary.jones@interfinance.org
Date : 18 juillet
À : Fred.jones@fitzharris.com
Sujet : Re : Voyage au Yémen

Fred
Reviens-moi, je t'en prie.
Mary

31.

Extraits de l'autobiographie non publiée de Peter Maxwell

J'en arrive à l'un des chapitres les plus difficiles d'une vie politique qui n'a pourtant pas manqué d'écueils. Je dois évoquer des événements qui ont transcendé la vie politique. Ni Aristote, ni Shakespeare, ni aucun autre auteur auquel je peux penser n'a eu à décrire des faits tels que ceux que je vais narrer maintenant. Je ne prétends pas à leurs talents, je ne suis qu'un modeste journaliste qui s'est retrouvé entraîné au cœur d'événements qui ont changé à jamais ce pays, voire le monde.

Tout avait si bien commencé…

Le patron avait l'humeur en vacances. Quand il est enfin monté dans l'avion, après une dure semaine à la Chambre des Communes, on aurait presque cru un gamin qu'on a laissé sortir de classe plus tôt. Néanmoins, le vol pour Sanaa a été essentiellement consacré au travail. Nous avions la rencontre privée avec le président du Yémen à préparer, et un ou deux autres détails à régler, mais au bout de quatre heures de voyage, Jay a desserré sa cravate, s'est étiré et a demandé :

– Peter, on n'aurait pas une bouteille de ce fameux sauvignon d'Oyster Bay au frais, non ?

Je suis allé chercher le vin, je l'ai débouché et je l'ai apporté avec deux verres.

J'adorais quand le patron et moi partions seuls en voyage. Ce qui était rarement le cas. D'ordinaire, il était accompagné de quelque irritante tierce personne, tel le *Cabinet Secretary*[1] ou un autre haut fonctionnaire, si bien qu'il ne pouvait pas se laisser aller. Il ne faisait pas la moindre confiance à ces gens-là – ils sont toujours en train de démissionner ou d'écrire leurs mémoires, et la moindre petite phrase imprudente qu'on lâche devant eux finit en noir sur blanc. Je pense, en revanche, que c'était dans ces moments où nous étions seuls, lui et moi, que s'élaboraient les bascs du vrai travail gouvernemental – pour une bonne part. On improvisait autour des thèmes importants : que faire du Service de Santé national ? Quelle est notre position vis-à-vis de la Chine ?

Pourquoi appliquer une limite d'âge inférieure aux ASBO's[2] ?

On baignait dans la créativité. J'adorais ça et c'était souvent après de telles séances avec moi que le patron avait ses grandes idées.

1. Haut fonctionnaire à la tête du *Cabinet Office* qui assure les tâches d'administration relatives au Premier ministre et au gouvernement et qui suit les dossiers nécessitant une coordination interministérielle. À ne pas confondre avec le secrétaire de cabinet du Premier ministre.

2. *Anti-Social Behaviour Order*, abrégée « ASBO » : ordonnance de 1998 relative au maintien de l'ordre et permettant de restreindre les libertés d'individus coupables d'actes « anti-sociaux » qui nuisent à leurs concitoyens. Par extension, ASBO désigne aussi les personnes sous le coup de cette législation, autrement dit les délinquants.

Nous nous sommes donc retrouvés juste tous les deux à l'occasion de ce voyage. Je ne parle pas littéralement, bien sûr : l'arrière de l'avion était occupé par un groupe de gens des médias triés sur le volet pour couvrir le lancement du projet Saumon du Yémen, par les hommes de la sécurité et les gars de la communication. Cependant, il n'y avait que deux pointures à bord ce jour-là – le patron et moi. Nous étions installés à l'avant de la cabine, dans un compartiment privé.

J'ai tendu le verre au patron qui a bu une gorgée de vin frais avant de me dire :

– Tu sais, Peter, je crois que tu mérites un vingt sur vingt pour avoir repéré cet électorat de pêcheurs. Personne ne l'avait remarqué ! Pas plus le président du parti que le coordinateur de campagne, personne. Et pourtant, ça crève les yeux !

– Écoute, patron, j'ai tout de même mis un fameux bout de temps à m'en rendre compte, moi aussi.

– Ça souligne en tout cas l'importance de ce voyage. Important, il l'était déjà ; maintenant, il est crucial. Si tout se passe bien, nous pouvons gagner gros. Qui sont les gens des médias que nous avons à bord ?

J'ai consulté ma liste :

– Bon, on a les types habituels de la BBC et d'ITV. Pas de Channel Four, comme tu avais demandé.

– Pas après la façon dont ils ont couvert ma visite au Kazakhstan !

– Ils auront quand même un reporter sur place, on n'y peut rien. Au moins, ils auront été obligés de payer leurs billets.

– Qui d'autre encore ?

J'ai regardé mon papier :

– Le *Daily Telegraph*, le *Daily Mail*, le *Times*, l'*Independent*, le *Mirror* et le *Sun*. On n'a pas invité le *Guardian*. Ils ont pris une position salement condescendante sur le projet et, de fait, on ne se cause plus en ce moment. Et puis nous avons de nouveaux visages.

– Ah, qui ça ? s'est enquis le patron.

– L'*Angling Times, Trout & Salmon*, l'*Atlantic Salmon Journal, Coarse Fisherman*, le *Fishing News* et *Développement durable international*. Si les vieux routiers des quotidiens grand format et des tabloïdes sont en train de siroter des gin and tonic à l'arrière, les petits nouveaux restent tous ensemble, à l'écart des journaleux classiques. Ils boivent du thé qu'ils ont apporté dans leurs Thermos. Ils ont même leurs sandwiches.

Le patron a paru content :

– Je dois faire un effort particulier avec la presse spécialisée de la pêche. Cette photo de moi avec un poisson, je la veux en couverture de tous les magazines de pêche à la ligne du mois prochain.

– Elle y sera, je te le garantis.

Le patron s'est de nouveau étiré et s'est versé un autre verre de vin :

– Il nous reste combien de temps avant l'atterrissage ?

– Trois heures encore.

– Je vais peut-être piquer un roupillon avant. Tu sais, Peter, je prends des leçons particulières de pêche à la mouche depuis une ou deux semaines. Je veux que les photos aient de la gueule.

– Et ce sera sûrement le cas, patron, l'ai-je assuré loyalement. Tu apprends très vite ces trucs-là.

– Oui, c'est vrai, heureusement. Mais je vais te dire, je trouve que ça pourrait être marrant, la pêche. Franchement. Ça ne me gênerait pas de réessayer quand j'aurai plus de temps. Bon, je suppose que j'aurai juste le temps… Combien de temps avons-nous au Wadi Aleyn ?

– Trente, quarante minutes, et puis retour à Sanaa, et ensuite Mascate, pour ton discours au Conseil de coordination du Golfe.

– Oui, j'aurai juste le temps de pêcher un saumon, peut-être deux au plus. Mais j'aimerais remettre ça une autre fois, à une autre occasion, quand on sera rentrés au Royaume-Uni. Tu crois que tu pourrais arranger le coup ?

– Patron, je connais l'endroit parfait où tu pourrais attraper des tas de poisson, ai-je répondu en pensant à McSalmon Aqua Farms.

– Parfait, a-t-il conclu en étouffant un bâillement. On prévoira ça. Et maintenant, je crois que je vais aller à côté me reposer avant l'arrivée.

Il faisait nuit quand nous avons atterri à Sanaa en début de soirée. Pourtant, la chaleur que dégageait le tarmac nous a sauté à la figure dès que nous sommes sortis de l'avion, porteuse d'étranges senteurs plus fortes que les habituelles odeurs de kérosène et de diesel des aéroports. Des fragrances dérangeantes, suggérant la présence d'un monde étrange et inconnu, quelque part au-delà des lumières de la ville. Et puis on a dévalé les marches de la passerelle, serré des mains et grimpé dans une limousine climatisée.

La soirée de Sanaa fut longue, polie et ennuyeuse. Nous n'escomptions pas en tirer profit, me semble-t-il, et je ne crois pas d'ailleurs que ç'ait été le cas, sinon que ce dîner avec notre hôte nous conférait implicitement son aval pour notre visite « privée » au Wadi Aleyn. Le président semblait plutôt interloqué par toute l'affaire et il m'a interrogé, à un moment donné du dîner, baissant la voix pour ne pas être entendu du patron :

– Pourquoi votre Premier ministre s'intéresse-t-il à ce projet Saumon ? Tout le monde ici trouve cela assez fou.

– Le projet a frappé son imagination, monsieur le Président, ai-je répondu.

– Ah bon ! a-t-il lâché en se calant contre son dossier, l'air de n'y rien comprendre.

J'ai vu qu'il avait décidé de ne pas me questionner davantage, puisque je n'allais manifestement rien lui apprendre d'utile. La conversation est redevenue générale et nous avons passé le reste de la soirée à discuter des moyens de relancer le processus de paix au Kazakhstan.

On s'est levés à l'aube le lendemain et on a pris le petit déjeuner à l'ambassade. Je sens encore l'optimisme presque enfantin qui nous habitait, le patron et moi, au moment de grimper à bord de l'hélicoptère. Quelle partie de plaisir d'aller pêcher pour le bien de notre pays ! Tel était notre sentiment commun. Le patron était tout sourire, serrant la main des journalistes qui allaient nous suivre dans un deuxième Chinook, serrant la main de l'ambassadeur qui nous avait accompagnés, serrant la main du pilote et du co-pilote. Il s'est souvenu juste à temps de ne pas serrer la mienne aussi. Et puis, nous sommes montés dans l'hélicoptère et le sol s'est mis à défiler au-dessous de nous.

On a décollé et j'ai senti une minuscule tension se nouer au creux de l'estomac. J'ai l'habitude des hélicoptères, ce n'était donc pas ça. Et puis, dans un éclair de... était-ce une impression de déjà-vu ?... je me suis rappelé un rêve que j'avais fait : le patron et moi debout dans un *wadi*. La chaleur sèche nous courait sur la peau comme des flammes.

Il avait désigné l'amont en prononçant des paroles dont je n'avais pas souvenir, et je ne savais pas non plus si j'avais bel et bien fait un tel rêve. Sans doute l'effet du décalage horaire, ai-je pensé, et j'ai hoché la tête pour me concentrer sur le présent.

Assis à l'arrière, on parlait, on riait et on plaisantait avec les gens de la sécurité, on remarquait le gris et blanc des maisons-tours et des mosquées de Sanaa qui disparaissait peu à peu. Et puis les montagnes se sont rapprochées, et tout le monde s'est tu quand l'appareil est arrivé plus près des immenses murailles de roc. On a survolé des crêtes et des canyons profonds de plus de trois cents mètres, on a traversé des nuages et des brumes accrochés aux cimes. Le ciel était gris, des nuages bouillonnaient vers le sud. Le paysage était plutôt rasoir mais le temps semblait au rendez-vous.

– Regarde donc ces nuages ! ai-je fait remarquer au patron. L'eau va monter dans les *wadis* avec toute cette pluie.

« L'eau va monter dans les *wadis* » : ces paroles n'avaient-elles pas été prononcées dans mon rêve ?

J'avais raison : on distinguait de loin en loin un trait blanc signalant un filet d'eau dans un *wadi*, et des mares d'eau s'étaient formées, çà et là, au pied des montagnes qui bornaient les plaines de gravier.

J'étais très enthousiaste. Ce voyage était si différent des autres ! Pas d'hommes en costume gris pour vous attendre à l'arrivée, pas de dures négociations, pas de discours. Au lieu des grises silhouettes, on verrait le cheik et ces types superbes qui m'avaient accueilli avec une garde d'honneur lors de ma visite à Glen Tulloch. Une heure ou deux de plaisir, pur et simple. Jay appuierait sur un bouton pour ouvrir les vannes et les saumons se précipiteraient dans les rigoles menant au *wadi*. Il irait alors se camper dans la rivière avec sa canne à pêche et effectuerait un lancer destiné aux objectifs des photographes. Il attraperait un poisson – Fred l'avait promis au patron – et voilà, ce serait fini. Une courte allocution suivrait, après quoi Jay serait photographié en cuissardes avec dans une main sa canne, et dans l'autre un saumon. Je voyais déjà la gueule que ça aurait à la une des journaux, le lendemain ! Mission accomplie. Un voyage formidable, une journée dans le désert et on serait bien partis pour faire basculer plusieurs millions d'électeurs dans notre camp.

On a commencé à perdre de l'altitude et l'hélicoptère est descendu entre les parois rocheuses du *wadi* pour gagner un petit terrain plat et ce qui ressemblait à un gigantesque chantier.

Tandis que les pales s'immobilisaient, on est sortis de l'hélicoptère en se baissant et on a traversé un tourbillon de poussière pour rejoindre une estrade de bois. Je pouvais distinguer le cheik, Fred Jones et un groupe d'hommes casqués – les ingénieurs du chantier, sans doute. Derrière eux se tenaient environ deux douzaines de gardes du cheik en robes blanches et turbans vert émeraude, certains armés de fusils et d'autres pas.

Derrière l'estrade, trois énormes bassins de béton projetaient l'arrondi de leurs parois devant le flanc de la montagne. Je suis resté un instant réellement frappé de stupeur devant l'énormité de l'entreprise. J'avais pensé en écoutant les présentations de Fred à Downing Street : bah, c'est comme bâtir une école primaire ou un supermarché. Je n'avais tout simplement pas saisi l'ampleur du projet qui s'apparentait plutôt à la construction du barrage d'Assouan ou des Pyramides. J'ai espéré que les photographes sauraient saisir tout le spectaculaire du site.

Au centre de chaque bassin-vivier se trouvaient deux portes de fer reliées au lit du *wadi* par un canal de béton. Jetant les yeux en direction du *wadi*, j'ai découvert une large rivière peu profonde. Émergeant un instant de derrière les hautes tours blanches des nuages, le soleil a fait scintiller les quantités de ruisseaux qui serpentaient autour d'îlots de gravier ou cascadaient par-dessus les rochers. Les vertes palmes des arbres sur l'autre rive dansaient dans le vent qui forcissait. Derrière nous, vision aussi familière qu'une image vue en rêve, les montagnes se dressaient dans le ciel chargé, renversantes de sauvagerie et de beauté.

J'ai lancé au patron :

– Regarde-moi ça ! Elle a l'air parfaite, cette rivière. Ça va marcher !

Le patron m'a fixé d'un œil étonné. Son expression était éloquente : « Évidemment, que ça va marcher ! Tu ne m'aurais tout de même pas traîné à plus de 9 000 kilomètres de chez nous pour un truc foireux, non, Peter ? Pas si tu tiens à garder un jour de plus ce boulot que tu adores. » Je n'ai pas eu le temps de m'expliquer que déjà nous étions sur l'estrade, de nouveau à serrer des mains, à plaisanter et à bavarder. J'ai entendu le deuxième Chinook qui atterrissait avec la presse à son bord.

Le patron s'attendait à ce que ça marche. Évidemment. Il n'avait pas idée de la somme de travail que représentait le projet, des efforts que j'avais dû déployer pour qu'il se réalise malgré tous les obstacles, du soutien que j'avais apporté à Fred Jones et au cheik. J'ai regardé autour de moi pendant que le patron et le cheik recommençaient à se serrer la main pour les journaleux et les caméras de télé, et j'ai entendu Fred près de moi me glisser :

– Impressionnant, non?

– C'est fantastique! me suis-je exclamé avec un réel enthousiasme. Je n'avais pas idée de l'échelle de tout ça, ai-je ajouté, embrassant d'un geste ample les parois de béton des viviers, les rigoles prêtes pour l'ouverture des vannes et l'arrivée des saumons qui les dévaleraient pour sauter dans la rivière.

» Fred, notre projet va être un succès fantastique! ai-je ajouté et j'ai vu qu'il tenait une épuisette.

– Nous l'espérons bien, m'a-t-il répondu avec un sourire vraiment amical. (Je me suis surpris à penser que ce type-là était sympathique – je n'avais guère songé à lui jusqu'à présent – pas en tant que personne, j'entends.) Venez donc voir les saumons, a-t-il proposé.

Le patron, le cheik, les gars de la sécurité du patron et une partie de la presse venaient d'emprunter une rampe qui montait jusqu'au bord du vivier. Les hommes du cheik sont pour la plupart restés à leur place; j'ai de nouveau remarqué que certains portaient des fusils et je me suis souvenu où nous étions : nous étions au cœur du Yémen, pas en train de visiter un nouvel hôpital à Dulwich. Pourtant, le Yémen doit être un endroit sûr à présent, non? ai-je raisonné. Jamais la sécurité n'aurait laissé venir le patron si ce n'était pas le cas. Je veux dire, il y avait eu cette drôle d'histoire de tentative d'assassinat d'Al-Qaida sur la personne du cheik en Écosse – une histoire que personne n'avait prise au sérieux, on y avait vu l'invention d'une quelconque feuille de chou écossaise.

Debout au sommet de la rampe, nous avons regardé par-dessus le mur de béton. Le vivier grouillait de saumons argentés, certains filant à la vitesse d'une flèche, d'autres immobiles dans les parties ombragées du bassin. Sur le pourtour du réservoir étaient disposées à intervalles réguliers des machines pareilles à d'énormes moteurs de hors-bord, qui agitaient l'eau pour l'aérer.

– Comment vont-ils ? ai-je demandé à Fred.

– Quelques-uns ont succombé au stress, mais était-ce la chaleur ou le voyage ? je n'en suis pas vraiment sûr. En tout cas, le nombre de morts ne dépasse pas nos prévisions et la température de l'eau ici est bien stable.

J'ai contemplé les poissons avec fascination. Et puis j'ai regardé autour de moi : les montagnes qui dominaient tout, les pentes de sable et de gravier à nos pieds, les palmiers et les hommes des tribus yéménites qui montaient la garde au sommet des rochers et sur les hauteurs environnantes.

– C'est incroyable ! me suis-je écrié. Si je ne le voyais pas de mes propres yeux…

– Vous voyez, le cheik avait raison, a commenté Fred. Il nous a tous amenés à y croire. Et maintenant nous sommes prêts à ouvrir les vannes et le miracle va commencer.

– Vraiment ? ai-je demandé.

Fred était tendu, je le voyais, sans doute à cause de l'attente et non du doute.

– Il y a de très fortes chances. La température de l'air a régulièrement baissé ces jours derniers : il ne fait plus que 25 degrés centigrades, alors que c'est presque l'heure la plus chaude de la journée. La température de l'eau du *wadi* est parfaite et… (il a levé les yeux vers le ciel où des cumulus gris et blancs cotonneux cachaient à présent le soleil)… Je crois qu'on peut s'attendre à de la pluie assez rapidement.

Toute la troupe est redescendue par la rampe, passant devant l'estrade pour gagner une rangée de Portakabins.

Jay et le cheik sont entrés dans une hutte pour enfiler des tenues de pêche et Colin McPherson, que je n'avais pas encore remarqué dans la foule, a pris des cannes à l'arrière d'un pick-up et s'est mis à les monter. Une bande d'hommes des tribus excités s'est massée autour de lui en criant et en gesticulant. Ils n'étaient pas tous là : des gardes vigilants restaient déployés en cercle un peu plus loin, à l'écart de la manifestation, scrutant les collines alentour. L'un d'eux m'a particulièrement frappé car il aurait fait une photo spectaculaire : le fusil sur l'épaule, canon pointé vers la montagne, il était campé plus haut que les autres sur un promontoire rocheux dominant la rivière, ses robes flottant au souffle de la brise qui forcissait. J'ai eu envie de demander à un photographe sympa de me prendre la photo, mais un tonnerre d'applaudissements a alors salué Jay et le cheik qui sortaient du Portakabin en cuissardes et chemises écossaises. Ils ont marché jusqu'au pick-up où McPherson distribuait des cannes aux gardes de son choix. Voyant arriver Jay et le cheik, Colin a pris les deux cannes qu'il leur réservait et les leur a tendues. Un nouveau tonnerre d'applaudissements a éclaté et certains hommes des tribus se sont mis à hululer. Jusqu'aux journaleux qui se laissaient porter par l'ambiance : j'ai même vu le vieux McLeish du *Telegraph*, cynique endurci s'il en est, s'essuyer les yeux. J'aime à penser que c'était une larme, mais ce n'était peut-être qu'une poussière…

Jay et le cheik regagnaient l'estrade de bois voisine du premier vivier quand j'ai senti une sorte de légère chiquenaude sur la nuque. J'ai levé les yeux, surpris : il commençait à pleuvoir. Juste deux, trois grosses gouttes étonnamment froides qui s'écrasaient dans la poussière en formant des petits cratères. On a tendu à Jay un transmetteur portable et des « chut ! » ont résonné de partout. Le silence s'est peu à peu installé : on n'entendait plus que le babil affairé de l'eau à quelques centaines de mètres plus bas. Le patron a alors parlé au milieu de ce silence :

– Quel extraordinaire honneur c'est pour moi, d'être invité parmi vous aujourd'hui !

Des acclamations et des hululements ont retenti, mais le patron a levé la main et un silence de mort est revenu. Jay s'est tourné vers le cheik :

– Je vous remercie de m'avoir invité, Cheik Muhammad, et ce que je vais vous dire vient du fond du cœur : sans la vision, l'imagination et la générosité financière sans bornes qui sont les vôtres, ce projet n'aurait jamais vu le jour. Et nous sommes fiers, fiers que vous ayez choisi la collaboration de scientifiques britanniques et d'ingénieurs britanniques – et d'ingénieurs de nombreux autres pays aussi, bien sûr ! – pour réaliser ce projet et le mener à bien. Qui aurait jamais rêvé que des saumons nageraient un jour dans les rivières du Yémen ?

Il a marqué une nouvelle pause dans un silence toujours absolu.

– Vous l'avez rêvé, Cheik Muhammad. Vous avez eu ce courage et cette détermination, et aujourd'hui, enfin, le grand moment est arrivé. Venez, allons vous et moi pêcher le saumon dans le Wadi Aleyn !

Une immense acclamation a fusé, puis elle est retombée avant de reprendre de plus belle quand le patron a brandi le transmetteur bien haut, pour que tout le monde puisse suivre ce qui allait se passer. Il l'a pointé en direction des vannes, comme s'il maniait une télécommande de télévision. Il a appuyé sur un bouton et, lentement, les vannes ont commencé à s'ouvrir. Pas complètement, mais assez pour libérer un flot régulier permettant aux poissons de nager. L'eau jaillissait des vannes et se jetait dans la rigole de béton, et j'y ai distingué des éclairs d'argent qui sautaient et frétillaient, emportés vers la rivière.

La foule s'est aussitôt dirigée vers le *wadi*. Le ciel s'était obscurci, il s'est mis à pleuvoir pour de bon. Nous nous sommes massés à l'endroit où le canal de béton débouchait sur le *wadi*.

– Laissez passer Dr Alfred ! a lancé le cheik d'une voix claire et la foule s'est écartée pour que Fred puisse venir devant.

Fred ne portait pas de cuissardes, pourtant il est entré dans la rivière avec ses Pataugas et a scruté l'eau. De toute façon, ai-je pensé, nous n'allons pas tarder à nous faire tous rincer. La pluie tombait dru à présent, le ciel était presque noir au loin, vers l'amont.

Même de là où je me trouvais, je pouvais voir les nageoires des saumons fendre les eaux peu profondes du Wadi Aleyn. Certains sautaient hors de l'eau, à croire qu'ils dansaient dessus. Et ils prenaient la direction de l'amont ! Quelques-uns se trompaient de chemin et descendaient vers l'aval, mais la majorité partait vers l'amont. Les saumons remontaient le cours du Wadi Aleyn, au cœur des montagnes du Heraz !

Jay et le cheik sont entrés dans la rivière, la canne à pêche à la main, et ils ont marché sur les rochers avec précaution pour gagner le centre du *wadi*, où ils se sont postés à une trentaine de mètres l'un de l'autre. Tous les objectifs de la presse et les caméras-vidéo de la télévision étaient braqués sur eux deux. Nous avions un direct sur Sky TV, BBC24, ITV, CNN et Aljezira. Au milieu des nombreux journalistes accroupis ou debout sur la berge, j'ai avisé Colin qui gardait l'œil sur son maître. J'ai noté que nos gars de la sécurité prenaient position sur la rive, en face de Jay, l'œil attentif, les mains promptes à plonger dans les holsters cachés sur eux, épiant les rochers et les hauteurs de chaque côté de la rivière. Une douzaine de Yéménites armés de cannes à pêche et d'épuisettes sont passés et ont emprunté la nouvelle piste en bordure du *wadi*, pour aller rejoindre les plates-formes de lancer construites plus en amont.

Et puis le cheik a lancé et, un ou deux instants plus tard, le patron aussi. Autant le reconnaître : on aurait juré que Jay avait fait ça toute sa vie ! La soie s'est envolée tout droit et n'a pas beaucoup éclaboussé en tombant sur l'eau. C'était typique du personnage : tout lui venait facilement. Si on lui avait annoncé qu'il devait skier la semaine suivante ou participer à un match de water-polo, il l'aurait tenté. Et il aurait eu fière allure, par-dessus le marché !

J'ai alors entendu Fred crier :

– Attention ! L'eau monte ! Méfiez-vous !

Le patron n'a pas entendu, ou n'a pas voulu entendre. Il avait ramené sa mouche et préparait son lancer suivant. Il pleuvait des hallebardes à présent, la rivière semblait bouillir sous l'impact des trombes d'eau qu'y déversait le ciel.

– Je crois que vous devriez sortir ! a crié Fred. Il tombe des cordes !

Même moi, je me rendais compte que l'eau montait. Je me suis aperçu que je m'étais inconsciemment reculé d'un ou deux mètres pour monter plus haut sur la berge. C'est alors que Colin est descendu dans la rivière pour aider le cheik à sortir, je présume. J'ai vu que nos hommes de la sécurité se regardaient sans savoir quoi faire.

Il y a eu un éclair – ou peut-être n'en était-ce pas un ? En tout cas, je me suis retourné et j'ai vu le garde que j'avais remarqué plus tôt sur le promontoire, en train d'épauler son fusil. Venait-il de s'en servir, s'apprêtait-il à le faire ? Avais-je entendu un coup de feu ? Maintenant, la rivière grondait. D'un seul geste fluide, un des types de la sécurité a sorti un revolver de sa veste, et a, je crois, tiré sur le garde qui, en tout cas, est tombé à la renverse et a disparu de ma vue. J'ignore qui il visait. Le cheik, je pense, mais je n'en suis pas sûr.

Et puis un grand tumulte a régné et les Yéménites ont tiré plusieurs coups de feu – sur quoi, je l'ignore. Ils n'avaient pas encore saisi ce qui se passait, je crois. La foule s'est dispersée, les gens se hâtant d'escalader la berge pour se mettre à l'abri du *wadi* et de la fusillade. Je me suis aperçu que j'avais remonté de quelques mètres, le cœur battant la chamade, les yeux rivés sur le patron en bas.

Jay s'était retourné pour voir d'où provenait le bruit mais n'avait pas bougé. Je crois qu'il souriait. Il s'était peut-être rendu compte qu'il se passait quelque chose, puisqu'il avait jeté un œil vers l'aval, mais je ne pense pas qu'il avait vu le Yéménite tirer ni se faire tirer dessus.

Jay a ensuite regardé en direction du cheik, courbé en deux et soutenu par Colin qui se trouvait maintenant auprès de lui et luttait pour garder l'équilibre malgré la force du courant. Le cheik avait-il été touché par une balle ? Je l'ignore.

Soudain, au détour d'un méandre du canyon, j'ai vu un mur d'eau blanche et brune dégringoler dans le *wadi* et foncer droit sur Jay. J'ai vu, plus qu'entendu, Fred lui hurler de sortir de l'eau. Et puis, à son tour Fred s'est retourné et a escaladé la berge pour se mettre en sécurité.

Le patron souriait toujours, je crois. Je me trouvais maintenant à une certaine distance de lui, mais on devine parfois un sourire à la posture de quelqu'un. Il était dos au mur d'eau qui allait déferler sur lui. Il devait l'avoir entendu, non ? Je ne sais pas. Peut-être pas. Il paraît qu'on peut se laisser totalement absorber par la pêche. En tout cas, j'aime à penser qu'il était très heureux lorsqu'il a levé sa canne pour un nouveau lancer. J'en suis aussi sûr qu'on peut l'être. Il était loin de la politique, loin des guerres, des journalistes, des députés, des généraux, des fonctionnaires. Loin de tout, au milieu d'une rivière grouillante de saumons. Et je crois qu'il comptait bien en attraper un à son prochain lancer.

La grande déferlante s'est abattue sur lui. Un torrent bouillonnant d'eau brune, de boue, de rochers, de palmes qui dévalait le *wadi* avec autant de fracas qu'un train. Colin, le cheik et le patron se sont volatilisés instantanément, sans la moindre trace. La vague a poursuivi sa course et a disparu derrière le méandre suivant pour s'engouffrer dans des canyons en contrebas.

Un instant, le patron était là, debout dans le *wadi* ; l'instant d'après, il n'était plus là. Je ne l'ai jamais revu. Pas plus que le cheik ou que Colin McPherson. On n'a jamais retrouvé les corps.

Voilà ce qui est arrivé le jour où nous avons inauguré le projet Saumon du Yémen, le jour où les saumons ont nagé dans le Wadi Aleyn.

32.

Témoignage de Dr Jones sur les événements survenus lors de l'inauguration du projet Saumon du Yémen

Dr Alfred Jones : Le projet Saumon du Yémen a été une réussite totale sur le plan scientifique.

Je l'ai su à l'instant où j'ai vu les saumons sauter dans les eaux du *wadi*. Quelques jours plus tôt, ils s'agitaient désespérément dans une énorme cage, dans un loch marin de la côte ouest d'Écosse, et maintenant je les voyais frétiller en dévalant un canal de béton issu d'un vivier de béton, dans les hautes montagnes du Yémen !

Cela leur était égal ! Les saumons sont arrivés dans le *wadi*, toujours frétillants ; certains ont simplement suivi le courant et disparu vers l'aval, mais la plupart se sont tournés vers l'amont, nageant à contre-courant sans savoir où ils allaient, sachant seulement qu'ils devaient monter vers l'amont jusqu'à ce qu'ils trouvent un endroit pour frayer. L'instinct leur avait dicté leur conduite, exactement comme je l'avais espéré.

La plupart des poissons étaient argentés mais certains arboraient déjà des couleurs, signe que les femelles étaient prêtes à pondre les milliers d'œufs qu'elles portaient, et les mâles prêts à injecter leur laitance pour les féconder. J'avais les larmes aux yeux en y songeant : ici, à la pointe de la péninsule arabe, à des milliers de kilomètres de leurs eaux natales, les saumons étaient prêts à accomplir leur devoir !

J'éprouvais un sentiment d'exaltation en les regardant fendre l'eau avec leurs nageoires. Je me suis rappelé les paroles du cheik déclarant que nous serions témoins d'un miracle, et c'était bien ce à quoi je venais d'assister, je le savais. J'ai repensé à Harriet rapportant que le projet serait une réussite aux yeux du cheik si même un seul saumon remontait le *wadi*. J'avais déjà caché dans ma veste un poisson pris à l'épuisette, que je devais me débrouiller pour attacher au bout de la ligne du Premier ministre, afin de garantir qu'il pêcherait bien un saumon.

Et puis j'ai remarqué que la couleur de l'eau changeait, que le bruit de la rivière s'amplifiait, que le grondement des cascades venues des cimes alentour tournait à la furie et à la menace. Le ciel s'est assombri, il est devenu d'un noir d'encre.

C'était un bouchon ! J'aurais dû le prévoir. De tels phénomènes ne sont pas inconnus dans les rivières de crue, comme l'est essentiellement le Wadi Aleyn : une rivière susceptible de passer en quelques heures d'un état proche de l'assèchement à la crue éclair, et inversement. Les saumons qui évoluent dans des rivières de crue apprennent à attendre l'eau. Ils reniflent la pluie, ils savent qu'une crue se prépare et ils se précipitent vers l'amont, affrontent le torrent avec une force et un courage impossibles, sautant par-dessus les vagues ou s'immobilisant sur les côtés de la rivière quand la vitesse du courant devient trop forte, même pour eux.

Dans ces rivières de crue, il arrive qu'un bouchon se forme. La pluie devenue trop abondante pour être absorbée par le sol ne s'écoule que par ruissellement, et ce déferlement entraîne avec lui de la boue, des arbres morts, des rochers. Que ces débris rencontrent un rétrécissement du lit de la rivière, et il se forme un barrage temporaire. L'eau s'accumule derrière l'obstacle jusqu'au moment où le poids de la masse liquide devient tel que le bouchon cède : un mur d'eau s'engouffre alors par la brèche et fonce dans la rivière. Il vaut mieux ne pas se trouver là quand ça se produit.

En outre, il pleuvait très fort ce jour-là. Le Yémen doit ses pluies d'été au fait que le pays est touché par la pointe d'un vaste système de mousson qui laisse le reste de l'Arabie à l'écart, mais qui frôle la côte d'Oman et le Yémen pendant quelques semaines. La pluie peut s'abattre avec une violence d'orage tropical durant cette période, causant des crues éclair du genre de celle que nous avons vue ce jour-là au Wadi Aleyn. J'aurais dû le savoir, je suppose, mais je suis un scientifique des pêches, pas un hydrologue ni un météorologue. Il n'empêche que je m'en veux toujours de ne pas l'avoir prévue. Aucun de nos modèles informatiques n'avait prédit ce qui est arrivé.

Je me rappelle avoir hurlé de toutes mes forces pour alerter le cheik et le Premier ministre, mais le son de ma voix a été noyé par le grondement de plus en plus furieux de la rivière et le fracas du bélier hydraulique projeté contre la surface de l'eau. Colin a remarqué le changement, il a vu l'onde claire virer au brun, entendu le babil se changer en lourde menace. Il a parfaitement compris ce qui se passait, ce qui ne l'a pas empêché d'avancer dans la rivière pour tenter de sauver son maître. Un geste d'héroïsme délibéré. (Il aurait dû être décoré, mais tout le monde ou presque a oublié le courage de Colin en cette journée trop fertile en événements. Pas moi.)

Je me suis retourné pour crier à Peter Maxwell de faire quelque chose, et j'ai vu un visage blême, ravagé par la peur. Je ne crois pas qu'il m'ait entendu. Il s'est mis à escalader la rive pour s'éloigner des eaux. Les hommes de la sécurité se rendaient bien compte qu'il se passait quelque chose d'anormal, mais ils n'avaient pas réussi à situer le danger. Ils s'attendaient à le voir venir des crêtes qui nous dominaient et croyaient à un ennemi humain, pas à un péril naturel, si bien qu'ils regardaient dans la mauvaise direction.

Et puis il y a eu un éclair, un coup tiré de quelque part. Ce qui a encore distrait davantage l'attention des gars de la sécurité. J'ai entendu dire ensuite qu'un des gardes du corps du cheik avait été tué, mais je n'ai jamais su pourquoi. Je n'ai pas vu l'incident se produire, puisque j'avais les yeux rivés sur l'amont et que je hurlais au Premier ministre qu'il fallait sortir de l'eau.

Et puis j'ai vu la vague tourner le coin du méandre, à quelque trois cents mètres d'où j'étais, et j'ai cru que nous allions tous y rester. C'était une déferlante de trois mètres de haut environ, brune et blanche, qui arrivait sur nous à la vitesse d'un train express et avec autant de vacarme. Je me rappelle avoir pensé : « J'espère que les saumons ne seront pas tous balayés vers l'aval ! » et puis l'instinct a pris le dessus chez moi aussi. Dans mon souvenir suivant, je me retrouve agrippé à un rocher du haut de la berge, avec l'eau qui essaie de m'entraîner par les pieds.

Lorsque les eaux sont redescendues, la plupart des gens de la sécurité et des gardes du cheik sont partis à la recherche des corps en aval, et je suis allé me poster vers la bouche du canal qui amenait les saumons dans la rivière. J'ai regardé les poissons pénétrer dans le *wadi*, sentir l'odeur d'eau, amorcer un demi-tour et remonter vers l'amont. Je suis longtemps resté là immobile, le cœur trop gros pour pouvoir articuler une parole. Des journalistes et des gens de la télévision sont venus pour essayer de me soutirer un commentaire sur ce qui venait d'arriver. Mais mes saumons ne les intéressaient pas, ils voulaient seulement parler de l'accident et du Premier ministre. Ils n'ont pas manifesté d'intérêt non plus pour le sort de Colin ou du cheik. Je n'avais rien à leur dire. Ils ont fini par s'en aller au bout d'un petit moment et, une ou deux heures plus tard, j'ai entendu décoller les Chinooks qui les remmenaient à Sanaa pour qu'ils puissent envoyer leurs reportages.

Quand le dernier saumon a quitté le vivier n° 1, je me suis assis sur une roche plate au bord de l'eau. La pluie avait cessé et le soleil, visible entre des nuages aux formes tourmentées, s'était enfoncé plus bas dans le ciel. Je jetais de temps à autre un regard vers le chantier pour voir ce qui s'y passait. J'ai aperçu Peter Maxwell à une centaine de mètres de moi, qui n'en finissait pas de déverser des paroles dans son portable. Qu'y a-t-il donc de si important ? me suis-je demandé avant de me souvenir du Premier ministre. Assis sur ma pierre, j'ai songé au projet et au rôle que j'avais joué. Cela, jamais on ne pourrait me l'enlever, quel que soit le sort qui m'attendait maintenant. C'était la plus belle réussite de ma vie. Pas la mienne exclusivement, mais elle n'aurait pu se réaliser sans moi, je le savais. Je me suis surpris à souhaiter qu'Harriet puisse être là, elle me manquait terriblement, car ce succès était également le sien et ç'aurait dû être son jour de gloire aussi. Sauf qu'elle aurait vu le cheik emporté par les eaux, bien sûr. Le mauvais pressentiment qu'elle avait évoqué avait été justifié. Ah, si seulement le cheik avait pu être là pour partager cette réussite avec moi !

J'ai entendu un cri qui venait du haut de la rivière et j'ai vu arriver en courant un des Yéménites qui étaient partis pêcher plus en amont. C'était Ibrahim, notre chauffeur, un des hommes du cheik. Il a hurlé en m'apercevant :

– Dr Alfred ! Dr Alfred !

Il s'est précipité vers moi et j'ai vu qu'il portait un saumon mort dans les bras, tel un bébé qu'on berce. Il avait dû abandonner sa canne après avoir récupéré le poisson. Il s'est approché et j'ai vu qu'il ignorait encore ce qui était arrivé. Il avait dû pêcher dans un endroit qui se trouvait en amont du bouchon. En tout cas, il avait bel et bien pris un saumon ! Le poisson argenté étincelait ; il devait peser dans les dix livres, à vue de nez. Une belle prise, une excellente prise ! Un immense sourire fendait le visage d'Ibrahim qui s'est exclamé :

– Dr Alfred ! J'ai un poisson !

On s'est étreints et on s'est envoyé de grandes tapes dans le dos, les joues mouillées de larmes de bonheur. Le poisson était tombé dans la poussière et Ibrahim s'est penché pour le ramasser, riant encore de sa chance. C'était le premier saumon et, autant que je sache, le dernier à être jamais pêché à la mouche au Yémen. Du moins, je n'ai jamais entendu dire qu'on en ait pris un autre ou même qu'on en ait vu un autre nager dans le *wadi* depuis ce jour merveilleux et funeste.

Ensuite, j'ai dû mettre Ibrahim au courant de ce qu'il était advenu du cheik.

Plus tard, quand les murailles de roc tournaient au violet à la tombée du crépuscule, les groupes partis à la recherche des disparus sont rentrés, remontant péniblement le canyon. Dans cet interminable désert de roche et de pierre, de falaises verticales, de trous du lit de la rivière ouvrant sur des gouffres – tels qu'ils abondent dans la partie inférieure du *wadi* –, les corps n'ont jamais été retrouvés. Je pense que les eaux les ont sans doute jetés dans un aven, d'où ils sont tombés dans l'aquifère. Et là, dans une mer sans soleil, gisent les dépouilles de Jay Vent, politicien ; Colin McPherson, *gillie* sans égal ; et du Cheik Muhammad ibn Zaidi bani Tihama, le presque saint homme qui créa le projet Saumon du Yémen.

Peter Maxwell est venu jusqu'à moi, toujours aussi blême, les yeux rouges, un pli amer et malheureux à la bouche :

– Eh bien, maintenant, vous êtes content, j'espère ! a-t-il lancé.

– Oui, c'est à de nombreux titres une immense réussite malgré tout – j'aurais tellement voulu qu'on puisse éviter ces terribles pertes ! Mais, objectivement, Peter, nous avons accompli tous les buts que nous nous étions fixés sur le plan scientifique. Reste une grande interrogation : que va devenir le projet maintenant que le cheik est mort ? Il faut que vous m'aidiez à savoir qui est le nouveau responsable.

Peter Maxwell m'a fixé longuement sans piper mot. Derrière lui, les gens de la sécurité montaient à bord du deuxième Chinook.

– Je vais vous le dire, moi, ce qui va se passer : votre projet est grillé, vous êtes grillé et je suis grillé. Vous auriez dû savoir que ça allait arriver. Vous auriez dû savoir…

Il a éclaté en sanglots, j'ai posé la main sur son bras pour le réconforter mais il l'a violemment rejetée :

– Vous avez tué le meilleur homme du monde, un des plus grands qui aient jamais existé, vous avez ruiné mon existence du même coup. Et la seule chose que vous avez en tête, c'est vos putain de poiscailles !

Il a tourné les talons et s'est dirigé vers l'hélicoptère d'un pas titubant. L'appareil a décollé quelques instants plus tard et je n'ai jamais revu Peter Maxwell.

Enquêteur : Peter Maxwell ou un autre membre du cabinet du Premier ministre ont-ils cherché à vous joindre après votre retour en Grande-Bretagne ? A-t-on tenté d'influencer d'une manière quelconque les dépositions que vous nous faites ?

AJ : Quand je suis rentré en Grande-Bretagne, j'étais devenu personne. À mon arrivée chez Fitzharris & Price pour discuter du suivi du projet, j'ai appris que mon boulot chez eux était terminé. Les héritiers du cheik – j'ignore qui ils sont – ne partageaient pas son enthousiasme pour le projet. Le financement avait été suspendu, avant même que j'aie remis le pied au Royaume-Uni. Un des associés de Fitzharris & Price est venu me trouver à la réception, le jour où je suis rentré à St James's Street en pensant reprendre le fil de mes activités et me remettre au travail. Il m'a tendu une lettre du cabinet comptable qui avait géré l'aspect financier du projet. On me remerciait de mes efforts, sans autre cérémonie que ces simples mots, et on avait joint un chèque de trois mois de salaire.

J'ai pris connaissance du message et j'ai levé les yeux sur le confrère d'Harriet :

– Alors, c'est fini ?

Il a haussé les épaules et répondu :

– Nous n'étions pour la plupart pas très au courant du projet. On l'a apprécié tant qu'il était là, naturellement, tout en sachant bien que ça ne durerait pas éternellement. Ça a toujours été le bébé d'Harriet et elle a apparemment voulu mettre un terme à son association avec le cabinet.

Je ne suis jamais retourné à St James's Street, et Harriet non plus, autant que je sache.

Je lui ai parlé au téléphone une fois ou deux. Elle séjournait chez des amis dans le sud-ouest de la France et elle est restée très vague sur ses projets.

– Je suis si contente que le projet ait réussi, ne serait-ce que pour un jour. Ne laissez jamais personne vous enlever ça, Fred ! Chérissez cette pensée. Mais je regrette tant qu'on ait dû le payer si cher ! Le cheik me manque terriblement. C'est en quelque sorte un autre décès dans ma famille.

– Quand comptez-vous rentrer en Grande-Bretagne ?

– Je n'ai pas de projets particuliers. Je ne dépense pas beaucoup ici et mes amis semblent contents de me voir rester aussi longtemps que je le souhaite. J'ai la jouissance d'un appartement dans un coin de leur maison, avec une entrée indépendante, si bien que je peux aller et venir à ma guise sans les déranger. Vous savez, le soleil brille le plus clair du temps dans ce coin du monde, et personne ne m'embête. Voilà ce dont j'ai besoin. Je sais que je finirai par être à court d'argent un jour ou l'autre et il faudra bien songer à retrouver du travail à ce moment-là. Mais pour l'instant, je veux juste être tranquille.

– Vous reverrai-je à votre retour? ai-je demandé.

Je n'avais pas eu l'intention de poser une telle question, je n'en avais pas le droit.

– Je ne sais pas, Fred. Je ne sais pas. Il faudra voir à ce moment-là.

J'ai appris quelques semaines plus tard qu'elle avait réussi à trouver du travail en France : dénicher des maisons pour des Anglais qui cherchent des résidences secondaires.

E : Revenez, je vous prie, sur les contacts que vous avez eus avec Peter Maxwell ou son bureau depuis votre retour en Angleterre.

AJ : Ah oui, j'avais oublié votre question. Bon, j'ai eu un message de Peter Maxwell sur mon répondeur disant : « Je m'arrangerai pour que vous ne puissiez jamais retravailler dans ce pays » ou quelque chose dans ce goût-là, mais je ne l'ai pas pris trop au sérieux car je l'ai ensuite entendu fondre en larmes, juste avant de raccrocher. Il est cependant possible qu'il ait essayé de m'empêcher de retrouver un emploi, pour de curieuses raisons qui lui appartiennent. Quand j'ai posé ma candidature à mon ancien poste au NCFE, j'ai reçu une lettre très sèche de David Sugden se plaignant de coupes sombres dans leur budget. Il regrettait, en conséquence, que mon ancien poste ne puisse être reconduit. De toute façon, je ne suis pas sûr que j'aurais pu y retourner. J'ai ensuite appelé de vieux amis de l'Agence pour l'environnement et j'ai fini par trouver un job. Ce n'est pas un travail de gratte-papier, c'est du boulot de terrain, avec un salaire qu'on pourrait qualifier de minimal, en comparaison avec l'ancien. Ainsi, Mary avait raison. Les jours de vaches grasses n'ont finalement pas duré très longtemps.

Je travaille dans un nouvel incubateur qui a été construit à l'amont de la rivière Coquet, dans le Northumberland. Nous avons pour tâche d'élever des alevins à partir d'œufs de saumon, dans des rangées de réservoirs d'acier inoxydable installés dans une petite hutte, sur la lande du Northumberland. Notre but est de veiller à ce qu'il y ait toujours assez de juvéniles disponibles pour peupler la rivière, même dans les années de mauvaise reproduction naturelle pour cause de sécheresse ou autre désastre. Le boulot me plaît. Le travail est très intéressant, souvent très dur, mais j'ai beaucoup de temps pour réfléchir. Car réfléchir est mon occupation essentielle en ce moment.

Je ne parle jamais à personne du projet Saumon du Yémen, même s'il arrive que mes collègues me taquinent à ce sujet.

Le projet a connu une certaine notoriété dans la presse après la mort du Premier ministre et du cheik. Il a cependant été enterré, taxé d'aventure politique bizarre. La communauté scientifique de ce pays n'a guère pris la mesure de ce que nous avions accompli. Au Yémen, pourtant, les gens en sont encore très fiers. Chaque jour, lors des prières, le souvenir du cheik est évoqué au ministère des Ressources halieutiques qui a repris la responsabilité du projet. Les viviers ont été vidangés et le matériel entreposé – il devrait pouvoir passer quelques années ainsi sans souffrir, vu la sécheresse du climat. On parle de remettre un jour des saumons dans les bassins et de les lâcher dans le Wadi Aleyn, mais rien ne s'est encore concrétisé.

Après la mort du cheik, les gens d'al-Shisr ont pendant des semaines pris les saumons du vivier n° 2 dans des épuisettes. Ils faisaient tous les soirs des barbecues dans le lit du *wadi* et l'odeur de saumon grillé s'élevait dans le ciel vespéral.

Le vice-ministre des Ressources halieutiques m'a écrit pour m'annoncer que le plan de stratégie quinquennale des pêches était actuellement en cours d'élaboration et qu'on me consulterait quand on en viendrait à discuter du rôle d'une pêcherie de saumon dans le futur développement des ressources naturelles du Yémen. Cela remonte déjà à un moment et je n'ai plus eu de nouvelles. Je ne sais pas s'il vaut mieux espérer en avoir ou pas.

Quand je repense à la mort du cheik, je comprends maintenant que j'étais en état de choc ce jour-là et que je n'avais pas encore senti l'impact de sa disparition. Il se passait trop de choses, je n'arrivais pas à tout enregistrer. Depuis, je l'ai pleuré et aujourd'hui, lorsque je marche dans les eaux de l'amont du Coquet pour y déverser des seaux d'alevins de saumons, j'ai avec lui des conversations qui sont davantage que le pur fruit de l'imagination.

Je l'entends me murmurer, quelque part derrière mon épaule gauche :

– Oui, Dr Alfred, finalement nous y sommes arrivés ! Nous y avons cru, donc nous l'avons réalisé.

– Vous aviez raison, Cheik Muhammad. Nous avons cru. C'est vous qui m'avez appris à croire.

J'entends le sourire dans sa voix, même si je ne le vois pas.

– Je vous ai appris à faire le premier pas : apprendre à croire dans le fait de croire. Un jour viendra où vous ferez le deuxième pas, et vous découvrirez en quoi vous croyez.

Je vide le seau de juvéniles dans les eaux peu profondes, garnies de gravillon, et je demande :

– Comment le saurai-je ?

Et la réponse arrive dans un souffle plus léger que le murmure de l'eau qui ruisselle sur les cailloux :

– Vous le saurez.

Alors, je travaille dans l'incubateur et je passe mes soirées dans le petit cottage de deux pièces que je loue près d'Uswayford, au pied de la masse verte et brune des Monts Cheviot. Assis là, je songe. Je ne sais pas vraiment à quoi je pense – souvent à Harriet, je le reconnais, même si j'essaie de ne pas m'y laisser aller trop fréquemment. Pour ne pas réveiller des souvenirs que je préférerais ne pas avoir.

Parfois aussi, je pense à Mary. On se téléphone presque chaque semaine. J'ai renoncé aux courriels, sauf en cas d'absolue nécessité – ils appartiennent à une vie antérieure. Je parle à Mary au téléphone mais en PCV, parce que je ne peux plus me permettre de grosses notes. Elle est maintenant en poste à Düsseldorf. Je ne suis pas sûr que ce soit la promotion qu'elle escomptait ; j'ai l'impression que c'est plus un pas de côté qu'un pas en avant. À chacun son lot de déceptions dans la vie...

Nous avons vendu l'appartement de Londres pour en acheter un plus petit, puisque nous n'y sommes guère. Nous venons à Londres tous les deux mois. On se voit, on dîne ensemble, on essaie de trouver une manière de sens à nos vies. Je ne suis pas sûr que nous y parviendrons. Nous avons décidé conjointement de rester mariés, puisque ni Mary ni moi n'avons d'autre idée sur la façon de mener nos existences. Nous avons chacun notre travail. Je ne veux pas que Mary se sente financièrement responsable de moi, je l'ai souligné. Elle est d'accord, même si je crois qu'en réalité elle aurait envie de s'occuper de moi, si je la laissais faire. Mais je suis heureux ici dans les collines, à élever des poissons juvéniles et à les lâcher dans la rivière. Ces petits alevins de saumon ont de meilleures chances dans le coin qu'au Yémen ! Ce pays est leur habitat naturel. Le mien aussi.

Le soir, je lis beaucoup. Je ne reçois pas de signal télévision là où j'habite, et je ne peux pas me payer d'abonnement au satellite. Ça ne me manque pas : de toute façon, je n'ai jamais beaucoup regardé la télé. Alors je lis. Tout et n'importe quoi. Et le week-end, sauf quand je suis à Londres, je fouine dans les étagères des bouquinistes d'Alnwick ou de Morpeth, les deux villes voisines. Je ne peux pas m'offrir les nouveautés, mais j'ai le sentiment de ne pas en avoir besoin car il existe tant d'excellents livres. J'achète des poignées de vieux romans et de biographies pour quelques livres et, parfois, j'échange simplement ceux que j'ai déjà lus contre d'autres. On m'y autorise, parce que je suis un bon client. Je prends des classiques – Dickens, Thackeray, Fielding. Et je me suis récemment attaqué aux essais : Hazlitt, Browne et ainsi de suite. J'ai trouvé dans l'un d'eux une phrase qui me plaisait et que j'ai notée. Je la garde sur moi. Je peux vous la lire, si vous voulez.

« Et il nous souvient que Tertullien, fils d'un centurion de Carthage, auteur de nombreux textes sacrés sur les évangiles et sur la nature de la foi, a un jour écrit : "*Certum, impossibile est.*" Il est certain que c'est impossible. D'autres sont d'avis qu'il n'aurait pas dit : "*Certum, impossibile est*", mais "*Credo, quia impossibile est.*" J'y crois, parce que c'est impossible. »

Ça me plaît bien. Pas vous ?

J'y crois parce que c'est impossible.

33.

Conclusions de la commission des Affaires étrangères de la Chambre des Communes

Concernant la décision d'introduire le saumon au Yémen

Conclusions et recommandations

1. Nous concluons, au vu de l'ensemble des dépositions, que la décision d'introduire le saumon au Yémen n'a été le fait d'aucun ministre mais l'initiative d'un citoyen yéménite agissant en sa capacité personnelle, feu le Cheik Muhammad ibn Zaidi bani Tihama.
2. Nous concluons que le ministre de l'Intérieur, ainsi qu'il l'a déclaré à la Chambre des Communes, n'était pas au courant de la présumée tentative d'assassinat du Cheik Muhammad en sa résidence d'Écosse par un présumé membre d'Al-Qaida. La preuve de la survenue de ce fait n'ayant jamais été apportée par un tribunal britannique, nous ne pouvons accuser le ministre de l'Intérieur ou les services de sécurité de défaillance quant à la prévention

d'une autre tentative, telle celle qui est supposée s'être produite dans le Wadi Aleyn peu avant l'événement hydrologique qui a, hélas, mis fin à la vie du Premier ministre.

3. Concernant la question soulevée à l'occasion de la nouvelle de la mort du capitaine Robert Matthews, nous concluons que le ministre de la Défense était authentiquement dans l'ignorance du fait que le capitaine Matthews se trouvait en mission en Iran, à l'insu des ministres, et nul ne peut être tenu pour coupable de la malheureuse série d'événements qui ont entraîné l'inscription du capitaine Matthews sur la liste des « Disparus au combat ».
4. Nous concluons que le directeur de la Communication, Mr Peter Maxwell, a agi de sa propre initiative en conseillant à feu Mr Jay Vent, Premier ministre, de s'intéresser au projet Saumon du Yémen ; que Mr Peter Maxwell avait eu l'idée que la présence de Mr Vent à l'inauguration du projet Saumon du Yémen pourrait rapporter un avantage électoral, et que c'est sur cette base qu'il a recommandé à Mr Vent de participer au projet.
5. Nous recommandons que les descriptions de poste des futurs directeurs de la Communication soient formulées de façon à signifier clairement que leur rôle consiste à communiquer, pas à exposer les Premiers ministres de demain au danger, quelles que soient par ailleurs les considérations électorales. Nous recommandons que Mr Peter Maxwell ne soit pas rétabli dans son ancien poste.
6. Nous concluons qu'une attention insuffisante a été apportée à l'évaluation des risques par les ingénieurs et directeurs du projet, nonobstant le fait que de telles

évaluations ne sont pas obligatoires aux termes de la loi yéménite, alors qu'elles l'auraient été sous le régime de la Loi britannique de la Santé et de la Sécurité des travailleurs. Si une telle évaluation avait été menée, l'événement hydrologique ayant entraîné la mort du Premier ministre et des autres victimes aurait pu être prévu et les précautions adéquates auraient été prises. En dépit de cette conclusion, il nous est impossible d'accuser telle ou telle personne de culpabilité en la matière.

7. Nous concluons que le Centre national pour l'excellence des pêches a outrepassé sa mission en acceptant d'agir comme principal dispensateur de ressources techniques pour le projet Saumon du Yémen, et nous recommandons que le Centre soit dissous et fusionne avec l'Agence pour l'environnement.
8. Nous concluons, concernant les politiques, que nous ne pouvons soutenir l'avis du cabinet du Premier ministre, selon lequel une initiative visant à introduire les saumons au Yémen aurait pu accompagner les politiques déjà menées dans la région, qui ont pour objet essentiel d'intervenir militairement dans le but de protéger les ressources pétrolières régionales et les tentatives d'établissement du processus démocratique qui y sont associées. Nous croyons que le gouvernement doit choisir entre saumon et démocratie dans ses initiatives locales. Car les deux ne font pas bon ménage et leur mélange envoie un signal ambigu aux acteurs de la région.
9. Nous avons néanmoins détecté une conséquence salutaire de la mort tragique de feu James Vent, Premier ministre. L'impression produite dans la région que la politique britannique pouvait aussi porter sur des sujets sans rien de militaire ni de pétrolier, telle la pêche à la

mouche, n'a pas été entièrement négative. Au contraire : nous avons appris qu'une souscription avait été ouverte pour édifier une statue du défunt Premier ministre et du Cheik Muhammad ibn Zaidi bani Tihama, les représentant tous les deux en cuissardes montant jusqu'à la poitrine et une canne à pêche à la main, tels qu'ils ont été vus pour la dernière fois de leur vivant. La statue sera érigée au centre de Sanaa, sous réserve d'obtention du permis de construire.

Glossaire

Le lecteur peut trouver utile l'explication des termes et acronymes suivants.

Agence pour l'environnement : un service du DEFRA* (voir ce mot) responsable de la gestion des rivières, de l'environnement rural et des inondations, et chargé de veiller au respect de la législation anti-pollution.

Alevin vésiculé : stade initial de développement du saumon après éclosion de l'œuf. Créature translucide munie d'un sac vitellin.

Alevin : un alevin vésiculé qui a fini d'absorber le contenu de son sac vitellin devient un alevin proprement dit.

Allah Akhbar : Dieu est grand !

Anadrome : capable de tolérer un environnement d'eau douce ou d'eau salée.

Bédouin : membre d'une tribu de nomades du désert de la Péninsule arabique.

Caddis, mouche caddis : insecte invertébré qui vit dans les cours d'eau douce (*Limnephilus genus*).

Charia : la loi, telle qu'elle fut observée et pratiquée par le prophète Mohammed de son vivant, et telle qu'elle est encore en vigueur dans certains pays du monde musulman.

DEFRA : *Department of Food and Rural Affairs.* Service environnement, alimentation et affaires rurales.

Dévalaison : terme technique désignant la descente d'une rivière par les saumons qui se dirigent vers l'aval et la mer.

Diwan : pièce réservée aux messieurs qui souhaitent mâcher du *khat* (voir ce mot).

Diyah : la rançon du sang. (Somme donnée en rétribution du sang versé pour une cause.)

Djebel : nom générique des montagnes en arabe.

Falaj : système d'irrigation ancien des zones arides, dans lequel des tunnels ou des conduites de pierre acheminent l'eau des aquifères des montagnes jusque chez les agriculteurs et autres habitants des terres de plus basse altitude.

FCO : *Foreign and Commonwealth Office*, ministère des Affaires étrangères et du Commonwealth, également connu sous le surnom de *Foreign Office.*

Gillie : homme ou garçon employé par les exploitants des nombreuses rivières à saumon d'Écosse, chargé de rester à côté de vous quand vous pêchez et de vous expliquer pourquoi vous ne risquez pas de prendre grand-chose avec votre technique actuelle.

Glen : un *glen* désigne en gaélique une vallée encaissée entre des montagnes et parcourue par une rivière – telle qu'il en existe de nombreuses en Écosse.

Hansard : minutes officielles des séances des chambres du parlement britannique.

Imam : celui qui dirige les prières à la mosquée, personne d'autorité dans la communauté.

Intégrité génétique : l'idée, chère aux scientifiques, que la pureté génétique du saumon d'une rivière donnée doit être préservée, afin d'éviter qu'elle soit altérée par la présence de poissons provenant d'autres cours d'eau. Un principe illégal, s'agissant d'êtres humains.

Jambia : dague incurvée très apprécié des Yéménites.

Jazr : personne qui exerce un métier « impur », tel que boucher.

Jihadi : personne qui consacre sa vie au combat religieux, parfois improprement assimilé à un fauteur d'attentat-suicide à la bombe ou à un assassin.

John Gielguld (Sir) (1904-2000) : acteur anglais célèbre pour la beauté de sa voix et l'excellence de ses interprétations, tant au théâtre que dans ses nombreux rôles de cinéma. Allusion ici à sa formidable façon d'incarner un majordome, comme il le fit dans *Le Crime de l'Orient-Express*, réalisé par Sidney Lumet en 1974 d'après le roman d'Agatha Christie.

Khat : feuille à mâcher, légèrement narcotique.

Laird : version écossaise de Lord, titre employé en signe de respect.

Marsouiner : un saumon qui « marsouine » monte et fend la surface de l'eau, sans sauter. Généralement signe qu'il sera « preneur » de la mouche.

Montaison : terme technique pour désigner la remontée des cours d'eau par les saumons revenant de la mer et se dirigeant vers l'amont.

MP : *Member of Parliament.* Cette mention figure toujours derrière le nom d'un député dont c'est le titre, même lorsqu'il devient Premier ministre, comme dans le cas présent.

Ms : Abrévation de Mrs ou Miss, contemporaine de l'avènement du politiquement correct.

NCFE : *National Centre for Fisheries Excellence* : Centre national pour l'excellence des pêches. Une des organisations scientifiques menant des recherches dans le domaine de la gestion des pêches. À présent démantelée.

Oxygène dissous : le niveau d'oxygène dissous présent dans une rivière est un indicateur des perspectives de survie des poissons migrateurs. Plus ce niveau est bas, et plus le risque est élevé.

Salaam Aleikoum : le salut arabe traditionnel, « Dieu soit avec vous ! ».

Salmonidés : les poissons migrateurs, dont le saumon et la truite de mer.

Saumoneau : entre seize mois et deux ans après être parvenu à l'état de *tacon**, le jeune saumon amorce des changements physiologiques. Il développe des cellules capables d'excréter le sel et prend un aspect argenté. Une fois totalement argenté, on le désigne du nom de *saumoneau**, un poisson d'une quinzaine de centimètres de long. C'est sous cette forme qu'il prendra la direction de l'aval pour gagner un estuaire d'eau salée. De là, en compagnie d'autres saumoneaux et saumons, il s'acheminera peu à peu vers les aires d'alimentation de l'Atlantique Nord où il passera entre une et quatre années.

Sayyid : la classe dirigeante yéménite. Titre donné aux chefs tribaux ou religieux qui se déclarent descendants du Prophète.

Sebkha : incrustations salines blanches, à la surface du désert, qui indiquent généralement la présence d'humidité et signalent des sables mouvants.

Selta : un bouillon de légumes très prisé sur les hauts plateaux du Yémen.

Sitara : châle coloré que portent les femmes des hauts plateaux yéménites.

Sous-secrétaire d'État (*Parliamentary under-secretary of State)*: on distingue trois niveaux de pouvoir ministériel dans la hiérarchie des ministères anglais, comme ici au *Foreign Office*, équivalent de notre ministère des Affaires étrangères. Ce sont, par ordre de rang décroissant : *Secretary of State*, le ministre ;

Minister of State, une sorte de vice-ministre ; et *Parliamentary under-secretary of State*, un ministre sans portefeuille, qui n'est pas membre du gouvernement mais participe à des comités gouvernementaux.

Spey cast : style de lancer élaboré en double boucle qu'affectionnent les *gillies* des Highlands. Il a en effet le mérite d'éviter au pêcheur d'accrocher la berge ou les arbres derrière lui avec sa ligne (comme il arrive dans un lancer par-dessus la tête), car dans le *Spey cast* la boucle reste toujours devant le pêcheur.

Stock de reproduction : poissons femelles dont on prélève les œufs pour les élever en incubateur.

Tacon : ce que devient un alevin, au stade de développement suivant. Environ de la taille d'un doigt et tacheté de marques brunes qui lui donnent un aspect semblable à celui d'un juvénile de truite brune.

Thobe : veste chaude qu'on porte sur les hauts plateaux du Yémen.

Wadi : un lit de rivière asséché, sauf à la saison des pluies (où il forme un cours d'eau).

Nombreux sont les amateurs de pêche qui ont, à un moment ou à un autre, tiré profit de la lecture de l'ouvrage définitif de Hugh Falku, *Salmon Fishing* (édité par H.F. & G. Whitherby Ltd), véritable trésor de connaissances sur le cycle de vie du saumon. Je ne fais pas exception à la règle et je tiens à exprimer ma gratitude pour tout ce que m'a appris ce livre.

Table des matières

1. Les origines du projet Saumon du Yémen 11
2. Extraits du journal intime de Dr Alfred Jones : son anniversaire de mariage 23
3. Étude de faisabilité de l'introduction du saumon au Yémen 48
4. Extraits du journal de Dr Jones : sa rencontre avec Cheik Muhammad 58
5. Extraits du journal de Dr Jones : son jugement a pu être altéré par des questions matrimoniales 80
6. Correspondance entre le capitaine Robert Matthews et Ms Harriet Chetwode-Talbot ... 92
7. Dossier de presse 106
8. Échanges de courriels d'Al-Qaida interceptés par l'Agence d'intelligence inter-services du Pakistan 115
9. Entretien avec Peter Maxwell, directeur de la Communication, cabinet du Premier ministre 120
10. Reproduction de l'interview du Premier ministre, le très honorable Jay Vent, MP, dans l'émission *Le Show politique* de BBC1 128
11. Suite de l'entretien avec Peter Maxwell 133
12. Échange de courriels entre David Sugden, NCFE, et Mr Tom Price-Williams, directeur des Pêches, Agence pour l'environnement 142

13. Extrait du journal de Dr Jones : sa deuxième visite à Glen Tulloch 146
14. Entretien avec Dr Alfred Jones : sa participation à la rencontre entre Mr Peter Maxwell et Cheik Muhammad 157
15. Interview de Peter Maxwell pour la chronique « Loisir » du *Sunday Telegraph* du 4 septembre 177
16. Entretien avec Ms Harriet Chetwode-Talbot 183
17. Extraits du *Hansard* 198
18. La résiliation du contrat de travail de Dr Jones 206
19. Correspondance entre le capitaine Robert Matthews et Ms Chetwode-Talbot 220
20. Échanges de courriels d'Al-Qaida interceptés par l'Agence d'intelligence inter-services du Pakistan 234
21. Extraits du *Hansard* 238
22. Extraits du journal de Dr Jones : son voyage au Yémen 241
23. Extraits du *Hansard* 266
24. Correspondance entre Ms Chetwode-Talbot et elle-même 269
25. Extrait de l'autobiographie non publiée de Peter Maxwell, *Un skipper à la barre du navire de l'État* 274
26. Script du pilote de l'émission *Prizes for the People* 285
27. Extrait de l'autobiographie non publiée de Peter Maxwell, *Un skipper à la barre du navire de l'État* 292
28. Signes de crise matrimoniale entre Dr Jones et Madame 298
29. Entretien avec Dr Jones : le dîner au Ritz 310
30. Dr Jones ne parvient pas à trouver une date dans son emploi du temps pour voir Mrs Jones 332
31. Extraits de l'autobiographie non publiée de Peter Maxwell 336

32. Témoignage de Dr Jones sur les événements survenus lors de l'inauguration du projet Saumon du Yémen 353
33. Conclusions de la commission des Affaires étrangères de la Chambre des Communes 368

Glossaire 373

Ce volume a été composé par Asiatype

Impression réalisée sur CAMERON par
BRODARD ET TAUPIN
La Flèche
en décembre 2007

Imprimé en France
Dépôt légal : janvier 2008
N° d'édition : 96700/01 – N° d'impression : 44828